走进生命的学问

周保松 著

生活·讀書·新知 三联书店

图书在版编目（CIP）数据

走进生命的学问／周保松著. —北京：生活·读书·新知三联书店，
2017.1 （2023.7 重印）
ISBN 978 – 7 – 108 – 05809 – 6

Ⅰ．①走⋯ Ⅱ．①周⋯ Ⅲ．①回忆录－作品集－中国－当代
Ⅳ．① I251

中国版本图书馆 CIP 数据核字（2016）第 220836 号

责任编辑　曾　诚
装帧设计　蔡立国
责任印制　董　欢
出版发行　**生活·讀書·新知** 三联书店
　　　　　（北京市东城区美术馆东街 22 号 100010）
网　　址　www.sdxjpc.com
经　　销　新华书店
印　　刷　河北鹏润印刷有限公司
版　　次　2017 年 1 月北京第 1 版
　　　　　2023 年 7 月北京第 3 次印刷
开　　本　880 毫米 × 1230 毫米　1/32　印张 9
字　　数　199 千字　图 56 幅
印　　数　08,001 – 11,000 册
定　　价　55.00 元
（印装查询：01064002715；邮购查询：01084010542）

献 给

————

翠 琪

和我们的女儿可静

目 录

新版自序……………………………………………………………… i

自序：活得好这回事…………………………………………… iii

致 谢………………………………………………………………… ix

辑一 学生

1. 或许不是多余的话 …………………………………………… 3

2. 独一无二的松子 ……………………………………………… 8

3. 政治、学术与人生 ………………………………………… 13

4. 论辩和论政 …………………………………………………… 17

5. 读书之乐 ……………………………………………………… 22

    附录 新亚学规 …………………………………………… 26

6. 政政人何所重 ………………………………………………… 29

7. 走进生命的学问 ……………………………………………… 33

辑二 老师

8. 夜阑风静人归时——悼念陈特先生 ………………………… 43

9. 体验死亡 与陈特先生对谈一 ……………………………… 49

10. 追寻意义　与陈特先生对谈二 ……………………………… 56

11. 善恶幸福　与陈特先生对谈三 ……………………………… 64

12. 师友杂忆　与陈特先生对谈四 ……………………………… 73

13. 论情说爱　与陈特先生对谈五 ……………………………… 81

14. 光照在黑暗里——追念沈宣仁先生 ……………………… 88

　　附录　沈宣仁先生给作者的最后一封电邮 ……………… 92

15. 真正的教者——侧记高锟校长 ………………………………… 95

辑三　大学

16. 中大人的气象 ……………………………………………… 109

17. 我所理解的新亚精神 ……………………………………… 115

18. 做个自由人——《政治哲学对话录》序 ………………… 120

19. 个人自主与意义人生——哈佛学生的两难 …………… 131

20. 什么是好？什么是坏？——重建中国大学的价值教育 … 144

21. 大学的价值——周保松、梁文道对谈 …………………… 151

辑四　回忆

22. 童年往事 …………………………………………………… 167

23. 徜徉在伦敦书店 …………………………………………… 173

24. 淘书心情 …………………………………………………… 176

25. 寻找以赛亚·伯林 ………………………………………… 181

26. 活在香港——一个人的移民史 ………………………… 186

27. 行于所当行——我的哲学之路 ………………………… 213

代后记　可有可无的灰尘 …………………………… 陈日东 253

新版自序

当得悉本书有机会出新版时，我曾想过将过去几年新写的一些文章加上去，但几经考虑，最后还是决定保持不变。本书承载了我生命的某段历程，那段历程的心境，和现在已大不同。我很珍惜那份记忆，遂希望它能完整地停驻在历史某个点，以便日后回首，仍能见到来时路。

这些年来，我一直没有停止过写作。但写作不是我的职业，所以我不曾为生计写作，也不曾为讨好任何人任何事而写作。无论文章好坏，我想我大抵能做到诚实写作。我之所写，都是我所真心相信及所真实感受。我的文字，承载了我的思想、情感和信念。文字于我，一如钢琴于琴者，画笔于画者，不仅是表达的工具，同时也是生命的一部分。诚实写作，也就是诚实地生活；诚实地生活，不一定有什么好处，但至少活得坦然；活得坦然，人就有一份踏实感。

我这本书，主要是关于教育和人生。能够读到这本书的人，都已经历或正在经历不同阶段不同形式的教育，同时在当下活着自己的人生。怎样的教育，才是好的教育？人的一生该怎样活，才叫无悔无憾？这些都是我们经常思考的问题。而一旦认真想下去，我们很快会见到，这些问题并不易答。这本书也没给出一个标准答案。我所做的，更多是认真对待问题，并分享我的一点体会。

努力思考，有时会教人更加迷惘更加痛苦；认真追求，有时会教人更难忍受现实的残酷和不义。确是如此。但我的经验是，只有认真思考过这些问题，我们才会较为清楚知道自己想要怎样的教育，以及想过怎样的人生。也只有这样，当在生活中面临各种考验时，我们才能较有自信去应对。

我估计这本书的读者，有不少是年轻人。虽然我们彼此不相识，我仍然很想和大家说，无论外在环境有多困难，都要好好爱惜自己，好好活着。人只能活一次，我们没理由辜负自己。

是为新版序。

2016 年 2 月 29 日

香港中文大学

自序：活得好这回事

走进生命的学问，是我追求的境界。呈献在读者面前这本小书，是我在探索路上留下的足印。这些足印，或深或浅，承载了我的思想和情感。我珍惜这些文字，因我活在其中。此刻书成，晨曦初露，山海静穆，才出生几天的女儿就在身边恬睡。在这个四月的清晨，我想多说几句，权作为序。

这本书，有不同主题，但归根究底，都在关心同一个问题：我怎样才能活好自己的人生？这个问题看似简单，实不易答。

首先，这个人生是我的，不是别人的，我不能让别人代我活。我是自己的主人，得为自己做决定，同时对自己的决定负责。这是很不容易的事。不少人就因为承受不了自主的重担，将担子移给别人，由别人来主宰自己。他们遂活着别人的人生。所以人要为自己而活，就一定要有独立意识，一定要告诉自己，我不是任何人的附庸，我有能力走自己的路。在我成长的过程中，我花了很大努力吃了很多苦头，才渐渐明白这点。而一旦明白，整个对生命的感受就豁然不同。我开始意识到自己可以做个自由人，自我探索自我创造自我实现。但自由意识愈强，伴随而来的，不是轻省不是快乐，而是责任，非常沉重的责任。毕竟我只能活那么一次，当下即成历史，我要的不仅仅是自由，而是自由地活得好，活得有价值。

这是我的思考的起点。我不是读了一堆书，才生出这些困惑，而是在真实生活中受这些问题所困，然后尝试在学问中解惑。"未经省察的人生，并不值得过。"这是苏格拉底在雅典受审时说的话。[1] 理性省察的人生，不一定就是快乐的或幸福的人生。但既然活得好活得正当是人之为人必须重视的问题，那么认真反思自己的信念，努力依信念而活，或许是面对问题最恰当的方式。只有这样的人生，才谈得上是我们从心里相信值得过的人生。

本书许多文章，包括我写给学生的书信，我和陈特先生临终前的哲学对话，我对大学教育的反思，以及我的个人历程回顾，都和活得好这回事相关。经过多年思索，我渐渐明白，世间万事，说到头，都离不开我们对那真实存在的个体生存处境的关怀。如果看不到人，看不到人的脆弱有限，看不到每一个体都有独一无二且值得尊重的人生，那么所谓政治所谓集体所谓经世大业所谓意识形态，都是浮云，带来的往往是宰制异化压迫。我深深觉得，在我们这个时代，在这个据说价值崩坏是非颠倒虚无盛行的时代，要活出正直美善的人生，实在很难。因为我们活在世界之中。制度不改文化不变观念不移，我们的社会就难以变好。那该如何变？

我的想法是这样。

1　Plato, "Apology", 38a.

要活得好，我们需要对自我及人性有很好的认识。我们不了解自己的理想、志趣、个性、能力，我们就不知自己想要什么，也不知该以什么方式实现自己的目标。我们对人的构成和生存状态没有深刻体悟，就难以知道"活得像个人"的真确意义及人的尊严建于何处。

要活得好，我们需要发展某些能力，包括理性和道德能力，感知世界及与他人沟通相处的能力，懂得爱懂得怜悯懂得公正待人的能力，还要有想象力和实践力，因而既能见到生命的可能性同时有勇气实现这些可能性。

要活得好，我们需要一些条件。我们需要好的教育，将人培养成独立正直有判断力有责任感的人；我们需要自由权利法治，保障人在没有恐惧没有压迫的环境下追求自己的理想；我们需要社会正义，资源得到合理分配，公民权益受到保障；我们需要丰厚文化，容许个体得以在众多有价值的生活方式中自由探索；我们需要政治参与，使得每个公民有平等机会去投入和影响公共决策，实现真正的集体共治。

以上是我的思考方向。对我来说，人生哲学伦理学和政治哲学，彼此关联，不可分割。书中的文章，虽然不是系统的理论思考，但我还是希望读者能够体会背后的关怀所在。当然，我更多的是提出问题，而非提供定论。我最希望的，是读者能够见到问题，感受到问题的重要，然后一步步探索下去，走出自己的路。

每个人都有自己活着的轨迹，我的思想离不开我的历史，离不开途中遇到的人。

1985 年 6 月，黄昏，我，一个少年，在故乡的车站，坐在长途汽车一角，手里捧着一包泥土一瓶江水。窗外，是数十位前来送别的同学。我要移民香港。车站嘈杂，空气中全是汽油味，我什么也说不出，只是隔着窗流泪。人到深圳，跨过罗湖桥的一刻，我心里默念，我要回去我要回去。只是没料到，那一跨，竟标志着我的无忧少年时代的终结。

自踏足香港第一天始，如何在新环境求生存，如何安顿心灵，如何找到人生方向，成了我最大的挑战。我当初真的没想过，以香港为家，做个香港人，是那么艰难的事。我的移民史，让我深深体会到，个体实在脆弱。人生而自由，却无处不被枷锁。这些枷锁，来自制度习俗偏见观念。要在诸多限制中，走一条不那么从众的路，为生命涂上一点异色，极为艰难。正因如此，我更坚信，要使每个人有机会活得好，就一定要改变种种束缚人异化人奴役人的观念和制度，让人呼吸到自由的风，意识到自由的可贵，并有勇气做个自由人。

二十六年后，我将这束文章交付三联书店出版，我有还乡之感。不是因为衣锦在身，而是因为我的文字即将和无数不相识的读者相遇。我感觉自己像个游子，走了好长好长的路，终于携回一点东西，呈献给久别的乡人——无论这点东西是如何的微不足道。穿过记忆，我又仿佛看见当年那个青涩忧郁的我。我的少年同学啊，但愿我没有辜负你们的水和土，也但愿你们能在巨变的中国好好走过来。

1991 年深秋，夕阳斜照，在中文大学新亚书院青草地，我和十多位一年级同学席地而坐，在助教杨国荣带领下，上陈特先生的"哲学概论"导修课。那是我第一次在草地上课。讨论什么我忘了，但我记得我们很快乐。我们认真思考热烈应和，发觉哲学很美妙。我从此走上哲学之路。

我 2002 年回到中文大学任教。我最喜欢在新亚钱穆图书馆丽典室上课，因为它正对着那片青草地。草地旁边，是哲学系创办人唐君毅先生的像；再远再高一点，是万世师表孔子像。有时天气好，我会和学生到草地讨论。一样的阳光一样的气味，我看着一张张年轻的脸，遂明白，什么叫薪传。

我庆幸遇上哲学，更庆幸成为教师。教育的最高境界，是让学问走进生命，同时让生命启迪学问。这是我的教学理想，多年来为此倾注心力。在课堂在酒吧在咖啡室在原典夜读在春日郊游在网上论坛，我和学生有过无数对话，并建立了深厚的师生情谊。我看着学生成长，自己也在成长。对不少人来说，在今天的大学，花时间在学生身上是不智的事。我不这样看。教师的责任是育人。离开了学生，也就离开了这门事业。做个合格的老师，需要像庖丁解牛那样专注投入，更需要长期的关怀实践。我不知道自己能做到多少，唯有自许，虽不能至心向往之。

陈特先生 2002 年离开，杨国荣先生 2010 年离开。临别前夕，我们以讨论哲学来郑重道别。他们用他们的生命，活出了哲人和教者的尊严。

本书绝大部分文章的首位读者，是我相识十八载的好友陈日东。日东是我的文章最初和最后的仲裁者。他认为过得去，我就放心；他认为不好，我就修改。可以说，这些文字背后都有日东的影子。

日东是我读大学时的哲学系同学。过去那么多年，无论身在何处，我们从没停止过思想交流。有时是书信，有时是电话，有时是闲聊，有时是激辩。从哲学政治教育时事生死到日常生活的细事琐事趣味事，我们无所不谈无所不辩。日东是我认识的人中，活得最接近苏格拉底式的哲学人。他是真正以生命来实践哲学。我们的相交相知，更教我真切明白，友谊是活得好的不可或缺的元素。

这本书的后记，我请日东来写，他慨然应允，并花了极大精力完成。有了这篇文章，全书就完整了。它不仅承载了我的思想情感，同时见证了我们十八年的友谊。

2011 年 4 月 8 日凌晨，在医院产房，我陪在内子身边，看着女儿一步一步降临世界。切断脐带后，我抱起小可静，看着她的脸，听着她的哭声，内心充满喜悦虔敬。这是新生命，这个新生命是我的女儿。

我知道，由那一刻开始，女儿将成为我生命中最大的牵挂。我将牵着她的小手，走以后的路。正如龙应台老师对我所说，这是甜蜜的负担。女儿当然不知道她进入的，是怎样的世界，但这个世界怎么样，却会影响她的一生。我是如此希望，世界可以慢慢变好，没有恐惧虚假压迫，所有小朋友能够在有自由有爱的环境，活出丰盛的人生。女儿啊，愿你慢慢长大，热爱生活热爱智慧热爱人间美好事物，并和爸爸妈妈及其他人一起，努力令世界变好。我们要有这样的信心。

是为序！

2011 年 4 月 13 日

香港中文大学吐露港畔忘食斋

致　谢

本书的出版，得到很多人帮助，我要在此向他们致谢。

本书部分文章，曾收在香港牛津大学出版社出版的《相遇》之中，我要多谢出版社允许本书重刊这些文章。本书另一部分文章，曾在《思想》《明报》《南方周末》《读书好》等刊登，我要多谢这些刊物容许我将文章收进书中。在本书写作过程中，三联书店编辑曾诚先生给予我极大支持鼓励，并提出许多宝贵意见，我要谢谢他的协助。

我要多谢教过我的老师，包括陈特、沈宣仁、石元康、何秀煌、卢玮銮、梁汉檠、梁世祺、张寿民、John Charvet、Susan Mendus 等。总是待年月过去，杂乱记忆沉淀，我才逐渐看清老师们对我的影响有多深多远。今天我也做了教师，我更体会为人师者的责任与使命。

我要多谢我教过的学生。过去十年，我大部分时间都是和学生在一起。我们一起读书一起生活，共同度过无数充实快乐的时光。我从学生身上，看到很多学到很多，并慢慢形成我对教育对哲学对政治对人生的理解。没有他们，我不会写出书中许多文字。

我也要多谢犁典读书组的所有成员，尤其是邓小虎、邓伟生、曾瑞明、李经讳、叶家威、周汉杰、刘琦、李敏刚等。这些年来，读书组成为我们最珍惜的思想园地。我们不间断地聚会,细心阅读原典,互相砥砺以求共同进步。我的很多想法,都是在读书组长期交流中发酵成熟。我也多谢关信基、陈方正、熊景明、钱永祥、慈继伟、许纪霖、刘擎、梁文道、陈宜中、周濂、王巍等师友给我的启迪和鼓励。

对本书贡献最多的,是我的好友陈日东。多年来,每写就一文,我总是第一时间给日东兄过目,由他点评过后我会修改然后再交他批评。这样的过程,来回十多次是闲事。这次日东兄为本书撰写代后记,细述我们相识相知十八载种种。这份情谊,我铭记在心。

本书不少文章,都和我的母校香港中文大学有关。我在这里毕业然后回到这里工作,我的老师学生朋友家庭都在这里。由读书时代开始,我写过数不清批评母校的文章,也不知试过多少次为她的发展奔走抗议流泪。我从没试过对一个地方贯注那么深的感情,并将整个生命投入其中。我是重读书中文章,才清楚意识到这点。如果我只是这所大学的过客,我不可能写出这样的文字。因此,我感激母校,感激她的山水人文历史培养了我,感激她让我活得有重量。

我要多谢我的父母。父母辛苦一生,将我抚养成人,自小给我最大的支持和信任,鼓励我走自己想走的路。如果不是在这样的家庭成长,我很可能不会有书中的许多教育理念。我也感谢我的三位姐姐一直以来对我的关怀。我更要多谢内子翠琪。我们结识于中大新亚书院,其后一起负笈英伦,学成后一道返回母校任教,沿途彼此扶持,共同进退。因为有翠琪,我遂活得踏实安稳。最后,我要感谢刚刚出生不久的小女儿可静,她让我知道什么是牵挂,什么是父爱,什么是忘忧。

辑一 ｜ 学生

1. 或许不是多余的话

各位同学：

　　此刻，夜深，窗外下着冷雨。我在书房静静听着"广陵琴韵"，偷得一刻空闲，翻开梁漱溟先生的《我生有涯愿无尽》。读不下去。在这样的雨夜，听着这样幽幽的琴音，心有不舍。因为，明天，你们将一一披上毕业袍，正式告别三年的大学生活。这几天，一直告诉自己要好好写点东西，和你们道个别。只是真的到了眼前，却又有鲁迅在《野草》中所说的"当我沉默着的时候，我觉得充实；我将开口，同时感到空虚"那份无可言状的寂寥。所以，一直不想也不忍动笔。反正，一切都会过去。只是，在这样的寒夜，离情一如那无孔不入的寒风，挥之不去。既然如此，我便想到什么说什么，像平常般和大家聊聊天吧。

　　那天，在新亚书院毕业礼，我又一次站在圆形广场，和同学一起照相。正好是十年以前，我站在同一阶梯，和哲学系老师一起，拍我的毕业照。曾经教过我的师长，陈特、沈宣仁、黄继持先生走了，刘述先、何秀煌、卢玮銮先生退休了，石元康先生教完这学期，也将告别杏坛。新亚依然。钱穆图书馆旁边的木棉，乐群馆前的桃花，在毕业季节，依旧识趣地盛开。水塔巨大的身躯，仍然忠诚地守护着新亚。当我和同学一起，穿过那耀目的镁光灯，我仿佛看见当年穿着毕业袍的我，在远处静静伫立，见证着不变中的巨变。那一刻，我忍不住想，十年后，我将如何？中大呢？香港呢？我身边的学生呢？我一片茫然。生命，实在有太多偶然和意外。十年前，我压根儿没想过会为人师表。而十年后，唯一可以肯定的，是身边很多我珍惜的人将会离开，而新亚的木棉将年复一年地绽放。

想当年，在毕业前最后一次的周会，我和同学一起唱起心爱的新亚校歌，心里怀着伤感，对着其他毕业生大声说："今日，我以身为新亚人而傲；他日，我要新亚为我而傲。"那时，自有一番不知天高地厚的豪情。如今想来，倒也没有什么难为情，只是对于什么是一个人值得骄傲的东西，别有一番体会。例如，我会问，今天的新亚和中大，有什么值得我为它而傲？而我又应做些什么，才叫不负母校对我的期许？我多少知道答案。只是，我也逐渐发现，我的答案，原来和很多人不一样。我看着以为好的东西，别人却不如是想。清楚这点，多少有点苦涩。走在众人之中，总是安全而舒适，而我一直以为有很多同路人。

然后我又想，十年后，如果再见你们，我又会为你们的一些什么而骄傲呢？相处三年，你们应该知道，我不会用是否名成利就来衡量你们的人生价值。这些都是好东西，使人活得安稳安全，也是很多人毕生奋斗追求的目标。但我确切知道，在香港这样一个发达资本主义社会，要实现这些目标，往往要付出很大代价。这些代价，不仅是辛劳，不仅是汗水，还必将有无数的委曲和尊严的丧失，必将接受一次又一次的妥协，并在残酷竞争中伤害自己同时伤害别人，甚至被迫出卖良知。我们难免心灵斑驳。

对不少人来说，这些代价是值得的，甚至根本不当这是代价。我对此很有保留。如果一种"成功"的生活，其中只有无穷尽的竞争和对物质的追求，却没有信任没有关怀没有公正没有爱，这是幸福的生活吗？最少，古希腊哲人苏格拉底不如是想。他在雅典被公民集体审判时，无惧地说，如果一个人一生只知道努力追求金钱名声，却不在乎真理和灵魂的完善，那是可鄙的生活。

我自然明白，每个人皆有自己的选择——无论那是得已或不得已。但我依然想说，如果在日后的人生中，你们能够活得自由，活得正直善良，有自信走自己的路，懂得热爱自然和感受人际关系中的真挚情感，并对社会中的弱势者有基本关怀，那么，我会由衷为你们骄傲。我知道，在香港这样一个"中环价值"当道的城市，要过这样的生活，实在不易。因为在她眼中，只有竞争只有效率只有弱肉强食人践踏人，却甚少我们课堂上向往的公义平等尊严，乃至将人视为目的而非仅为手段。很不幸，我们必须活在这样的城市，并投入这样的游戏。

我们的心灵，遂恒常面对曲折挣扎腐蚀。自由自主，如此难求。社会压力愈大，现实限制愈多，一己抗衡的力量就愈弱。而对生命愈有要求，对生活愈敏感的人，却愈感受到其中苦况。底线遂一退再退，原则调整复调整。或许去到某一刻，我们不得不接受，那就是人生的唯一选择，从而失去仅有的对生活的另类想象。我们渐渐相信，生活不得不如此，生活本是如此，生活就该如此。我们遂不自由，遂彼此奴役，遂丧失活出个性的力量。

苏格拉底说，未经反省的生活，是不值得过的。问题却在于，如果一个反思式的人生，必须直面人生种种软弱丑陋伤痛，我们能够承受得起吗？我们有责任要承受吗？对生命对社会不断的反省，真的令我们活得更加美好吗？苏格拉底以他自己来示范说，是的是的，活得正直正当，追求美善，我们才能活得幸福，因为活得好与活得高尚，是同一回事。正因为此，人生的首要关注，不是我们的身体和职业，而是灵魂的完善。要得到这种幸福，我们必须践行美德，活得正直公正，即使要为此付出极大代价。但在一个享乐主义和自利主义的时代，苏格拉底这样的人，早已显得过时，甚至被视为疯子。但他不是疯子。他是古希腊的伟大哲人，是西方思想的源头，并为了坚持一己信念而不惜舍弃生命。

尽管如此，依然有人会说，这只是纯粹的个人选择。只要我们不像苏格拉底那样看人生，自然活得心安理得。而当绝大部分人都选择活得不正当不高尚并视之为好的时候，一个苏格拉底式的人，活得好的那份自信又从何而来？而若为此而放弃世间众多其他的好，又是否值得？问题实在艰难。毕竟，生活中限制重重，而生命属于每一个人。对于人该如何活，在这样的世代，谁可以有绝对的权威？而微弱的个体面对庞大的制度，坚持又从何谈起？我知得愈深，愈不敢要求。也正因此，我实在不想循例说那"前程似锦"的套话。中大，也许只是曹雪芹笔下的大观园；而人生忧患，也许只从离开大学站才真正开始。但我希望你们知道，至少至少，苏格拉底用他的生命启迪我们，选择的可能性总是存在的。活得高尚活得正当，是值得追求的。我不知道，如果我们连这点信念也失去，那还有什么值得我们坚持，生活的意义又从何谈起。

大学教育，理应好好培养学生成为独立而有个性的自由人，积累知识沉淀智能，拓阔视野建立自信，从而在步入社会后不至于那么容易被击倒，并在力所能及的范围内，积极参与社会改良，活出丰盛而有价值的人生。很可惜，今天的大学教育，在所谓国际化市场化大潮中，离这个目标愈来愈远，而古典的人文教育理念，亦几已遭人遗忘。所以，当我问母校有何值得自己骄傲的时候，我既感到困惑失落，同时感到一己责任之重大。

三年前9月开学第一个星期的第一天，我们一同走进中大。你们是我的第一批学生，我是你们第一个上课的老师。我们能成为师生，其中必有许多不知的因缘。如果没有记错，也是在第一课上，我和你们谈及苏格拉底的教导。在其后的日子，我们一起生活一起思考，看着你们一步步成长。我记得你们每个人的名字，甚至清楚每个人的性情。我相信，三年的政治系生活，将是你们人生最美好的回忆；而他日捧起《政治哲学对话录》，相信大家仍会记得，我们曾经如此一起忘我地思考哲学和政治。只是，把回想留给未来吧。你们如此青春年少，对未来的生活必定充满这样那样的美好想象，也必定有万分开拓前路的勇气和豪情。珍重！

2003年3月3日清晨

2. 独一无二的松子

各位同学:

你们今天将披上毕业袍,在春雾弥漫杜鹃满山的 3 月,向你们的大学生活道别。有同学对我说,老师,为我们写点什么吧,留个纪念。我明白你们的心意。中大是一座山,而政治系在山之巅。三年来,我们在山中一起思考政治、哲学与人生,日夕相处,度过无数难忘时光,此刻目送你们学成下山,真是既安慰又不舍。

让我从中大的树说起吧。你们都知道,中大多马尾松。马尾松并不起眼,长在山坡上,终年常绿,开花也好,结果也好,没人会留意。有时在校园散步,见到掉下来的松子,我会拾起几颗,带回家中。后来,我读到台湾作家周志文一篇回忆少年同学的文章,说这些一生默默无闻的人,犹如"空山松子落,不只是一颗,而是数也数不清的松子从树上落下,有的落在石头上,有的落在草叶上,有的落在溪涧中,但从来没人会看到,也没人会听到,因为那是一座空山"。这是实情。但想深一层,即便不是空山,即便人来人往如中大,我们又何曾关心那一颗又一颗松子的命运?在我们眼中,所有松子其实没有差别。一批掉了,零落成泥,另一批自然长出来,周而复始。世界不会因为多了或少了一颗松子而有任何不同。

松子的命运，大抵也是人生的实相。如果我注定是万千松子的一颗，平凡走过一生，然后不留痕迹地离开，我的生命有何价值？如果我只是历史长河的一粒微尘，最后一切必归于虚无，今天的努力和挣扎，于我有何意义？

每次想起这个问题，我的心情总是混杂。有时惶恐，有时悲凉，有时豁达，有时虚无。更多的时候，是不让自己想下去，因为它犹如将人置于精神的悬崖，稍一不慎便会掉下去。我于是退一步问，为什么这个问题总是挥之不去，总是如此影响心情。渐渐，我明白，我其实不可以不想，因为我是人，有自我意识和价值意识。我如此清楚见到自己在活着，见到当下眨眼成过去，见到自己作为独立个体在默默走着自己的路。更重要的，是我无时无刻不在衡量自己的生命。我们心中好像有杆秤，要求自己每天要活得好。我们认真规划人生，谨慎作出决定，珍惜各种机会，因为我们知道，生命只有一次，而生命是有好与坏、幸福不幸福可言的。我们不愿意活得一无是处，不愿意虚度华年，意义问题遂无从逃避。

难题于是出现。从个体主观的观点看，我自己的生命就是一切，重如泰山。我的生命完结，世界也就跟着完结。我是宇宙的中心。但只要离自己远一点，从客观的观点看，我又必须承认，我只是万千松子的其中一颗。我的生命完结了，世界仍然存在，一点也没变。我的生命如微尘滴水，毫无分量，很快遭人遗忘，后面有更多来者。这不是什么难以想象的事。每次去完殡仪馆，目睹至亲好友片刻化成灰烬，返回闹市，再次面对笑语盈盈的人群，我总有难言的伤恸。那一刻，我看到生的重，也见到生的轻。

既然我们的人生路线图早已画好，这中间的曲曲折折，真的有分别吗？

我想我们总是相信，那是有分别的。对，即使我是长在深谷无人见的松子，终有一天跌落荒野化成泥，我依然不会接受，我的人生和他人毫无分别，更不会接受我的人生毫无价值。但这是自欺吗？我们是在编织一张意义之网安慰自己吗？我不认为是这样。所有意义问题之所以成为问题，之所以困扰我，说到底，是因为我意识到"我"的存在，意识到"我"在活着自己的生命，并在规划属于自己的人生。如果我没有了一己的主观观点，只懂从一客观抽离的角度观照自身，我将无法理解"我"为何要如此在乎自己。我们必须先意识到"我"的存在，并在浩瀚宇宙中为"我"找到一个立足点，意义问题才会浮现。所以，即使我是一颗松子，也不必因为看到身边还有无数更大更美的松子而顾影自怜，更不必因为默默无闻而觉一生枉度。我真实经历了属于自己的春夏秋冬，见证一己容颜的变迁，并用自己的眼睛和心灵，体味生命赋予的一切。这份体味，是别人夺不走也替代不了的。

这份对自我存在的肯定，是我们活着的支柱。这个世界很大，这个世界有很多其他生命，但我只能从我的眼睛看世界，只能用我的身体和心灵去与世界交往。只有先有了"我"，我们才能开始思考如何活出有意义的人生。但问题并未在此完结。因为一旦有了"我"，自然也就有无数与"我"不同的他者。我们的样貌性情能力信仰家境出身，千差万别。有了差异，便难免有争。我们于是时刻将他人当作对手，并要为自己争得最多的财富地位权力。各位离开学校进入社会工作，可能感受最深的，正是这种无时无刻无处不在的竞争压力。我们未必喜欢争，但却不得不争，因为所有人都告诉你，世界就是一个竞技场，只有争才能生存，只有争才能肯定自己的存在价值。人世间种种压迫宰制异化，遂由此而生。

问题是，这些压迫宰制异化，真的无可避免吗？不同个体组成社会，难道不能够以更平等更公正的方式活在一起吗？这是过去三年，我们在课堂上一次又一次讨论的问题。我认为，承认个体差异和接受平等相待之间，虽有张力，但并非不可调和。关键之处，在于我们能否将两种看似对立的观点融合。一方面，从主观的观点看，我们意识到自我的独特和不可替代，以及一己生命对于自身绝对的重要性。另一方面，转从客观的观点看，我们将意识到，如果我的生命对我无比重要，那么他或她的生命，也将对他或她同样重要。我们都是人，都有自己的生命要过，都渴望过得好。就此而言，我们的生命，有同样的重要性。我们不以一个人的出身能力财富，去将人划分等级，并以此衡量人的价值。我们推己及人，既看到人的差异，也看到人作为人共享的可贵人性，因而努力在群体生活中实践平等尊严的政治。也就是说，我们既要肯定个性，鼓励每个人自由地活出自己的生命情调，同时要彼此关顾，保障人的平等权利，使得人们能够公正地活在一起。这是我常说的，我们应该追求一种自由人的平等政治。

我觉得，受过大学教育的人，应该有这样一份对人的平等关注。但这并不容易。试想想，各位也是经历重重考试，将很多同辈甩在后面，才能进入中文大学。而一旦离开校门，迎面而来的将是更剧烈的竞争。既然这样，我们如何能够穿过人的种种差异，看到人性中共享的价值，并以此作为社会合作的基础，实现平等尊严的政治？而我们又需要怎样的制度建设和文化氛围，才能培养出这样的道德信念？这是我们必须认真思考的问题。

　　各位下山之际，为什么我还要如此絮絮不休和大家探讨这些问题？因为问题重要。在上面的讨论中，我指出生命中有两重根本的张力。第一重是两种观照人生的方式带来的张力，第二重是生命的差异和平等导致的张力。第一重张力，影响我们如何好好活出自己的人生。第二重张力，影响我们如何好好活在一起。各位身为读书人，关心生活关心政治，是一生之事，不应随着披上毕业袍而终。

　　大家应该还记得，去年冬天上完《当代政治哲学》最后一课，我们曾在联合书院教室外那个裂开的大松子雕塑前合照留念。那个大松子啊，笑得活泼率真。在我眼中，你们都是独一无二的松子。

　　　　　　　　　　　　　　　　　　　　　　2010 年 3 月 13 日

3. 政治、学术与人生

各位同学：

　　眨眼间，这学期的政治哲学课就已完结。我常觉得，每修完一门课，大家最好能对所读所学作一检讨回顾，看看自己有什么不足和收获。这学期，我们在网上论坛累积了丰富的讨论，留下大量精彩对话，真是十分难得。今天，我想和大家分享一下我对政治、学术与人生的感受，算是总结吧。

　　大学教育的目的，是培养学生独立思考的能力，从而在学术和生活上，能够对种种问题作出明智合理的判断，活出自我，并为自己的选择承担责任。这是我常说的自由人的意思，也是密尔（J. S. Mill）在《论自由》一书中强调人要有"个性"（Individuality）的意思。在涉猎不同理论后，如果大家能够慢慢建立思考问题的知识框架，并对公共事务形成自己的分析判断，那就很不错。

　　在学术和生活上，要做到特立独行，并不容易。我们的社会总有一个主流。如果我们顺流而行，一定最安全，因为身边有很多人和你走同样的路，你会较易得到肯定认同。无论在哪个时代，要做少数，要行小路，要坚持一些非主流价值，都需要很大勇气和自信。自信从哪里来？从读书中来。[1]读书可以给我们力量。这有两层意思。一、书读多了，眼界阔了，便能找到许多同道中人，不会孤立无援。说异端，有多少人及得上苏格拉底、耶稣、马克思、达尔文、弗洛伊德？但我们知道，一部人类文明史，如果没有他们，一定得重新改写。我们受环境和文化所限，总以为生活非这样不可非那样不行，于是小心翼翼循规蹈矩。事实并非如此。多读点书，我们就能见到生活其实有许多可能性，有很多人活出不一样的精彩人生。二、书读多了，我们会慢慢增强判断力，懂得在众多观点中，分辨出孰优孰劣，并有自信择善固执。所以在追求学问的过程中，我们要慢慢学会建立一个分析事物的理论框架，帮助自己整合不同知识。没有这样的框架，我们眼前所见，只会是一堆杂乱无章之物，却理不出头绪，更难以知晓现象背后的意义。思考一定要有结构，而结构的搭建，有赖理论。不少同学有理论恐惧症，总以为那些都是高大空的艰涩东西，可是没有理论，我们不知如何理解社会和自我。

如果以上所说有理，大家当会见到，学术和人生并非二分。学术追求必然和一己人生的安顿有关。美好人生的重要条件，是对自我和社会有所认识，并在此基础上作出自主选择，并有足够自信去实践自己的信念和理想。就此而言，我们努力追求学问，尤其是对生命的学问的探索，便不仅仅是出于单纯的知性兴趣或实用目的，同时也是为己之学。我们在不断求索中，理解自己认识自己，既看到生命的限度，同时看到生命的可能性，从而拓阔对美好事物的想

---

1 当然，不是说这是唯一的方法。这里所说的读书，也不是为了应付考试而读那种。

象空间。

我们更要知道，个人幸福的追求和制度分不开。各位修读政治，大抵会同意，政治研究应有一终极关怀，即希望世界变得更好，制度变得更合理，从而使个体在其中能更有尊严更自由地活着。政治的本质，不是权力争斗，不是利益交换，而是关心人类如何好好活在一起。打从柏拉图、亚里士多德、孔子、孟子起，东西哲人皆强调，政治生活和伦理生活密不可分。由此可见，读政治的人，特别需要一份深厚真切的人文关怀。

但在香港这样的社会，谈人文关怀实在不易。毕竟资本主义的核心理念，是视社会为不同自利主义者在其中竞逐个人利益之所。个体与个体之间，固然难以建立非契约式的伦理关系，个人亦难言对社会，乃至对人类有任何不可卸却的道德责任。这种对社会和自我的理解，过度贬抑了人的道德情感，也过度扭曲了人与人之间的伦理关系。结果是在我们的公共讨论中，往往只有权术之辩，却甚少理念之争，因为政治理念必须由价值和理想来支撑——我们的城市却欠缺这样的词汇和土壤。即使间或有人以香港核心价值作政治动员，也总教人有苍白无力之感。不是说这些价值（民主、法治、公义等）不重要，而是我们常常不能将这些价值的丰厚内涵，好好论述出来，求到公民认同并实践于生活。对于公民应该具备什么德性，理想的政治生活应该为何，我们更有无从谈起之感。

在这样的处境中，从事政治哲学教育，实在吃力。不要说外面，即使在中大，也甚少学生对严肃认真的伦理和政治问题，有太多知性探索的热情。这可以理解。这些问题，已远远超出一般香港学生的视野，而我们的大学，我们的城市，也不重视这些问题。但诸位作为政治系的学生，没理由不对自己有高一点的期望，没理由看不到学术与人生之间的紧密关联。当代著名政治哲学家罗尔斯（John Rawls）在晚年的一次访谈中，被问及为何以哲学为志业时，他这样回答：

> 在每一个文明中，应该有一些人去思考这些问题。这并不仅仅在于，这些知性探求本身有其自足价值，而在于一个社会，如果没有人认真思考形而上学和知识论，道德和政治哲学的问题，那它实在不足称为一个社会。意识到这些问题，及其可能的解决方案，正是文明社会的部分表征。[1]

认真思考这些重要问题，努力拓阔我们的政治和伦理想象力，共同丰富我们的公共讨论，并力求我们的世界变得更好，是诸君应有的自我期许吧。共勉！

2008 年 5 月 4 日

1　Rawls, "For the Record" in *Philosophers in Conversation* ed. S. Phineas Upham（New York & London: Routledge, 2002），p.13.

4. 论辩和论政

各位同学：

今晚是两大政治科学辩论比赛的大日子。[1] 我一直想来为你们打气，但由于承诺了和我的老师吃饭，结果来不了。待吃完饭，赶到"跑跑堂"，见到门外人头涌涌，才知赛事已完结。第一个见到的，是系主任关信基教授。我说，听说我们输了。关教授温和地笑着说，"那有什么相干"，然后就一个人静静走了。进入大堂，见到你们，见到一张张疲惫失落的面容，我有点不知说什么好。回到家里，不知何故，却有一点感受想和大家分享。

三年前，我刚回中大政政系教书。不知就里的，系会找了我担任"两大政辩"的评判。那年的赛事在香港大学举行。当年的辩题是什么我都忘了，只记得我很紧张，因为是平生第一次担任这样的工作。我更担心的，是我会不会因为我的身份，不自觉地作出不太持平的判断。结果，我还是给了中大方较高的分数，你们也以较大比数胜了港大。比赛完后，我坐关教授的车回中大。

1　这里指的是香港大学和香港中文大学一年一度的政治科学辩论比赛，已经有三十多年的传统。

关教授当年的神情，和今晚一模一样，丝毫不以中大胜了而显得特别高兴。我想他关心的，是这个维持了那么久的活动本身的价值，而不是谁胜谁负。

我那天晚上，也按惯例被邀上台说几句赛后评语。我脑里一片空白，不知说什么好，结果匆忙中对着数百人说了一些不太合时宜的话。大意是这样：在古希腊社会，有一些人，叫智者（sophists）。我们知道，sophia 解智慧，智者的原义即是有智慧的人。但到了公元前 5 世纪的后半叶，智者的意思，慢慢有了转变，它专指那些善于辩论和修辞术（rhetoric）的人。当时的雅典，行直接民主制，好辩之风甚盛。这些智者专门教人如何雄辩，并收取很高的费用。智者既不关心真理，也不关心论证是否正确，只在乎如何透过各种辩论技巧，操弄听众情绪，甚至说非成是，将对手击败。

苏格拉底、柏拉图、亚里士多德都不喜欢这些人，因为他们认为一个真正的爱智者，应该追求真理，服膺真理，而不是只懂得运用修辞术去击败别人。正因为此，苏格拉底常常被视为西洋哲学史上第一个真正的哲学家。

那天，我说，同学们啊，我们应该谨记苏格拉底的教诲，要视辩论的目的为追求真理，追求正义，而不是为了追求胜利。我们不要做智者。

我后来想，那一番说话，对不少人来说，不仅不合时宜，甚至有点荒谬了。真的还有人相信真理愈辩愈明吗？世间还有真理吗？毕竟所有辩论的题目，都和价值有关，而价值本身是否具客观性，在这个韦伯所称的诸神解咒的年代，对不少人来说，早已殊为可疑，甚至分崩离析了。

新亚书院天人合一亭。合一亭在中大山巅，下临吐露港，远眺八仙岭，池海山天连成一线，是中大最美景致。合一亭为纪念钱穆先生"天人合一论"而建，左边是女生宿舍学思楼，右边是男生宿舍知行楼。读书年代，我在知行楼住了三年，日夕与海光山色相对，早晚与同学游戏切磋，留下许多美好记忆 [方迎忠摄]

1. 新亚书院草地，和学生一起上导修课。导修课即小班讨论课，通常大家先读文章，由同学作报告，然后自由讨论。我当年也是在这个草地，上陈特先生的"哲学概论"导修课 [2010 年]

2. 和学生一起飞跃，自由轻快。[2011 年]

3. 香港西贡世界地质公园。每教一门课，我都会和学生去郊游，有时出海有时爬山，远离尘嚣亲近自然，体会"此中有真意，欲辨已忘言"的境界。这也是教育 [2011 年]

<table>
<tr><td rowspan="2">1</td><td>2</td></tr>
<tr><td>3</td></tr>
</table>

1. 原典夜读。为了帮助学生更好地理解文本，每开一门课，我会在晚上加一节课，与学生一起阅读重要哲学著作。读完，有时会和学生一起去大排档宵夜，喝点啤酒，聊会儿天

2. 最后一课和学生合影

1. 每年三四月，杜鹃花开满山，是中
   大最美也最伤感的季节，学生穿起
   毕业袍，向老师向同学向校园道别
   [2011 年]

2. 每学期最后一课，我习惯和学生说
   几句道别话，学生总以掌声致意，
   然后我们拍照留念。那是教人不舍
   的时刻 [2009 年]

这个雕塑，是个裂开的松子，名字叫"开放"。它就矗立在联合书院政政系所在地，每天与我们相伴

但辩论的目的，如果不是为了真理，不是为了寻找更合理的答案，那是为了什么？仅仅是为了胜利和荣誉？荣誉当然重要，因为那代表别人的肯定，而我们每个人都渴望得到别人的认同。但我想大家也会同意，荣誉不应是辩论的唯一目的。如果一场比赛，正反双方不能帮助我们对辩题有更深入的理解，对相关问题有更全面的认识，从而引导我们作出明智正确的判断，那么辩论本身，似乎便不那么有意义了。

我认为辩论的价值，远远超于胜负本身。今天的辩论比赛，有两个很重要的性质。一、它的辩题关乎公共事务。它要辩的，是值得每个公民关心的重要议题，而不是可有可无的琐碎私事。二、它是公开的。它不是一小撮人关在门中的自家游戏，而是在公共领域进行，并欢迎其他人参与。而论辩双方所诉诸的，则是公共理由（public reason），即一些我们可以理解，并相信别人也能够理解，甚至能够合理地接受的理由。这些理由，存在于我们的政治文化当中。虽然不同人对于这些理由有不同诠释，但它们足以构成公共论辩一个很好的出发点。换言之，辩论是一种将公共议题放在公共领域，并以公共理由来反复辩驳的活动，目的是希望透过沟通对话，缩减分歧，继而寻求解决政治生活中各种冲突的合理方案。

辩论的这种性质，其实反映了某种对政治的看法：公共议题，是可以透过理性讨论来寻求合理共识的——只要活在政治共同体中的人，具备一定的公民德性（civic virtue），视参与公共事务本身为重要价值，并愿意从公共文化中的一些共享价值出发，为自己的立场辩护。就此而言，政治，可以不只是党派之间赤裸裸的权力争夺，而有其理想和崇高的一面。当然，能否实现这种理想，端视乎共同体的公民，能否培养出这种公民意识，以及能否从这种视野去理解政治的价值。

因此，辩论的意义，在于它提供了一种我们社会目前最需要的政治教育。它教导我们成为具民主意识的公民。你们正在修读我的课，当知道民主的有效实践，需要公民具备良好的素质，并对政治议题有基本的关怀和认识，更需要公民能超越狭隘的党派和阶级利益，以一种公心去参与公共事务。或许只有这样，我们才能好好回应柏拉图在《理想国》中对雅典民主的批评，即民主政治并不必然导致他所说的暴民政治或民粹政治。

两大政辩，依我之见，其实体现了这种精神（又或者说，它应该体现这种精神）。狭义来说，正反双方的确在进行一场零和的竞争游戏；但广义来说，竞争双方其实在彼此合作，并致力追求一个共同目标：将要辩论的公共议题，以严谨理性的方式，铺陈出各种相关理由，从而帮助公众作出明智合理的决定。它的真正价值，并不在于哪一方胜了，更在于双方的参与，丰富了我们的公共生活，增加了我们对各种政治可能性的想象。所以，参与辩论的人，一方面要积极投入，努力为自己的立场辩护，力求取胜；另一方面，却又要能超越胜负，并看到辩论本身对公共生活的贡献。

因此，我们千万不要忘记，一场辩论赛，除了参赛双方，除了评判，还有那数以百计的观众。他们不是被动地坐在台下欣赏一场出色的比赛而已。他们也是参与者。你们辩论的时候，他们也在思考，甚至在一种更公正更无得失心的状态下思考。他们和你们一道，共同感受论辩所呈现的价值，以及诸种价值之间无可避免的冲突。我认为，辩论之所以美好，在于它体现了这样一种理想的公共生活的方式——一种在现实政治世界难以实现，却值得我们追求的方式。

读政治的人，应该对人和对政治，有这份最基本的信心。

所以，我心底里常常期盼，不知会不会有那么一天，两大政辩不再只有几个专家做评判，而是所有出席者都可以投票；不再只是辩论队的同学可以发问，而是所有听众都可以发言；比赛完结后，除了相拥而欢相拥而泣，大家更可以走去和那许许多多穿着校服的中学生倾谈，分享你们的心得和感受。相比这些，一己的胜败，不是十分平常吗？如果能从这种角度去看比赛，大家日夜的辛劳，不是来得更有意义吗？

三年前的今天，我站在台上说智者的故事的时候，我没有想到这些。今晚再次听到关教授那一句"那有什么相干"的时候，却促使我将我的想法写下来。三年前的心境，我依稀记得。再过几个月，关教授将从中大政政系退休，筹组公民党，正式踏入香港的政治舞台。[1] 两大政辩，当然会一年一年继续办下去。胜胜负负之间，日子如水流过。留下的，是那许多可堪怀念的人情和一些值得我们执着的信念。

2005 年 11 月 25 日

1　关信基教授是香港公民党的创党主席。

5. 读书之乐

各位同学：

今天偶读钱穆先生的《新亚遗铎》（北京：生活·读书·新知三联书店，2004）。这书收集了钱先生在新亚书院前后十多年的文章，很多都是发表在《新亚生活》上，不少是演讲稿，因此亲切易读，既可一窥钱先生的教育理念，亦可体会新亚早期的校风。第一次读此书，已是十年前在新亚做学生时。当时印象最深的，是第一页的《新亚学规》。学规共有二十四条，第一及第二条最打动我：

一，求学与做人，贵能齐头并进，更贵能融通合一。
二，做人的最高基础在求学，求学之最高旨趣在做人。

将求学与做人连起来一起谈，看似平平无奇，却是传统儒家一向的教育理想。所谓的博文约礼，明德格物，体现的都是这种理想。但这种大学的理念，今天却已式微。今天的大学，相当大程度上已变成单纯的专科教育，甚至愈来愈有职业教育的倾向。从社会层面讲，大学被视为一人力资源的供应地，主要目的是满足工商业社会的实际需要；从个人层面言，读大学主要为求一纸文凭，以便日后找得一份理想工作。至于求学和做人的关系，以及读书对一个人境界的提升和对美好生活的追求等，则已甚少为人重视。

今天读到《学问的入与出》这一篇，里面谈及读书的诸种境界，我觉得大有真知灼见。我姑且摘抄其中一段，和大家分享：

> 今天讲题是："学问之入与出"。这是讲做学问，如何跑进去，与如何走出来。……现在先讲学问如何入？有深入、亦有浅入。如孔子曰："由也升堂矣，未入于室也。"得其门而入是第一步，升堂则入较深。但升堂后，还要能入室，此则更深入了。孔子又说："知之者不如好之者，好之者不如乐之者。"知之是入门的第一步，再入始能好之，心悦诚服而喜不自禁。更深入则为乐之，至是则学问乃与自己生活打成一片了。真正的跑进内里，居之而安，为乐无穷。但决不能无知而好，也不能不好而乐。此中自有层次，不能任意躐等。（622页）

钱先生引用孔子而谈读书的三个层次，即知之、好之和乐之，值得我们反复细味。按钱先生的说法，读书的最高境界，是读书能带给一个人极大的快乐。读书不应是一种负担，一种责任，而应与生活融为一体，令人其乐无穷。但求学为什么会带给人这么大的快乐？钱先生在文章中没有解释。但依我个人体会，可以有两方面的理由。

第一是解惑。我们的人生，充满各种各样的困惑。我们惑于自然世界的种种奥妙，惑于社会及人文世界的千姿百态，更惑于精神及价值世界的万般表现。我们对于学问的追求，一言以蔽之，乃源于惑。既有惑，我们就有解惑之心；既有此心，便有求知之意；求之不得，遂辗转反侧；求而有得，遂心悦诚服而喜不自禁。所以这种快乐，是一种精神上的快乐，而不是说读书带给我们什么物质上或名誉上的好处。这些好处，受限于各种外在条件，是可有亦可无的。但由读书解惑带给我们的快乐，却是内在于一己的。石元康先生常和我提及，说牟宗三先生一生之所以努力精进，勤奋不懈，终成一代大儒，是因为牟先生说他每天读书都有所得。有所得，自然是因为读书能助他解惑，帮他进步，从而可以充分享受读书之乐。

所以，我常常觉得，读书的第一步，是要有惑。如果心中无惑，读书只为应付学科上的要求，那么即使你考完试交完论文，并取得不错的成绩，但你真正的得益其实很少，因为那些知识只是和你擦肩而过，对你一点影响也没有。有些同学毕业时走来和我说，读了三年大学，好像空空如也，什么都忘记了，也不知学了些什么。入宝山而空手回，枉费了三年光阴，自然是很可惜的事。但为什么会这样，却很值得我们想想。

但怎样才能有惑？不少有心的同学曾走来问过我。这不是容易答的问题，因为这多少和一个人的性格及成长背景有关。但我想有两点值得一谈。第一点是要改变自己读书的心态。不少同学在读书时，往往抱一种应付交差的态度，又或关心的只是成绩的高低，却甚少对知识本身有什么大兴趣，也不关心这些知识与一己的生命有什么关联。如果大家觉得读书是一种不得已的苦事，为的只是一纸文凭或将来工作的便利，却少了一份求真求善之心，自然很难有什么"困惑"。

第二点是要用功。但凡一门学问，只有花过工夫去思考去探索，才能真正明白其博大精深，体会其奥妙艰难，然后才会有所惑，且愈惑愈多，愈惑愈深。所以，钱先生说读书的第一层次是"知之"，是对的。如果我们不曾经过努力求知这一阶段，根本连某一学科的门槛都未曾踏进，自然更谈不上好之、乐之了。修过我课的同学，都知道我总是要求你们上导修课前一定要读文章，写论文时一定要自己认真找问题读文献，背后的理由即在此。真正用过功的同学，大抵都试过"上穷碧落下黄泉，两处茫茫皆不见"的困惑，亦会有过"山重水复疑无路，柳暗花明又一村"的喜悦吧。

至于"乐之"的另一理由，则和前述的《新亚学规》有莫大关系，即"求学与做人，贵能齐头并进，更贵能融通合一；做人的最高基础在求学，求学之最高旨趣在做人"这两条。读书之所以能带给人快乐，因为读书可以启迪我们如何做人。"如何做人"是个大问题，古今中外的哲学，都离不开这个问题，也即柏拉图所说的"我该如何活"（How should I live？）的问题。道理不难理解。我们每个人只可以活一次，每一刻过去便不会回头，别人更不能代我们而活，因此如果我们真的关心自己，就必然会追问自己该怎么做人，才可以活得幸福活得有意义。

但这个问题实在不易答。大家只要看看古今中外那种种不同的宗教和哲学思想，看看图书馆那浩如烟海对此问题的著述，便知道这个问题有多难。为什么这么难呢？我想这和"人"的一些特点有关。最关键的一点，是人有价值意识和反省意识。如果没有这些意识，人像其他动物那样活着便好。但因为有了这些意识，人就注定要承受无尽的困惑与痛苦。什么是人？人从哪里来？死后往何处去？人与人该如何相处？什么是生命中最可贵的价值？人生为何充满罪恶苦难？……

这些问题看似抽象，但大家稍微用心想想，自会发觉这些问题无一日不在影响我们的思想和行动。而当你愈认真对待自己的生命，这些问题便会愈困惑你。而要解困，最有效的方法，或许便是读书。透过哲学文学历史政治乃至自然科学，我们对人对世界才能有更多的认识，从而帮助我们思考"如何做人"的问题。当然，有的学科相关性大些，有的没那么大，但我这里所指的"读书"，并不是狭义地指大学中修读的不同科目，而是宽泛地指追求学问的一个方向。"如何做人"的探索是无止境的，因此读书也是无止境的。其间或会经历种种痛苦挫折，但它却也能带给我们精神上极大满足，因为在这过程中，人会感受到自由，体会到人的高贵与局限，并赋予"人"自身更丰富的价值和意义。

以上两个理由，彼此自然相关。我相信每个人读书，都有不同的心得和感受。孔夫子和钱先生的看法，未必是至理。至于我的引申，则更有点如人饮水、冷暖自知的味道。但我相信，如果一个读书人可以做到学问与生活打成一片，做到"居之而安，为乐无穷"，那实在是个教人向往的境界。

2007 年 12 月 11 日

附录　新亚学规

凡属新亚书院的学生，必先深切了解新亚书院的精神。下面列举纲宗，以备本院诸生随时诵览，就事研究。

一、求学与做人，贵能齐头并进，更贵能融通合一。

二、做人的最高基础在求学，求学之最高旨趣在做人。

三、爱家庭、爱师友、爱国家、爱民族、爱人类，为求学做人之中心基点。对人类文化有了解，对社会事业有贡献，为求学做人之向往目标。

四、祛除小我功利计算，打破专为谋职业、谋资历而进学校之浅薄观念。

五、职业仅为个人，事业则为大众。立志成功事业，不怕没有职业。专心谋求职业，不一定能成事业。

六、先有伟大的学业，才能有伟大的事业。

七、完成伟大学业与伟大事业之最高心情，在敬爱自然、敬爱社会、敬爱人类的历史与文化，敬爱对此一切的智识，敬爱传授我此一切智识之师友，敬爱我此立志担当继续此诸学业与事业者之自身人格。

八、要求参加人类历史相传各种伟大学业、伟大事业之行列，必先具备坚定的志趣与广博的智识。

九、于博通的智识上，再就自己材性所近作专门的进修，你须先求为一通人，再求成为一专家。

十、人类文化之整体，为一切学业事业之广大对象；自己的天才与个性，为一切学业事业之最后根源。

十一、从人类文化的广大对象中，明了你的义务与责任；从自己个性的禀赋中，发现你的兴趣与才能。

十二、理想的通材，必有他自己的专长，只想学得一专长的，必不能具备有通识的希望。

十三、课程学分是死的，分裂的。师长人格是活的，完整的。你应该转移自己目光，不要仅注意一门门的课程，应该先注意一个个的师长。

十四、中国宋代的书院教育是人物中心的，现代的大学教育是课程中心的。我们的书院精神是以各门课程来完成人物中心的，是以人物中心来传授各门课程的。

十五、每一个理想的人物，其自身即代表一门完整的学问。每一门理想的学问，其内容即形成一理想的人格。

十六、一个活的完整的人，应该具有多方面的智识，但多方面的智识，不能成为一个活的完整的人。你须在寻求智识中来完成你自己的人格，你莫忘失了自己的人格来专为智识而求智识。

十七、你须透过师长，来接触人类文化史上许多伟大的学者，你须透过每一学程来接触人类文化史上许多伟大的学业与事业。

十八、你须在寻求伟大的学业与事业中来完成你自己的人格。

十九、健全的生活应该包括劳作的兴趣与艺术的修养。

二十、你须使日常生活与课业打成一片，内心修养与学业打一片。

二十一、在学校里的日常生活，将会创造你将来伟大的事业。在学校时的内心修养，将会完成你将来伟大的人格。

二十二、起居作息的磨炼是事业，喜怒哀乐的反省是学业。

二十三、以磨炼来坚定你的意志，以反省来修养你的性情，你的意志与性情将会决定你将来学业与事业之一切。

二十四、学校的规则是你们意志的表现，学校的风气是你们性情之流露，学校的全部生活与一切精神是你们学业与事业之开始。敬爱你的学校，敬爱你的师长，敬爱你的学业，敬爱你的人格。凭你的学业与人格来贡献于你敬爱的国家与民族，来贡献于你敬爱的人类与文化。

6. 政政人何所重

各位校友：

您们好！我很高兴有这样的机会，和不同年代的校友聊聊天。我 1995 年于中大哲学系毕业，其后负笈英伦，去年才回政政系担任导师一职，主要负责教授政治哲学，算是目前系内最年轻的教师。

坐在案前，回顾过去一年工作，实在感受良多。初为人师，虽然压力重重，但我很喜欢目前的工作。我常听人说，现在的大学生的水平江河日下，一年不如一年。但就我所见，却非如此。政政系同学给我的普遍印象，仍是纯朴好学，不少更对学问充满热诚，上课时踊跃发问，导修时勤于讨论，课后亦经常找老师讨教。就以今天为例。我下午在图书馆，有位同学见了我，立即拉着我到烽火台，讨论了一个多小时国际正义问题。接着在范克廉楼的咖啡阁，碰到另一位同学，大家又就宽容（Toleration）的道德基础及其适用范围，辩论了很久。今年年初，我开了一个当代政治哲学家罗尔斯（John Rawls）的名著《正义论》（A Theory of Justice）的读书组。读书组在晚上举行，纯属自愿性质，没有学分。在最初几次聚会，每次都有二十多位同学参与。大家挤在会议室，逐行逐句慢啃细读。

而在我设立的电邮讨论组，很多同学更在上面踊跃发言，谈哲学谈政治谈人生，气氛热闹。

政政同学也积极参与学生活动。政政同学一向热衷辩论，每年辩论队都有十多位同学全情投入，两大政辩亦已踏入第二十八届。每逢比赛当日，老师校友同学聚首一堂，齐齐为出赛同学打气。政政系同学近年也筹办了一个叫"睿星计划"的活动，专门为同学谋求暑假到公共机构实习的机会，更邀请社会知名人士作为他们的导师，定期和同学见面，分享他们的人生经验。政政系同学甚至创办了自己的期刊《政学》，采严格的评审制度，出版学生的优秀论文。而在校园和公共事务参与上，政政系学生更是全校最活跃的一群，几乎每年的学生会会长都由政政系同学担任。

坦白说，我喜欢这样的学生。他们质朴率直，好学活泼，有正义感。他们的学习能力或各有参差，起步点或各有不同，但都能享受自己的大学生活，并在其中有所得。说真的，每天和他们朝夕相处，看着他们一天天进步，没有什么比这更令人愉快。一年下来，我体会到，政政系有这样的良好传统，绝非偶然，更非一蹴而就。没有政政系老师多年来的言传身教，没有课程及制度上的恰当安排，没有自由宽松的学术环境，传统一定难以维持。例如在有关《基本法》第二十三条的立法争论中，系内不少老师就积极参与其中，力尽知识分子的责任，很多同学也参与了7月1日的五十万人大游行；例如我们仍然坚持小班讨论课，因为这样对培养学生的独立思考最为有利；又例如我们的系务会有本科生和研究生代表，享有投票权，可以直接参与学系事务。

我觉得以上种种，是政政系最值得珍惜的价值。我甚至认为，这不应只是政政系的传统，也应是中大的教育目标：将学生成长放在首位，重视教学，创造一个自由多元的环境，培养出独立自主具判断力具社会关怀的学生。今年是中大建校四十周年，我时时问自己这样一个问题：到底中大有何独特的教育理念？我们希望教出怎样的学生？中大日后应该往哪个方向发展？这些问题说易不易，说难不难，关键在我们要对中大的历史传统有真切了解，同时有足够远见，看到中大在香港和中国未来发展中可以起到什么作用。我自己的个人体会，就是在日益市场化、技术化、官僚化的高等教育大环境中，中大一定不能忘了教育的根本，就是育人为本：我们一定要以培养出有思想有见地有承担有修养的学生为本。

如果我的说法多少有点道理，那么当我们在讨论中大未来发展时，便应停下来好好想想：在全力追求世界排名的时候，在为了满足市场需求而渐渐将大学变成职业训练所的时候，在日益以企业思维管治大学的时候，我们会不会忘记了教育的本义？中大数十年承传下来的人文精神，会不会日渐萎缩？我们一向重视的独立精神和批判意识，又会不会无以为继？这是我作为中大校友，也作为年轻教师的忧虑。今天的香港高等教育，既有许多机遇，也有不少危机。但回到学系层面，如果政政系的老师和同学，能有共同的信念和坚持，教师尽心学生尽力，那么无论面对多大挑战，我相信由前人铺下的路，来到我们手上，是仍然能够承继下去的。

最后，让我以韦伯那篇有名的"学术作为一种志业"的演讲的最后几句，为这篇散漫凌乱，甚或有点不合时宜的书信作结："只凭企盼与等待，是不会有任何结果的，我们应走另一条路：我们要去做我们的工作，承担应付'眼下的要求'。"

2003 年 11 月 23 日

7. 走进生命的学问

各位同学：

我们这门政治哲学课，讲到这里，已近尾声。这三个月，我们一起研读了当代最主要的政治理论，包括效益主义、自由平等主义、放任自由主义、马克思主义和社群主义。这是一段不易走的知性之旅。在课堂，在小组导修，在原典夜读，在网上论坛，都留下大家努力思考热烈讨论的痕迹。我希望，这些痕迹，会为你们的大学生活添上浓浓一笔，并长留于记忆当中。每年去到此刻，我总是如释重负，却也依依不舍。在这最后一课，我想多说几句。

一门学问，如果能让你茶饭不思，教你辗转反侧，并改变你看世界看人生的方式，那它一定已走进你的生命。它不是你要应付的功课，不是无可无不可的一堆术语，而是成了你生命的真正关怀。政治哲学，能够走进各位的生命吗？我们课上讨论过的自由平等人权公义，能够激起你们的知性热情，并继续引领大家的思考吗？抑或你会反问，在这样的时代，我们如此认真探究道德和政治，真的有意义吗？

一

让我们回到第一课。世间之所以有政治，因为我们希望好好活在一起。在一个资源适度匮乏而各人有不同利益的社会，要好好活在一起，就必须建立起公平合作的制度。这套制度，将界定公民的权利和义务，决定社会财富的合理分配，并公正地解决人与人的纷争。也就是说，我们希望它不是建基于暴力恐怖欺诈，而是建基于我们能够合理接受的理由。

这是政治哲学思考的起点。我们不要小看这个起点，因为它告诉我们，没有制度是命定不变的，没有压迫是非如此不可的。所有制度皆人为之物，并以这样那样的方式限制我们的自由和决定我们的命运。因此，作为具有理性能力和正义感的个体，我们有最基本的权利，要求这些制度必须是公正的。自启蒙运动以来，现代政治最深的信念，是权力源于自由平等的人民，所有权力的行使，必须得到人民的认可接受。政治哲学不是关心权力如何操作，而是关心权力如何才能具有正当性。换言之，我们不将社会当作自然状态式的斗兽场，人们无时无刻不活在贪婪恐惧当中，彼此奴役互相压迫。不是不会如此，而是不应如此。现实政治当然有暴力丑陋的一面，但我们不愿意接受这个实然就是应然，也不愿永远停留在这个状态，而总是希望通过制度变革和社会转型，克服和超越这种状态。

因此，政治哲学的任务，是认真探究基于什么道德原则，实践什么价值，公义社会才有可能。我们千万不要轻省地说，所有制度都是人吃人的东西，本质上没有任何分别。毕竟从奴役到自由，从专制到民主，从歧视到尊重，人类走了很长的路，无数人为此牺牲，而这中间是有极为根本的分别。

这个分别体现在哪里？体现在制度如何对待人。这里的"人"，不是抽象的人，而是实实在在有血有肉会受苦会恐惧会屈辱，拥有自己的人生计划并渴望得到他人承认的个体。这些个体，脆弱但独立，微小却完整。判断一个制度的好坏，最重要的基点，是看它能否给予这些个体平等的尊重和关怀，能否令这些个体感受到活得像个人。所有对制度的思考，都离不开人，离不开对个体生存处境和命运福祉的关怀。不是说民族国家宗教阶级政党这些"大我"不重要，而是这些"大我"的存在如果不是要解放人实现人，而是压迫人异化人，我们就有理由改革甚至放弃这些制度。

这不是什么艰涩难懂的东西。只要我们用心，我们就会看见那些老弱无依的人，那些受到残暴对待却有冤无处诉的人，那些因为思想而失去自由的人，那些因为贫穷而失去机会和尊严的人。这些人就在我们身边，不起眼地默默活着。只要我们看见，就能体会他们承受着多大的不幸苦楚。这些不幸苦楚，在很大程度上，是制度不公造成的。如果我们渴求公义，就必须改革制度。

二

不少同学听到这里，或会马上说，你说的都有道理，但一离开课室，这些全是乌托邦。第一，真实世界充斥尔虞我诈，现实政治尽是争权夺利。在一个不公正的世界追求公正，犹如螳臂挡车，毫无作用。第二，当你身边所有人都蔑视道德，并善于利用既有游戏规则为自己谋得巨大好处时，你不仅不参与还要提出挑战，这是傻瓜所为。我们为什么不做旁观者，为什么不坐顺风车，为什么不融入体制，却要选择另一条艰难得多的路？！

这两个问题，不仅关乎个人的生命安顿，更关乎我们为之向往的政治理想能否有实现的可能。道理不难理解。我们的社会，离正义还很远。我们每天睁开眼睛，见到的往往就是强权当道贪污横行权利不彰弱者受压。有的时候，我们甚至必须蒙起眼睛捂起耳朵，内心才得片刻安宁。我们很清楚，这个世界没有救世主，也不可能寄望既得利益者会主动放弃特权。要改变这种情况，必须靠人的努力，必须要有很多很多人站出来，一起去推动社会转变。但从个人利益的观点看，"我"真有站出来的理由吗？借用村上春树的说法，我们真的有理由站在鸡蛋的一边，而不是站在象征体制的高墙的一边吗？

在现实生活中，我们大部分人都会选择高墙。而我们今天的大学，基本上也成了高墙的一部分，并以为既有体制提供"人力资源"为务，而非以培养出具价值意识和反思意识的公民为本。大学离高墙愈近，愈失去她的灵魂。正因如此，我想你们真正的困惑是："如果我真的看到他人的不幸，感受到世界的不义，那么面对如山的高墙，我仍然有理由选择做鸡蛋吗？我这样做，注定徒劳和注定活得不好吗？"

这是求己而非责人的切身之问。理想与现实之间，好像有着永远无法逾越的鸿沟。个体身在其中，遂面对无尽拉扯。怎么办呢？我实在不能随意地说，往高墙靠吧，这样轻松自在得多。但我也不能轻省地道，做鸡蛋吧，就算跌得粉身碎骨也是值得。毕竟，那是你的生命，而每个人都有自己生命的轨迹，任何选择都会受到一己的个性、能力、出身、家庭、际遇等影响。因此，对于"我该如何活"这一实存问题，不可能有简单划一的道德方程式为我们提供答案。

三

尽管如此，在这最后一课，我还是希望和大家分享一点体会。这点体会，虽然平常，却是多年来我从生活中领悟到的一点道理。

我的想法是，既然我们只能活一次，我们就应该认真对待自己认真对待价值，并尽可能要求自己依信念而活。我们不是在世界之外，而是在世界之中。我们改变，世界就会跟着改变。我们快乐，世界就少一分苦；我们做了对的事，世界就少一分恶；我们帮了一个人，世界就少一分不幸；我们站起来，那堵看似坚不可摧的高墙就少一分力量。

这个道理很简单，却是真的。我们常常感到无力，因为我们自觉太卑微，以为什么也改变不了。既然什么都改变不了，也就不必坚持什么；既然没什么好坚持，是非对错遂不必在意。这样一直向下滑，尽头往往就是妥协犬儒虚无。

但什么是改变呢？当然，我们不必要求自己随时牺牲小我完成大我，那是不必要的严苛；我们也不应期望仅凭一人之力便可于旦夕之间摇动体制，那是过度的自负。但我们可以改变自己，改变我们的信念和行动。因为我们在世界之中，只要我们做对的事，过好的生活，世界就会不同。这包括活得真诚正直，尊重自己尊重他人，拒绝谎言拒绝堕落，关心身边的人，珍惜美好的事物，参与公共事务。当愈来愈多人以这样的方式生活，愈来愈多人见到这种生活的好，新的文化就会形成，公民社会就有生机，旧的不合理的制度就有崩塌的可能。退一万步，即使这一切都没发生，我们自己还是改变了——我们活出了自己想过同时值得过的人生。

我知道，说易做难，尤其在巨大的不公体制面前要求自己做个公正的人，需要极大的自信和勇气，同时必须承受无数不可知的风险。但我们还记得罗尔斯在《正义论》中如何论爱吗？"人一旦爱，遂极脆弱：世间没有所谓爱恋之中却同时思量应否去爱之事。就是如此。伤得最少的爱，不是最好的爱。当我们爱，就须承受伤害和失去之险。"罗尔斯是说，决心做个公正的人，就像投入爱情一样，路途中总有可能会受伤，但我们不会因为爱的风险太大而放弃去爱。为什么？因为公正和爱，是我们生命中重要的价值。实现这些价值，生命才会美好。

也就是说，活得正当和活得幸福，不是两回事。公正不是一种强加于己的外在戒条，而是我们理应欲求的宝贵德性。公正这种德性，关乎我们如何合理地对待彼此。活在一个极度不公的社会，没有人可以独善其身。我们或许是体制的受害者，或许是体制的直接或间接得益者。受害者固然没有幸福可言，但得益者如果只懂得利用体制为自己谋取好处，将他人当作工具，终日汲汲于权力名利，对他人没有关爱没有尊重没有信任，这样的人生如何谈得上幸福？！

所以，我始终相信，建立公正的制度，培养正直的人格，保守良善的心灵，是美好人生不可或缺的条件。如果我们都有这样的信念，都愿意在生活中一点一滴去做，社会就有机会变好。

四

这就回到我最初的问题：政治哲学能够走进各位的生命吗？这里的"走进"，不只是指知性的投入，更指政治哲学中对人的关怀和对正义的追求，能否启迪触动指引大家的生命。我这学期最深刻的体会，是意识到教育最高的目标，是使人学会了解自己善待自己，学会看到他人的苦难，学会爱。如果大学教育没有这些，那么读多少理论修多少学分掌握多少技能，都没有触及教育的根本。这是一种人性教育。我们透过"教"来"育成"人，使人理解和感受到人之为人最重要的价值所在。有了这些，我们才能开始谈如何追求美好人生和建设公正社会。

各位，原谅我在这最后一课，还要如此唠叨。修完这门课，很多同学即将毕业。我是多么希望我们可以这样一起一直地探索下去。我最怀念的，是原典夜读。当所有人散去，只有我们的课室亮着灯，我们打开书，安安静静，一字一句，细细咀嚼罗尔斯、马克思。我们很幸运，有机会接触这些伟大思想。我们因此责任重大。中文大学新亚书院校歌，有"艰险我奋进，困乏我多情。千斤担子两肩挑，趁青春，结队向前行"句。那是钱穆先生对新亚人中大人的期许。我愿以此和大家共勉。

2010 年 12 月 8 日

辑二｜老师

8. 夜阑风静人归时

——悼念陈特先生

陈特先生在 2002 年 12 月 29 日走了,享年 69 岁。我想很多认识他的人,和我一样,会十分怀念他。

陈特先生是中文大学哲学系退休老师,崇基学院的宿舍舍监。哲学系的人,按哲学系的传统,会叫他陈生。[1] 崇基的宿生,则称他为特叔。陈生几年前退休后,还一直为哲学系兼课,也继续担任舍监,没离开过中大片刻。可以说,他的一生,完全奉献给教育事业。过去三十多年,在中大和他朝夕相处,受他言传身教的学生,不知凡几。而上过他的"哲学概论"、"伦理学"、"存在主义"等课,并因而改变人生道路的人,一定也很多。我是其中之一。

1991 年 9 月的某一天,新亚书院人文馆 115 室,坐满了哲学系、宗教系及其他学系的学生。我们等着上"哲学概论"第一课。陈生进来。手上没有书,也没笔记本,两鬓略斑,面容清瘦,衣着朴素。陈生然后开始讲,偶然会用粉笔,在黑板上写几个关键词。第一讲是苏格拉底,谈苏格拉底如何追寻智慧,如何被雅典公

1　在粤语中,这是"先生"的简称。中文大学哲学系的传统,所有老师均称先生,而不称教授或博士。

民审判，如何从容就死。陈生还告诉我们苏格拉底的名言：未经反省的人生，是不值得过的人生。陈生讲课清楚易明，深入浅出，没有太多哲学术语，特别适合初入门者。谈到得意处，陈生会情不自禁地大笑起来。陈生那种带点天真的独特笑声，上过他的课的人，一定印象深刻。苏格拉底之后，是柏拉图的理念论，伊壁鸠鲁（Epicurus）的快乐主义，笛卡儿的"我思故我在"……

那真是一片新天地。我自小被很多人生问题困扰，但从来不知有一门专门探讨这些问题的学科叫哲学——我当时是工商管理学院一年级新生。陈生的课，引领我进入一个美丽新世界，知道有那么多引人入胜的思想。我现在也做了老师，才慢慢体会陈生的教学魅力所在。陈生谈哲学，不是外在地覆述其他哲学家的观点，而是将他的人生经验融入其中，并和我们分享他的体会。哲学因此不再是枯燥艰涩抽象的概念，而是实实在在和我们的生命相关。死亡与不朽、善恶与对错、信仰与救赎，都是认真生活的人，必曾困惑之事。但我们由小至大的教育，却甚少有机会接触这些问题。所以，当陈生以他那生动活泼的方式，将哲学问题呈现在我们这些年轻迷惘的生命面前时，其带来的震撼陶醉，遂难以言喻。

我同班很多同学都有类似感受。记忆最深的，是和我极为投契，高我两届的刘旭东。他当时是新亚学生会副会长，读的是化学系三年级，经常和我讨论哲学。修完陈生的课，他决定转系。但他担心化学系不肯放人，于是故意将成绩考得很差，让化学系觉得他实在没能力读下去，不得不放。我本也想在二年级转系，但商学院是显学，哲学却极冷门，甚至被人讥为"叫化系"——毕业后找不到工作，只能做叫化之谓。我很犹豫，内心极为挣扎。但我在二年级再上了陈生的"伦理学"后，终于下定决心。那一年，陈生是系主任，由他一人面试我，在冯景禧楼四楼哲学系。依稀记得那是5月的某个黄昏，阳光从西山斜斜洒下来，长长的走廊寂静得很。陈生问了我些什么，我都忘了，只知道他最后问：你会不会后悔？我答不会。他哈哈大笑起来。那是我生命的转折点。我当时有点破釜沉舟的味道，转系前没有告诉父母，商学院那边虽已读了五十多学分，但连副修的资格也放弃了。我决意行另一条路，虽然不知路在何方，但我知道自己喜欢哲学，不想再虚耗光阴。

陈生后来不止一次告诉我，他自己的哲学启蒙老师，是唐君毅先生。陈生1949年后从广州来港，读的是珠海书院。那时唐先生在珠海兼课，陈生有天偶然打课室走过，听到唐先生的课，大为震撼："他讲的，不就是我日思夜想的？"于是毕业后，陈生便去了九龙农圃道新亚书院，读的是第二届新亚研究所，指导他的是唐君毅和钱穆先生。陈生一生受唐先生影响至深，每次忆起这段经历，总有不胜感激之情。而我总是笑，却没告诉他，我很能明白他的心情。

九一年的秋天，阳光和暖而灿烂，我们三五成群，要么徜徉在新亚草地，要么沉浸在钱穆图书馆，享受陈生带给我们的无穷乐趣。直到最近我读了他的《生死徘徊十二年》一文，才知陈生当时正承受癌症的第一次袭击，开始持续十多年对抗癌病的艰苦旅程。陈生告诉我，说他最初知道患癌的一刹那，真是天昏地暗，全身无力，完全体会到海德格尔所说的"无"（nothingness）的感觉。但我回想起当时他那朗朗的笑声，以及全心全意的教学，真是难以置信。

经过多年治疗，陈生本以为病情会逐步受到控制。可惜一年半前再度复发，且来得更加凶猛，身体承受前所未有的痛苦。"身体虚弱，令得人的心灵也虚弱。最虚弱的时候，真是觉得人一无所是，没有任何东西值得骄傲。很多人以为凭自己的聪明才智，可以把握人生一切，其实那只是幸运而已。人真的面对大压力时，才会发觉自己多么软弱无助。"陈生信奉基督，但却常笑称和一般教徒不太一样。他觉得基督教的精髓，是要人承认一己的渺小无力，勇于放下俗世一切，包括名誉地位，将自己完全交托给神。他常说，他是在努力学做一个基督徒。众多存在主义哲学家中，陈生特别欣赏克尔恺郭尔，尤其是他那有关"信仰的跳跃"的说法，我想道理也在此。

在过去一年，陈生对死亡有了更深的体会。"重病过后，有天清早一个人在校园散步。那天天气很好，晨曦之下，草木翠绿，鸟鸣山幽，大地充满生机。我忽然领悟，世界没有因我的病而有丝毫改变，一样的欣欣向荣。万物有生有死，有起有落，是大自然的规律。没有一朵花的凋谢，便没有另一朵花的盛开。人是宇宙的一部分，宇宙成全了我，我亦成全了宇宙，人与世界合而为一。人的死亡，不是归于虚无，而是体现了这一规律。"陈生说，道理一旦想通，生命骤然开朗，对死亡再没恐惧。"存在主义将人生和将死亡看得过于消极灰暗。其实不一定是这样。这一年多来，我一点也不觉得寂寞无助，因为有很多人和我并肩作战，尤其我太太和女儿无微不至的关怀，令我在病中倍感温暖。"

在刚过去的10月和11月，我和陈生的另一个学生陈日东，与陈生进行了一系列对谈。有时在他家中，有时在崇基学院的办公室。我们每次讨论一个主题，包括死亡、人生的意义、善恶幸福、师友杂忆，最后一次谈的是爱。我们每次见面时，才告诉他当天要谈的问题。陈生一如以往，不用多想，就可以将哲学结合人生经验，娓娓道来。这样的对话，相较当年初上陈生的课，又是另一番景象。十二年后，我们对人生多了体会，也多读了一点书。每次对谈，不再只是陈生说我们听，更多的是互相交流。说到会心处，我们相视而笑，心有共鸣，无所拘束。我们真切感受到，陈生享受这样的聊天。每次两小时的对话，他总是妙语如珠，倦意全无。即使去到生命最后阶段，对于人生哲学问题，陈生依然孜孜不倦，求之索之。我们当时实在不敢相信，陈生已到癌症末期，早就停止一切治疗，一个月后将离我们而去。因为在我们面前，陈生总是谈笑风生，愁容不露。死亡的阴影，好像和他完全沾不上边。我们天真地以为，这样的对话，可以一直下去。

陈生一生大抵是无憾的。他常说，人生最幸福的，是可以敬业乐业，过自己真正想过的生活。陈生年轻的时候，曾经做过《中国学生周报》的编辑和社长，那是他最为怀念的青春岁月。"那时一群年轻人，为了理想而努力办报，什么也不计较。大家住在一起，互相批评砥砺，共同进步，每天都是新的一天。"而自 1969 年从美国取得博士回来后，陈生即毕生投入崇基和中大的教育工作，曾任崇基和中大辅导长，并在学生运动风起云涌的 70 年代，做过不少贡献。崇基前院长沈宣仁先生曾对我说过，多年来最觉得意的一件事，是可以请得劳思光、何秀煌和陈特三位先生来崇基任教。

陈生是第二代新亚人，受钱、唐诸先生影响，笃信学问与生命必须融为一体。无论在课堂或生活上，他那自然流露的人文关怀，不知感染多少学生。从陈生身上，我体会到，教育真正的理想，不仅仅是知识技能的传授，还要有生命的交流。一个老师，如果他的学问人格修养，能够改变学生看人生看世界的方式，增加他们对文化对人的关怀，刺激他们对真理对美善的追求，其中的大贡献，绝对不是今天时髦的种种硬指标可以衡量得了。一所大学的灵魂，是人。我读书的时候，就我所接触，陈生以外，沈宣仁、卢玮銮、黄继持、石元康诸先生都是这样的好老师。我渐渐觉得，他们才是中大精神的真正守护者。当他们一一或退休或已故，中大的人文风景遂显得日益苍白，难以为继——尽管新的大厦接踵而起，国际化之声高唱入云。

我和陈生十二年师生缘，如今想来，一一如昨。中大草木依然，山水依然，只是陈生的笑声，陈生的话语，陈生在黄昏下一个人散步的身影，却于一夕之间，远于千里之外，怎不教人怀念。夜阑风静人归时，我感到前所未有的寂寥，长留我心且鼓励我前行的，是老师的教导。

2002 年 12 月 30 日清晨　中文大学崇基学院

9. 体验死亡

陈：陈　特

周：周保松

东：陈日东

周：陈生，今天我们打算讨论死亡。我们每个人，总有一天会死。但为何一般人都很忌讳这个问题？

陈：我想一般人都觉得死亡离自己很远。人年轻的时候，心灵总被很多东西占据，例如恋爱事业等。但当一个人年纪愈来愈大，同辈的人一个个走了，死亡便变得很近。

周：死亡常给人很不确定的感觉。它什么时候要来，我们无从预测。

陈：存在主义最喜欢谈这种不确定感。那也是对的。例如你看报纸，发现一个你认识的正值盛年的朋友，突然间消失了，你一定会很震惊，觉得死亡就在身边。只是人们平时相信世界很有规律，一切均可按计划行事。例如有些行政人员，日记密密麻麻，把一年后的工作也定好了，但却很少会想到，其实生命无常。

周：人为什么如此恐惧死亡？

陈：最简单的原因是人的本能，人有求生的本能。当然还有其他原因，例如不舍得现在拥有的东西。人有时并不是怕死，而是怕失去某些东西，例如亲人、事业等。当然，还有钱和物质享受。一个人努力了一生，忽然一切化为乌有，不是容易接受的事。

周：我觉得，死亡最难令人忍受的，是那种刹那间由存在变为虚无（nothingness）的感觉。我不太能接受，自己突然间从这个世界消失，而这个世界仍然存在，一点也没改变。就好像你本来是一场球赛的参与者，却不由自主地被迫永远离场，但球赛继续进行，观众依然兴高采烈，而你却成了局外人，感觉很荒谬。

陈：这是存在主义，特别是海德格尔喜欢谈的东西。Nothingness 的感觉，我有亲身感受。十二年前，医生说我患了癌症。我当时听到这个消息，以为自己即将要死，真是天昏地暗。那种感受真的像海德格尔所说，世界好像突然流走了。整个本来很确定的世界，变得完全失控。我当时在崇基运动场散步，觉得生命所有的凝聚力，一下子被打散了，变得异常空虚。海德格尔说的 nothingness，也不是说所有东西都消失了。世界仍然存在，只是你觉得很不实在。那种感觉真的很不舒服。

周：我未体会过这种感受。但每想起死亡，常令我有种强烈的荒谬感。我本来和世界有种很亲密的关系，我活在其中，投入其中，包括我所在乎的人，所为之奋斗的人生目标。但当我要走了，世界却一点没变。它还是它。你原本以为自己很重要，以为明天起来，仍然是其中的一部分。但刹那间，世界和你再没有任何关系。死，好像是和世界的彻底决裂。人，在此意义上，完全是过客。

陈：对，这种决裂的感觉，令你自己和世界好像全部变得空了。当然，世界仍然存在，花仍是花，草仍是草，但它变得没有意义。

周：你当时除了觉得很不实在，还有什么感受？

陈：我当时最强烈的感觉就是这个，之后才开始思考自己的生命，还有什么责任未完。当时真的是头晕，不是生理上的，是心理上的。我教了那么多年哲学，理智上当然知道死亡没什么大不了。但一旦降落在自己身上，那种恐惧感，却不易控制。我想这不是我个人独有的经验，很多人都会有。

东：往后的心理转变如何？

陈：我转变过很多次。我觉得每个阶段，都值得说出来给你们参考。我是基督徒，虽然我与普通的基督徒不同，但我仍然相信世上有神。所以知道消息后，第一个反应是问上帝，问为什么这样不公平。如果上帝爱世人，为何要我得这绝症？心里有很多不解和埋怨。这是第一阶段。

我之后开始接受治疗。在这十二年中，我治疗过好几次，中间有过好转。但在一年半前，我再度复发。最初以为是胃痛，痛得冷汗直冒，连止痛药也无效。在剧痛中，我感到异常恐惧。当一个人最痛的时候，真是坐立不安，六神无主。那时我才明白，原来世界上可以依赖的东西，一点也没有用。我们常对自己的气力、意志、学识、聪明等充满自信，但面对身体的极度折磨，人真是完全无能为力。一个人身体虚弱，心灵也会跟着虚弱，思想、理智都起不了作用。后来有人问我，我说我就像大海里的小船，风平浪静的时候，想去哪里便去哪里，成竹在胸。暴风雨来时，却完全无力，只能任由摆布。

东：有没有想过自杀？

陈：治疗过程虽然很痛苦，但却从没想过自杀，可能我求生意志很强。但真的有无能为力的感觉。这感觉，和我常说的基督教里的一个重要想法很有关系，就是人其实一无所是，没什么值得骄傲。你以为值得骄傲的东西，其实只是因为你好运。用我刚才的例子，因为风平浪静，你才以为自己很有能力，可以掌握一切。但其实力量、聪明、才智都经受不起考验，当压力大到不能承受时，人会崩溃。所以基督说人要谦卑，就是这个道理。

周：你最近的复发，和十二年前第一次知道患病的感觉有何不同？

陈：很不同。第一次的感觉很表面。那些头晕、世界流失的说法，其实是面对死亡时的自然反应。但后来的反应则深入得多。我说的无能为力、一无是处，其实也是一种 nothingness。我们平时总觉得有东西可以尝试，人才会感到真实。但当你病到觉得没有东西可试的时候，人怎得真实？

东：痛苦的时候会想到什么？

陈：那时痛得太厉害，要想办法分散注意力。我对自己说，不要再想哲学吧，于是想找佛经看，结果看不下去。我当时读了林语堂的《苏东坡传》，里面谈及许多苏东坡面对的人生困境，例如如何被排斥、被流放，如何怀才不遇。我想如果他能熬过去，我也可以。

周：刚才你说的是第二个阶段，下一个阶段怎样？

陈：接下来的阶段，是我接受了两次化疗，但最后都失败了。化疗很辛苦，好像有大卡车压下来的感觉，我当时很希望付出的代价会有收获，但可惜没用，因为肿瘤虽然缩小了，但无法根治。而且化疗有个坏处，就是之后很难再用药。那时医生已用了最好的药，但没有效，我真的很失望。我祈祷时不禁问，天主为何没有眷顾我？

直到有天大清早，我一个人在校园散步。那天天气很好，晨曦之下，草木青葱，花开得灿烂，大地充满生机。见到和暖的阳光，我突然间领悟，这如斯美好的宇宙，并没有因为我的病而变。它仍然生气勃勃，教人愉悦。我当时想，如果有上帝的话，他便是宇宙的主宰，他不会因为我一个人而改变宇宙的规律。万物有生有死，有起有落。因为有生，所以有死；因为有死，所以有生。一如没有一朵花的凋谢，便没有另一朵花的盛开。人是宇宙的一部分，宇宙成全了我，我亦成全了宇宙。人的死亡，其实反映了这一规律。我怎可要求宇宙的主宰，因为我一个人而违背这规律？我为何只站在自己的立场想，而不站在宇宙的立场去想？

一旦想通，我之前的抱怨遂不翼而飞。这是一个很美、很舒服的心境。世界始终如一，而我生于其中，顺其道而行。我和宇宙，合而为一。因此，我不再同意存在主义将死亡谈得那么孤独可怕。我开始觉得，死亡没什么可怕，因为一个人的死，成全了其他东西的生。如果宇宙只有生，没有死，它便不可能继续。这种想法，对我来说，是很大的转变，虽然其中的观念可能在内心埋藏了很久。自此之后，我便想通了。那不是概念的通，而是真实生命的通。

周：你是否认为，即使你消失了，仍会以另一种形式存在？

陈：不是。我是否继续存在并不重要。从整体来说，世界只有一个。只有分开你我他，才会有不同的独立的世界。但如果合起来看，其实是一整体，无所谓你无所谓我，而是彼此成全。有时是我死成全你生，有时是你死成全我生。在这意义下，你我的生命是分不开的。

周：这不易明白。

陈：这其实是庄子的想法。庄子说"方生方死，方死方生"，只有这样，宇宙才能不断生机勃勃。如果你执着于不要死，不想和世界分开，结果是全部东西都会消失。我们说死亡是分开，只因执着于个人，看不到宇宙是一整体。

周：但在一个强调个人主义的现代社会，这种想法不易令人接受。对很多人来说，我是我，他是他，彼此没什么关系。

陈：我的说法很不现代。但如果按你所说的方式去想，那是死胡同，因为人面对死亡时真的会很寂寞，无从解脱。

周：换个问题，基督徒和非基督徒看待死亡是否差异很大？

陈：我虽然是基督徒，但对死后的生命不是很关心。我对此抱怀疑主义。对于未曾经验过的，或不可能经验的，我不太容易相信；尤其要我将自己所有信仰都寄托在那里，更加做不到。很多基督徒会用死后有灵魂去解释死亡，但我更喜欢用庄子。我不觉得这样做违背了上帝的意思，因为我没有怀疑上帝是宇宙的主宰。

东：一般人只从消极负面的角度看死亡，但面对死亡时，它可以给予我们什么吗？

陈：最大的收获，是帮助我们更了解生命。存在主义说得对，人要学会面对死，才懂得面对生。我们平时体会的生命，往往很虚浮，总以为自己很重要。走过死亡的路，人才会发觉以往所做的，未必就是生命中最重要的东西，才知道生的价值寄于何处。

周：那你觉得生命中，最重要的东西是什么？

陈：人最重要的，是过你想过的生活。你追求的东西，是你真的想要的，是值得你尊重和享受的。我们常说敬业乐业，好像是一种外在的要求，其实不然。一个人不能敬业乐业，他便不幸福，生命就会空虚。一个人的生命，表现在他所做的事上。你如果不尊重自己的事业，便是不尊重自己。一个人干什么行业并不重要，重要的是你要尊重及享受自己所做的。

周：过自己想过的生活，也就是活出自我？

陈：对。连自己都没有，还谈什么？人必须爱惜自己。总要先爱自己，才能爱别人。这不是自私，而是一切的基础。爱自己不是说要有很好的物质享受，而是自爱。人不自爱，便不可能爱人，而只会依赖人。

周：你认为哲学可以帮助我们面对这些人生的根本问题吗？

陈：哲学有它的作用。唐君毅先生曾告诉我，读哲学并非学究性的，而要和生命有关。所谓爱智慧，首要是解决生命的问题。所以我喜欢的哲学，无论儒释道、基督教、存在主义等，都和生命有关。有人说存在主义已过时，我不同意。哲学没有过时不过时，只问对生命是否有用，和潮流无关。读哲学应该要有体验，然后让体验与学问一同进步。

周：谈了那么多，我有点觉得，如何面对死亡，是要学的。

陈：对。我们每个人，都需要好好学习如何面对死亡。

时间：2002 年 10 月 24 日

10. 追寻意义

陈：陈　特

周：周保松

东：陈日东

周：今天，我们想讨论生命的意义。这个问题不易谈。让我们从大家熟悉的希腊神话——西西弗斯（Sisyphus）的故事谈起。据说西西弗斯因为得罪了阎王，死后被罚每天要将一块巨石，从平地推往山顶。几经艰苦，当石头就快到达山巅时，却不受控制地滚回山脚。受尽折磨的西西弗斯万般无奈，只好从头来过，可是石头又再滚下来。一次又一次，周而复始。这个故事，常常被存在主义用来说明生命的荒谬。为什么荒谬呢？

陈：我觉得这个故事告诉我们，生命中有许多事，并非我们所能控制。每个人的出生、死亡以至生活中的很多遭遇，都不是我们选择的结果。我们被抛掷到这个世界，然后被迫面对命运的安排。从这个意义来说，我们每个人或多或少都是西西弗斯。

对于生命的偶然性，我很小就有切身感受。记得读小学时，我考试总是前几名，毕业后也顺利考取了当地最好的中学。那年我十二岁。有一天，我穿着校服，背着书包在街上走，一副志得意满的样子。行过街角，却见到小学班上考第一名的那位同学正在喂猪。原来他家里太穷，没有机会再读中学。我当时仿如被一盆冷水当头淋下来，刹那明白到，一个人无论多么出色，也不是想读书便可以读的。我能读上去，只因我比他幸运，生在一个家境较好的家庭而已。

那件事对我影响很大，至今仍然历历在目。我们常以为，人生很多事都在自己掌握之中。想深一层，其实不然。以爬山为例，在途中你会见到什么风景，遇到什么人，不是出发时所能预见的。我患癌病的经历，更加深了这种体会。一个人的自然生命，说得悲观点，完全是命运的奴隶，没有什么值得骄傲，也没有什么值得自责。

周：让我也谈谈对这故事的理解。如果西西弗斯根本没有自我意识，不懂得反思他这样的生活到底有何意义，而以为一切皆理所当然，那么推石本身，并没所谓荒不荒谬。真正的问题，是西西弗斯是一个人。他有自由意识，他在乎自己的生活，他希望他的生命过得有意义。因此，他一定会问：这种重复乏味徒劳的推石生活，到底有何价值？这是西西弗斯的问题。

西西弗斯可以有两种方式回答这个问题。第一，他可以相信，推石其实是为了实践一个高远的目标，例如在山上建立一座神庙。如此一来，生活遂有方向和重量，推石不再是徒劳的事，因为他为世界增添了一些本来没有的东西。但西西弗斯很快将会失望，因为他的目标永远无法实现。而想深一层，即使石头不再滚下山又如何？他会推完一块，再推另一块。神庙建成又如何？他会想建另一座。西西弗斯要么很快感到乏味,要么无止境地追逐一个个目标,直至老死。西西弗斯如果有点历史意识,他也会很快明白,这些神庙,终有塌下的一天。世间并无不朽。况且,即使不朽又如何?不朽对谁重要?

第二种方式,是相信生活的意义,是向内求,而非向外寻。西西弗斯可以告诉自己,推石这过程本身便有价值,不管最后结果如何。为什么呢?因为价值是人赋予的。只要人令自己相信一己的生活有价值,意义问题便可解决。这种方式似乎十分轻省,因为它不需依赖任何外在的标准。但生活不见得如此任意。西西弗斯之所以要问意义的问题,正正因为他不想自欺。他渴望活得真实而有价值。活在一个自欺的世界,或许令他暂时减少一些折磨,却不能长此下去。西西弗斯总会意识到,他实实在在地活在不自由之中。

西西弗斯的问题,多少也是我们每个人的问题——一旦我们意识到,我们的生活某种程度上也是推石上山的过程。

陈:我同意你所说,我们每个人或多或少,都是西西弗斯。稍微想想我们的生活,便会发觉很多时候真是不由自主,而且不断重复又重复。

因此,要谈生命的意义,必须从人能够自作主宰那一面谈起。这也是为什么存在主义特别强调人的自由意志。其实不仅存在主义,中国古代儒释道三家、基督教、印度教等,都希望人能在难以主宰的生活中寻求主宰。两者的不同,在于存在主义强调生活中没有任何的规范和权威,古代哲人则尝试提出一套客观标准,让我们看到生活的价值所在。他们虽然观点各异,但却都主张不断追求欲望满足的生活，谈不上是一种自我主宰的生活。

苏格拉底强调人要追求智慧。但为什么追逐名利的生活，算不上热爱智慧？因为他觉得这条路错了。耶稣也是一样。耶稣受到撒旦的三个试探，也是和荣华富贵、世俗权力有关。其实每个人都受到这些试探。但耶稣决定不走一般人的路，而走另一条路，虽然这条路十分艰难，但真正的生命在那里。他选择了和上帝合一，和宇宙万物合一。

周：但苏格拉底和耶稣的态度，还是和存在主义有着根本的不同。前者认为对于什么是人的最后归宿，什么是美好的生活，有客观的答案。人虽然要自作主宰，但不是说凡个人决定的便有价值。存在主义却根本否认有什么普遍性的标准，最后一切均由人的主观选择决定。

陈：你说得对。存在主义反对任何普遍性的规范，反对权威主义，结果只剩下一个光秃秃的自作主宰的个体。我觉得历史很古怪很有趣。人类最初的历史，是只有群体，没有个体的。然后在公元前几百年，耶稣、苏格拉底、孔子、释迦牟尼等思想家出来，全都强调个体的重要性，要人透过个体的觉悟、良知或理性能力，找到人生的安顿所在。

以基督教为例。基督教最初是从反对犹太教的规范主义里出来的，例如不去圣殿、安息日出来做事等。耶稣是十分反传统的。他不听从权威的规范，背着十字架，愿意牺牲一切去选择自己的道路。我觉得耶稣表现了他对自己选择的坚持。但到了中世纪，基督教却变得教条化、机械化、权威化，人的个体性渐渐消失。存在主义其实是二次大战后，西方社会对纳粹主义及共产主义的一种抗议和反省。它的问题在于强调自作主宰，但变得过于极端。法国哲学家萨特特别重视选择，但我想他也知道，选择不可能是一切，也不应是判断价值的唯一标准。

周：我觉得存在主义的问题，其实反映了现代社会一个困境。在自由社会，我们给予人的个体性很高的位置，重视人的选择，但选择本身并不能解决意义的问题。一个人选择行什么路，过怎样的生活才有价值，似乎不是一句"我喜欢"便足够。这样会令得所有问题都无从谈起。在个人自主和价值的客观普遍性之间，似乎有一重张力。

陈：你的观察很对。存在主义说，我说某种生活有价值它就有价值，因为价值是我主观赋予的。这的确是个问题。西方知识论的传统，最关心如何找到确定无疑的知识，即确定到不可以否定的知识。但这个要求实在过于严苛，因为即使在自然科学里，不同学科的知识的确定性也有不同，社会科学更不用说了。

但在人生哲学的领域，我们并不需要找一个像 2 + 2 = 4 的标准。就像学驾驶一样，师傅通常教我们一个安全驾驶的标准，但每个人驾车的方式，多少总有不同，只要不太过分即可。我是想说，人的生命可以容许很多空间。孔子在《论语》中的教导，往往便因人因情况而异；孟子讲仁义，最终也要讲"权"，即要考虑实际情况。这样说，并非抹杀价值的客观性，而是说我们有一套大概的指引便可。这些人生的指引从哪里来呢？根据过往人类的经验。例如几千年前柏拉图说民主不好，但累积下来的经验，却告诉我们民主较不民主好。我觉得人生的价值，社会的规范等，都属于这一类。

周：回到一个较根本的问题，为什么自我主宰这么重要？在日常生活中，不见得每个人都珍惜个人自主。

陈：如果一个人的所有事情都并非他所能控制，那生存是为了什么呢？有一次做手术前，我在病房旁边躺着，没有人理会我，自己又动弹不得，真有点任人宰割的味道。进入手术室，医生给我打麻醉剂，整个手术的过程，什么也不由我决定。我当时想，如果人生就是这样，有多少荣华富贵也没意思。

周：就此而言，西西弗斯最大的不幸，是他不可以选择。而人最大的幸，是在种种限制之中，仍然有选择的空间。

陈：对。我想这是人性的要求。人有自我意识，才会渴望自由，渴望支配自己的生命。

周：这点我完全同意。我愈来愈觉得，人之所以会追问意义的问题，之所以要努力摆脱各种内在外在的限制，说到底，正是因为我们意识到自己是个自由人。如果我们不在乎这个身份，很多价值便无关宏旨。

陈：所以我说人从群体中慢慢发展出个体的意识，是人类历史的一大突破，等于使得人从动物的世界走进人的世界。

周：上面我们谈了自我主宰对人生的重要性。我想再回到西西弗斯的问题。我刚才提到，西西弗斯可以靠完成一些外在的目标，来肯定生活的意义。我觉得，我们大部分人都是这样。生命就像攀山，攀过一座，再攀另一座，直至老死。所谓的盖棺论定，往往是计算一个人实现了多少成就。当然，很少人会认为自己堆积的石头，有一天会滚下来。但我有时想，即使石头不滚下来，越堆越多，最后还不都是付与断井颓垣？人生如此短暂，且不说那不由己的，即使是由己的，又是何等微不足道。每念及此，我总有无穷的徒然之感。

陈：这感觉我以前也有，我想读哲学的人都会有。但你可以换个角度想：我虽然很渺小，但始终也是整个宇宙的一分子，而每一分子都有自己的角色。石头有石头的角色，水有水的角色，各样东西合起来，才构成一个美的有规则的宇宙。人和石头一样渺小，但人有人的位置。人懂得思想，石头却不会。当我们回望过去，发觉自己很享受自己扮演的角色，那便够了。还可以怎样呢？我成全了整台戏。我的下台成全了其他人的上台。如果没人肯下台，大家一起挤在台上，那将会戏不成戏。

周：刚才你谈到那位考第一名的同学的遭遇。一个人的一生，似乎总是在个人努力和外在环境之间挣扎纠缠。人可以如何面对这种挣扎？

陈：这两者的张力的确很大。就此而言，人生是无可奈何的。即使一个人有很好的修为，这种张力也不会消失。人有时必须要承认自己的软弱及限制，了解到不是所有的压力，人都可以承受得起。

周：承认自己的限制的下一步是什么？

陈：下一步便要放松，不要执着，尽量学会宽恕谦卑。

东：回望过去，你如何评价自己的一生？

陈：我一生所做的事，主要不外两样。第一是教育，第二是做学问。我学问虽不太好，也没有什么著作，但自觉一直有进步，也可以从纷杂的困惑中，找到一些见解。教育方面，我已尽力做好我的本分，学生的反应也不错。而我所做的工作，是我自己喜欢和享受的，因为教育本身便有价值，它能令人与人之间有交流，分享彼此的人生体会。我想很多哲学家和我一样，会认同沟通是文明社会很重要的一环。

我的一生，既能发挥自己的潜能，又享受自己的工作，也得到其他人的认同，所以我很知足，没有什么遗憾！

时间：2002 年 10 月 31 日

11. 善恶幸福

陈：陈　特

周：周保松

东：陈日东

周：今天我们想讨论"恶"（evil）的问题。这个问题，在伦理学中似乎不太受重视，因为伦理学较为强调人的正面能力，例如人的良知和道德感等。但在现实生活中，恶却无处不在。人与人之间，国家与国家之间，充满尔虞我诈和不同形式的压迫宰制。人为什么会这样？

陈：这是个大问题。我个人观察，不同民族都有一个颇为一致的观点，即认为人的自然天性，基本上无所谓善恶。例如我们不会用善恶来形容一个初生婴儿。有些宗教甚至认为，没有善恶的状态，才是最理想的。例如《旧约》中的亚当和夏娃，本来生活在不分善恶的伊甸园中，偷吃分辨善恶之果后，反而堕落了。庄子亦认为，人最高的境界，是无善无恶的境界，因此人最好能够返回太初时代。

周：为什么这不是一件好事？那不正正彰显了人异于动物之

处吗？

陈：对庄子来说，人若能超越是非善恶的二元对立，则会处于一种和谐状态。但如果人有一套分辨的系统，不断将不同的价值和事物区分，便会有你我、真假、好坏的对立，那自然会出现"这是你的，那是我的"之争，也就会有"把不属于你的东西当成你的便是恶"的结论。相反，如果没有这种分野，世界将没有斗争，人就可达到和谐完美的境界。

周：但这种想法是否过于理想？人作为有自我意识的主体，总会将自己和他人、人类和自然区别开来。

陈：这点我明白。我并非说庄子的想法是对的，我只是说明他为何会这样想。儒家便不同意庄子，因为如果同意道家的说法，我们根本不需要文化，但人却不能这样。而且像你所说，人类能分辨善恶，也不全是由文化造成。

周：我觉得庄子的想法，是面对春秋战国乱世时一种"往后退"的人生态度。面对乱世，要么是积极面对它，要么是逃避它，退回到自然，退回到个人的内心世界。当压力大到一定程度，自由不可外求时，便只能内寻。尽管如此，对于世人来说，恶始终无从逃避。

陈：这涉及恶的根源的问题。人为何会犯恶呢？一个相当普遍的观点，是认为人之本性，总会追求欲望的满足。弗洛伊德、荀子如是说，孟子亦不否认。但欲望本身无所谓好坏，因为每个人都有欲望。如果说欲望不好，那么每个人便都不好。

但当欲望的追逐过了限度，就成了恶。当然，限度如何定，可以有不同解释。例如效益主义会说，恶是一个人的行为，影响社会秩序，伤害人的整体利益。这是最常见的说法，它主要从外在的社会目标来衡量一个人的行为。但想深一层，这个说法并不足够。柏拉图在《理想国》中有个故事，说一个牧羊人无意中得了个可以令人隐形的金戒指，他因此可以做任何事来满足自己的欲望，同时却不用担心被人发现。假设你是这个人，你会否选择犯恶呢？——即使你的行为对社会整体利益没什么大的损害。

柏拉图、儒家以至当代哲学家弗洛姆（Erich Fromm）都认为，犯恶的人不仅危害社会整体，还败坏了他自身。虽然表面上他的欲望得到很大满足，但其实却将他人性美好的一面扭曲了。我常常说，如果一个人只是关心自己，他并没有完全实现自己。人除了关心自己，还会关心他人。如果一个人只是不断满足自己的欲望，对他人漠不关心，甚至不择手段地伤害他人，他同时也是在摧残自己。

周：这是个很根本的问题。对柏拉图来说，道德生活（Moral life）和幸福生活（Good life）两者是不可分的。真正幸福的生活，是合乎道德和公正的生活。现代社会却将这两者分割，对于什么是美好的生活，完全由个人决定；至于道德规范，则往往被视为是对个人幸福的外在限制，而非构成幸福必不可少的元素。

这是两种完全不同的看生命的方式。你刚才说欲望的过度追求便是恶，但资本主义社会却不断鼓励每个人追求自己欲望的满足。它当然也有限制，但却相当单薄，例如不可伤害他人，不可侵犯他人的权利等。对很多现代人来说，幸福等同于无穷尽的欲望的满足。

陈：这点我同意。现代社会是个多元社会，每个人的人生目标各有不同，但这并不表示我们没有相同的人性。譬如我们说这是一张椅，那亦是一张椅，就是因为两者有共同的地方。我们不会因为它们每张各有不同，便说它们不是"椅子"。所以，我们不能只谈人的"个性"，而不谈人的"共性"，从而变成有个性，没人性了。

周：让我回到性善性恶的问题。你说欲望过了头，便产生恶。那什么是善？是否要令我们的欲望变得恰如其分？

陈：也可以这样说，即是善能够把人性美好的一面表现出来。我们以前读书时，最强调的是"德、智、体、群、美"这五育，没有人会否认这些东西不好。为什么呢？因为它们展现了人性美好的一面。如果人能够将它们表现出来，那对个人和社会，都是有益的。所谓"育"，便是培育——培育这五种潜能，并将妨碍发展这些潜能的东西消除掉。对我来说，这都是常识。从希腊哲人、孔子到古印度的思想，都是这样说。但很奇怪，现在负责教育的人，却都不谈这些了。

周：你是否在说，善其实先于恶，因为人本身就有这些潜能，而恶是阻碍这些潜能的东西？

陈：我们毋须这样区分先后，因为人性有很多方面。举例说，人有欲望、情绪，喜欢过群体生活，恐惧死亡，享受追求知识的乐趣等等。我们可以说，如果一个人能满足他的欲望，亦能表现其他的潜能，并且保持和谐，那么这个人就是幸福的。

当然，欲望很多时会和其他价值发生冲突。关键是要有适当的调节，并尽量将人性表现出来。我们毋须唱高调，说人要牺牲自己来实践理想。很多细微的地方，需要具体分析，但基本原则是可以确定的。我想大家会同意，如果一个人有很好的知己朋友，和谐的家庭，拥有知识，享受艺术，做人有道德，基本的物质生活得到保障（不是每天大鱼大肉），那他是个幸福的人。谁能否定这不是幸福的人生？！

周：我同意你所说。但在实际生活中，每个人都会面对很多限制。知与行之间，往往有很大距离。

陈：这当然。一个人的限制，包括两方面。一方面是自己内在的欲望。在欲望的引诱下，有些人会牺牲一些很重要的东西，甚至包括自己的亲人、朋友等；另一方面则是外在的压力。譬如有人穷得三餐不继，还有一家几口等着要养，如果有人引诱他去打劫，他很可能会做。又试想象一个间谍被敌方要挟他做反间谍，否则对他不利，我想一般人也很难抵挡这诱惑，因为没有人知你卖国，亦没有人知你忠于国家。换句话说，忠于国家对你没任何好处，但你不忠却使你得到很多好处。每当我在报章杂志看到这些故事，我总会想，如果我身处其境，又能否拒绝呢？我觉得这真要身历其境才敢说，否则都是"空口讲白话"。

所以，诱惑是双方面的。人如果要摆脱诱惑，一方面人要主动努力脱离这种状态，另一方面则要有外在客观条件的配合。但我同意人有很多限制，而当人真的去到极限，便会感到无力。这种无力感，不仅源于外在的压力，也源于人内心的软弱。

周：我觉得人的意志其实很软弱。一个人不行恶，很多时候只是因为运气好。

陈：对。也许只是因为我们条件好，才不用为应否打劫银行而挣扎。所以，每当我设身处地为他人着想，就会原谅很多人。

东：我也这样想。有时别人认为我做了好事，但我会觉得只是自己未遇到一个令我做坏事的处境。而我们认为某个人是好人，很可能只是因为事情还未去到一个令他做坏事的境地罢了。

陈：所以我有时想，一个人所得到的称赞，到底在多大程度上，是他所应得的。例如我小时候考试考得不错，沾沾自喜，后来才发觉只是因为成绩比我好的那个同学，家里太穷，没钱继续念书而已。别人称赞我，但这是否都是我应得的呢？当然，我的努力有一定影响，但更多的也许是运气。

周：这牵涉到几个重要的问题。第一是幸福和运气之间的关系，第二是道德和运气之间的关系，第三是社会正义和运气的关系。这三者都是当代道德哲学十分关心的问题。运气意味着生命中，有太多随意性及难以由个人意志掌握的东西。但伦理学追求的，却往往是必然性和普遍性，因此两者存在很大张力。

你刚才谈到内在及外在的压力，我认为这不是个别人的问题，而是和社会环境很有关系。最明显的例子，是资本主义不断制造人的欲望，并鼓励人们不断消费。如果真的有柏拉图在《理想国》中所说的"隐形金戒"，我估计很多人都会用。

陈：你说的是现实情况，但我刚才说的，是人如何才能获得幸福。现实的人往往不追求幸福，又或误以为欲望的满足便是幸福。弗洛姆认为这是现代人最大的问题，例如那些愈有权力、愈富有、愈有名声的人，往往反而愈多恐惧、愈空虚、感情愈脆弱。我们整个社会现在走的路，和人应该行的大方向其实背道而驰。

周：你认为有出路吗？

陈：要改变大势很难。有人曾想过用社会主义来改变这大方向，但现在却只剩下资本主义一枝独秀。但社会主义失势，并不表示资本主义就是对的。

东：但如果现代人在无止境地追求欲望时，根本不觉得恐惧，我们又凭什么指责这些人在犯恶？

陈：世事并不是你以为是什么，便是什么。人很多时候会自欺欺人。你看看现在的社会，有多少人正在饱受精神压力和内心恐惧的折磨？如果追求欲望的满足，会使人变得更快乐，变得不空虚，那么人根本就不用追求"德、智、体、群、美"了。

周：所以你始终认为，幸福的生活是有标准可言的？

陈：对，最少这是我自己的体验。例如我初患癌病时，仍有很多"得失心"，因为放不下得失，所以不开心。但当我经过大病后，便超越了这个心，心境变得舒坦，不再患得患失。当然，我不是说，凡事皆绝对，人人必须一样。毕竟每个人的个性都不同，关键是如何将情绪、感情、兴趣等结合在一起。

我觉得恰如其分很重要。人应当向着目标奋斗，但当你尽了本分，结果如何也可心安理得。就如林则徐的女婿所说的"还于天地"，即将结果的部分，留给天地决定。这也是还于上帝的意思。我觉得这样的人生观不错，一方面进取，另一方面又能放下。

东：但这又不是完全放下，因为你尚要尽自己的本分。但深入些想，这对某些人来说，其实挺困难的。因为当尽了力的那一刻，你心里一定希望自己能够成功，否则你不会有那么大的动力。但当你有这种想法时，人对于自己的追求，又会多了一份怀疑。要一方面执着，另一方面又能放下，真是谈何容易。

陈：我同意这种境界很难达到。我们做一件事，总希望它能成功，而失败后自然会伤心，甚至迁怒于人。所以，这是修养的问题。

周：让我再回到恶的问题。其实恶除了对自己，也会对其他人造成伤害，它也牵涉到个人与社群的问题。

陈：这当然重要。人对自己有责任，也对其他人有责任。古人喜欢两方面一起说，即个人幸福和道德责任是不可分的。我是一个个体，但也是社群的成员，所以对社群亦有责任。我甚至觉得，我与社会的关系，其实是"我"与"我"的关系。为什么呢？因为人性之中有合群的特性。当我与社群有个合理关系时，我与我的人性也就有个合理的关系。柏拉图、康德以至孔子都提到这方面。例如儒家说"修身、齐家、治国、平天下"，即表示修身要通过"齐家、治国、平天下"来实现，而不是彼此独立，各不关涉。

现代人却喜欢将两者分开。这样一来，道德遂成了一种限制，一重压力，外在地限制你对幸福的追求。这等于说，本来我是不愿意遵从什么规范的，但因为社会定了一些规则，我才迫不得已服从。

如你上面所说，这是个根本的转变。如果道德是人性美好的表现，那人应该很开心才是。儒家说"好德如好色"，便是说喜欢道德，就好像喜欢"靓女"一样；"恶恶如恶臭"，便是说讨厌恶行，就好像讨厌臭味一样。如果一个人能够这样，那就处于一种和谐状态，道德心和欲望两者合二为一，并以行善为乐。

周：回顾你的一生，有没有哪个时刻，自己是十分软弱，经不起诱惑的？

陈：我真的很幸运，从未遇过什么大的诱惑。我小时候的生活曾经很困苦，但没有什么诱惑大到令我犯"罪"的地步。

周：或者这与个人性格有关。

陈：这个也是。我的父母对我教育比较严厉，所以每当做错事，我都会有罪咎感。小时候犯了很小的错，总会羞愧得想找个洞爬进去。但我必须承认，那也是因为没有什么大的压力迫我铤而走险。

周：这又回到今天讨论的主题，即恶、幸福与生命中无从控制的运气这三者之间的关系的问题。

陈：确实如此。

时间：2002 年 11 月 7 日

12．师友杂忆

陈：陈　特
周：周保松
东：陈日东

周：今天我们怀旧一下，想请陈生谈谈你的老师和朋友。为什么要谈这个题目呢？一来我们想多点了解老一辈的师长，二来师友交往，本身便值得探讨。毕竟人生路上，对我们生命影响最深的，往往是自己最尊敬的老师和最知己的朋友。

陈：这个题目的确值得谈，可谈的也很多。首先，我们须明白，人之所以为人，总是在关系中建立起来。我们不是先有一个独立的"我"，然后这个"我"再去和别人交往，而是从一出生开始，人便处在种种关系之中。这种关系很复杂。一方面，它有偶然性，因为你生命中遇到什么人，不能由自己控制。另一方面，每个人却又可在其中扮演重要角色。例如很多人都见过唐君毅先生，但他们却对唐先生没有任何感受。

我初次见唐先生，是在珠海书院读二年级时。珠海很多学生上唐先生的课一无所得，因为他们听不懂他的四川话，又或根本对哲学没有兴趣。有些人甚至认为他行为古怪，例如有学生说这个老师的衣领都黑了，肯定连洗衣服的钱也没有。唐先生当时教书，其实挺寂寞，因为学生没心思上课，全都缩到课室后面，只有我坐第一行。但我第一次听唐先生的课，就已很震撼，因为他谈的东西，正是自己平时困惑不已的问题。唐先生是个很专注做学问的人，例如有次他用手帕抹黑板，急起来又用它抹自己的脸。师生交往，很讲缘分。如果学生对一位老师的学问、人格没有向往，很难建立深厚的师生关系。

牟宗三先生说过，如果人的三代，即父母与师长、同事与朋友、学生与儿女能够有很好的沟通，那就很难得，因为每一代给予人的刺激都不同。学生给老师的刺激，大不同于朋友之间的刺激，两者均无可替代。而师友关系与父子关系亦不同，因为父子关系建立在先天感情上，师友关系则建立在追求学问上。师友间如果没有追求学问的真诚，也就没有什么意义。牟先生说过他在台湾，曾接待过学生到他家里，包食包住。对他来说，最重要的是追求真理学问，其他考虑都是其次。

唐先生与牟先生曾办过人文学会，与一班学生定期聚会，讨论学术与人生问题，大家都很快乐。牟先生多数作开场白，其他人接着提问题。牟先生常告诉我们一个故事。他说有次聚会，有位学生迟到，别人问他为何迟到，他说因为有更重要的事做。另一个同学马上问他，有什么事情比追求学问更为重要？由此可见，真正的师友关系，要对学问有共同的尊重和向往，然后互相砥砺，一起进步。

周：你可否说说你所熟悉的钱穆、唐君毅及牟宗三三位先生？

陈：我很尊重钱先生，他口才很好。虽然他的乡音不易明白，但是你若听得懂，一定会很欣赏。他讲话有节奏，不慌不忙，最能打动人心。他的文章是一流的，尤其是文言文。我觉得他真是传统读书人的典范。

周：你读新亚研究所时才上钱先生的课？

陈：我在珠海书院时已经去新亚旁听，钱先生的课我全都听，也听唐先生的课。

周：当时新亚有多少人？

陈：那时新亚人很少，我想最多只有几百人。所以那里的人我都认识，他们也认识我，还把我当新亚人。

周：当时的读书气氛怎样？

陈：新亚的气氛很好，因为钱、唐、牟等老师都在。当时有一种高尚的文化救亡精神，觉得国家有难，中国文化的存亡也受到威胁，因此要齐心协力承传中国文化。当时的新亚，不仅是一所学校，也是一个文化团体，在钱先生带领下，师生之间怀着救亡的心情来办学。我记得当时不少学生要由调景岭步行到深水埗桂林街上课，足足要走半天。相比于崇基学院的学生，当时新亚的同学觉得他们是贵族，是另一类人。

周：你与钱先生交往多吗？

陈：钱先生其实蛮喜欢我，我记得我曾写了篇论文，他批改后当着很多同学面称赞我，令我满脸通红。当我写硕士论文时，本应由唐先生指导，但那年唐先生要到美国讲课，我于是问钱先生该怎么办。钱先生说不如由他来指导，于是我的关于中国哲学的论文，是在钱先生指导下完成。不过我一直与唐先生保持联络，也把论文给他看，他也给我意见。

周：唐先生对你的影响大吗？

陈：唐先生常令人有如沐春风之感。唐先生从来不会说别人的坏话，每当听到有人批评另一个人时，他总会想到被批评者的一些好处。但我和唐先生还未到无话不谈的地步，因为他真的像个师长，每次见他，自自然然会毕恭毕敬。我对着钱先生更加恭敬，因为他很重视传统师生的礼仪。而牟先生则好凶，常常骂人，骂学生读书读得不好，没有礼貌等。我很庆幸跟他交往多年，没有被他骂过。牟先生是个很率性的人，只从道义上看事情。他认为一个人看见有什么不对的事情，一定要说出来，师友相交不应有所隐瞒。

我与牟先生可以无所不谈，但在唐先生面前却有所顾忌，因为他为人很敦厚，生命中的一些黑暗面，不敢跟他直说。牟先生却会主动说。牟先生曾承认，只要有一个女人能使他眼前一亮，你要他跪下来也愿意。我觉得他可以这样跟学生说，真的很厉害。

有次我问牟先生，说宋明理学家要人"去人欲，存天理"，也即排除人的欲望，追求天理。但人欲那么多，要统统放弃真的很困难。我说我十五岁时曾尝试"去人欲"，但却发觉这样压力更大，愈是想排除，便愈想做，很辛苦。牟先生给我一个很精彩的答案，令我一生难忘。他说去人欲就如钓大鱼，不可以"一味"去扯，否则会翻船，最后连命也丢了。钓大鱼不可以扯，要懂得放线。我从来没想过讲儒学的人会有这样的言论。钱先生和唐先生绝对不会说这些话题，他们跟牟先生是很不同的人。

周：这几个老师的讲课有什么不同？

陈：牟先生讲课很清楚，概念清晰有条理，很多学生喜欢。唐先生则是"滚书"，令人头晕眼花，因为他知道的东西很多，数据丰富，所以上唐先生的课最好要先有一些基础。牟先生的口才也好，但和钱先生不同。钱先生的话能够打动人心，牟先生却说理清楚。唐先生口才一般，但是上课非常投入。

周：唐先生是否对你影响最大？

陈：可以这样说。我本来并不知道自己要行一条什么路，但听过唐先生的课，遂豁然开朗。他解说为何人要有理想，为何不要随波逐流，从而令我确定一些值得我去追求的东西。其实透过和他谈话，听他的课，看他的书，你会发现他都在传递这个讯息。除非你完全不接受，否则总会慢慢被他感染。

周：唐先生本人的人生体会从哪里来的？

陈：唐先生的父亲是个知识分子，妈妈是个中学教师，可说是家学渊源。他的父亲喜欢中国哲学，但唐先生开始时却喜欢西方哲学，因为他觉得中国哲学不清不楚，后来才逐渐发觉他父亲有点道理，因为中国哲学里面有很多智慧。他先到北京大学读书，但不喜欢那里的气氛，于是转到南京中央大学。《人生的体验》这本书是他三十岁时写的。他这本书原不是写给别人看的，而是写给自己的笔记，用来鼓励自己。后来他把它拿给朋友看，朋友才叫他拿去出版。虽然这是本很小的书，但他却常常用它来讲课，可见对他的人生影响很大。我记得在他退休时，也仍在讲这本书。

周：读唐先生的文章，真的觉得他是至情至性之人。

陈：对。有次他在尼姑庵睡觉，虽然他不是佛教徒，却对佛教和宗教十分欣赏。那天晚上他整晚听见木鱼声及尼姑在念经，很是感动，哭了整个晚上。他是个很感性的人。

东：除了以上三位，还有其他老师或朋友对你有很大影响吗？

陈：从珠海书院毕业后，我先去《中国学生周报》工作了一年，然后才进新亚研究所。《周报》的气氛和新亚有点相似，大家都觉得应该为国家、为文化做些事情，所以当时除了办报纸，还在一些中学招募通讯员，把他们学校发生的事情告诉我们。我们亦有举办一些活动，让通讯员自由参加，如学术组、音乐组等。我们培养了不少人才，如后来到荷里活拍电影的导演吴宇森，也参加过这些小组。

当我初做编辑时，《周报》总部设在新蒲岗。我从新亚研究所毕业后，回到报馆做社长，当时由陆离做编辑，总部则已搬到弥敦道与亚皆老街交界一座楼宇的五楼，后来再搬到广华医院旁边，华仁书院对面。那时候我们有共同的理想，希望办好报纸、做好那些通讯员小组，播下种子。这些活动其实影响很大，后来70年代发起学生运动的，就是这群人。著名的学者和作家小思（卢玮銮）也说过，她是读《周报》长大的。当时的同事，住在一起，吃在一起，互相批评，对我的生活有很大激励。现在回想，那段岁月真的很好，无论在读书和人格培养上，对我的影响都很大。

东：你当时是怎样加入《周报》的？

陈：那时我刚从珠海毕业，正在为找工作烦恼。有天忽然有人来找我，说想请我当编辑，我吓了一跳，接着便答应了，因为我很需要一份工作，而编辑这工作挺适合我。我当时问他为何要找我，他说是珠海书院的系主任推荐的。

周：从你多年的教学经验来看，你觉得理想的师生关系，应该是怎样的？

陈：我觉得可以有两方面。一方面，师生关系离不开追求学问和真理，大家要有一个共同追求的方向。另一方面，学问要有客观性、包容性，不需要认为老师说的就是真理。在这方面我挺欣赏西方。我在美国留学读书，学到一样东西，就是教学应该双向。每个人寻求真理的路不同，而每个人寻求到的真理也未必一样。我们不能说只有一种发现真理的方式，也不能说某个人的学说，就是唯一的真理。我们应有客观精神，通过某种客观的方式让我们（包括老师和学生）去追求知识。师生当然可以沟通，但不能说沟通后，一定只有一个绝对的定案。这并不可取，因为会扼杀人对学问的追求。我觉得有很多大师的学生，都不能走出属于自己的路，和这很有关系。

我当年曾经写过一封信给牟先生，结果令他有点不快。我说我到美国之后，看不到像他和唐先生那样的大师，只看到一些很有学问的学者。但他们有个长处，就是很尊重学生的自主性。每个学生可以畅所欲言，说出自己的想法，甚至在堂上公开驳斥老师的观点。我曾见过这样的故事。当时有个学生用甲老师的观点去驳斥乙老师，然后在下一课则用乙老师的话驳斥甲老师。美国的学生就是这样学到很多东西，因为他们的老师不会因此而发怒。牟先生回信给我，说他有点不开心。他认为他们教书的方式与美国不同，因为那时国家处于生死存亡，教书不是坐在梳化椅上风花雪月，而是关怀生命和学问，所以要严厉一点。

周：我有种感觉，老一辈很多时视生命和学问为一体，而不仅是传授知识给学生，所以总希望学生在各方面都能和他们相契，跟从他们的道路。

陈：我觉得不用这样。这个"道"其实可以放松一点，不要把它限制在自己的期望当中。唐先生的道，便较为宽松。他常说各门各派都有一个门，我们可以透过彼此的门，通往别人的派别。他们那一辈也许使命感太强，常常说要为国家救亡，但这样做，有时的确会窒息学术的正常发展。我觉得每个人都可有自己的路，别人与自己有些不同没有关系，只要不是南辕北辙即可。

时间：2002 年 11 月 14 日

13. 论情说爱

陈：陈　特

周：周保松

东：陈日东

周：今天我们试来讨论情和爱。很少人会否认，爱在我们生命中的重要性。爱有不同种类，亲情、友情、爱情，都表现了人与人之间的爱。而爱是相互性的，在付出的同时，也希望对方有所回应。如果一个人不断付出，对方却无动于衷，大家的关系便很难维持下去。

陈：当然，如果彼此能够一来一回，这样会很好，大家没什么遗憾。如果有去无回，人会觉得这种关系有缺陷，不和谐。

东：爱是很特别的事。人与人之间，本身便有隔膜。人是孤独渺小的个体，往往通过爱，与他人连成一体。若爱只是单方面的，就很难做到这一点。

周：之前我们谈到存在主义。存在主义似乎认为，人大部分时间，皆要孤零零一个人作很多决定。我记得你说过，现代社会人与人之间的支持和关怀很不足够。你会否觉得这不健康？

陈：自从我病了以后，愈来愈体会到，西方社会很易把人带向一个孤独和恐惧的状态。大家的物质生活改善了，人的内心却很寂寞。以前你在外面受了气，可以回家和家人诉说一番。事业上遇到什么问题，整个家庭会支持你，使自己安心一些。但这样的支持，似乎愈来愈少，因为社会变得愈来愈个人主义。

东：我觉得发展和维持一段关系，需要双方投入，将整个人灌注进去才行。但现在的工作环境，却令人们很难投入多些时间到家庭生活。而一方投入得少，另一方跟着减少，便形成恶性循环。

周：回到刚才的问题。如果我们真的爱一个人，她与我便不应只是工具性的关系。如果我只视对方为手段去满足自己的目标，那不是真正的友情，爱情就更不用说。但人在付出感情时，总渴望某种回报。如果这种关系不是纯粹工具性的关系，那它的性质是什么呢？

陈：爱不可能是工具性的，因为爱一个人，和爱一张沙发不同。爱一个人，一定要尊重那个人的人格，但沙发却没有人格。我爱爸爸也好，妈妈也好，我是对着一个有人格的人。爱一个人，一定是对那个人有尊重。尊重的意思，是说我们不可以说因为没有了爸爸，就去换一个爸爸。我们不可以那样想，因为人和死物不同，每个人都应有自己独立的人格和尊严。

周：你提出尊重这想法很重要。当谈到尊重时，我们一方面不可当人是工具，另一方面要尊重对方是独一无二的个体。所以，我觉得真正的爱，源起于一种情感，即希望与另一个体建立一种非工具性的彼此关怀的关系。在这种关系里，我们得到满足，而这种满足不能随便用其他东西替代。

我的哲学启蒙老师陈特
先生 [张灿辉摄]

1. 陈特和钱穆先生

2. 左起：刘述先、张遵骝、
   牟宗三、牟太太、陈特

3. 80年代中大哲学系老师合照。
   左起：刘述先、郭大春、何秀煌、
   刘昌元、石元康、陈特

	3
1	4
2	5

1. 陈特先生在上课

2. 1997 年哲学系郊游。右一
   是我，右二是陈特，右三
   是刘述先；最后排左二为
   石元康，右一为杨国荣

3. 我和陈特先生
   [1997 年]

4. 我毕业时与陈特先生合照
   [1995 年]

5. 我和沈宣仁先生合照
   [1995 年]

荔枝成熟时，我到石元康先生家中帮
他采摘 [2006 年]

港事顾问事件，高锟校长（左一背对者）出来烽火台会见学生，逾千学生出席 [1993 年]

1. 中大开放日事件。有学生爬上百万大道的校徽顶，拉开抗议
   横幅，上书"两天虚假景象，掩饰中大衰相"［1993 年］

2. 高锟校长退休，学生会在烽火台办了个公开论坛，要求学生
   有权参与遴选新校长。我为主持人，左边为高校长［1995 年］

陈：这在哲学里是个很重要的问题。所以我一直强调宇宙是多元的，需要多元的东西互相配合，互相依存，就如男人不可以代替女人，小孩不可以代替老人。社会中需要一中有多，多中有一。

周：当然，对个体的肯定，是现代社会一个重大的成就，因为它承认每个人都是独立的主体，有自己的价值追求和存在价值。但我们同时渴望社群生活，希望人与人之间不只是纯粹工具性的利益关系。要在两者之间取得平衡，是个大问题。

陈：这的确不容易。当我们说在人际关系中，过度占有和主宰他人不好时，也是说要尊重个体的独立性。所以，父母要给子女一定空间，男女之间要尊重对方的生活方式，不可以说因为我爱你，你就要什么都服从我。我们需要某种平衡。

东：其实不只是要尊重对方，同时亦要尊重自己。因为你不可以没有了自己。你尊重对方是个独立个体，同时也尊重自己是个独立个体。

周：我有另一个问题，是关于爱的能力的。这个星期，我曾和学生说："你们生命中有些东西，是很精彩的，但是你们却不懂得珍惜。当你们失去了，甚至也不知道它们为什么精彩。"其实我想告诉他们，他们还有赤子之心，仍然待人真诚。当有一天人失去这份纯真无邪的心，便再没有能力感受生命中很多美好的事物。爱，其实也一样。当我们长期活在一种尔虞我诈的环境中，日子久了，也可能会慢慢失去爱的能力，从而以为这个世界只有工具性的利益关系，不懂去爱人，也无法领受别人的爱。

陈：是的。人不是说想爱便去爱，生命中有些东西会阻止你去爱。当你发展那些东西时，爱的能力可能会减少。要培养爱，有时要抑制其他活动。例如一个人将所有时间心思都花在工作上，又怎会有心力去爱身边的人。这有点像读书。一个人有兴趣读书，便会花时间在上面。读得愈多，能力便愈好。所以说能力和兴趣，很多时候分不开。

周：我有点觉得，一个人有能力去爱，其实是种福气，这种福气较被爱更为重要。

陈：是呀，那当然是。我在给崇基学院一年级学生上课时曾说过，被爱当然好，但能够爱人就更好。我们通常以为被爱就是我好，爱人就是你好，其实不然。如果人能养成爱人的习惯，自己会感到很快乐。

周：但在这点上，有没有运气的成分？我觉得是有的。我的意思是，如果爱是一种能力，那么他与家人的关系比较好，自然也会培养出这种情感。反之如果他生活在一个贫困家庭，与家里的关系又差，便需要很努力才能有那种情感。我觉得这是人的运气，因为很多时候，这些都不是人的选择。

东：那当然。你甚至可以说，这是需要有一种爱人的性格。

陈：很多事情既有运气的成分，也有自己可以努力的成分，通常两者都有。

周：人为什么需要爱？是不是人怕孤独？

陈：我一开始便说，爱是人与人之间的一种关怀。我相信真正的爱，包含很多东西，例如要互相尊重，互相了解。若彼此不了解，但却说我是爱你的，我就像爱一个假的人一样。这表示，人与人之间需要感通。当然，人与人之间互相关怀，互相尊重，互相了解，要看去到什么程度。如果你能去到某个程度，那就是爱。譬如我关怀一个人，关怀我的同事，关怀我的学生，但这却未到爱那个程度。所以我想这是程度差别的问题。

周：为何我会问上面的问题呢？设想有两个人过着两种生活。一个人很成功，赚很多钱，名成利就，但却缺乏爱。另外一个人可能没有这些物质的东西，却有爱。到底哪种人生较为幸福？对不少人来说，也许只有在患病或孤独的时候，才会特别感受到爱的重要性。但在平常日子中，追逐的却往往是名利，既不珍惜别人的爱，亦吝于付出自己的情。

陈：你说得对。人在有能力时，尤其觉得自己可以支配一切时，往往觉得爱无足轻重。但这是幻象，因为一个人不可能永远那样事事顺心。譬如说一个有财有势的人，他的儿子忽然全都死了，他会骤然觉得这个世界很虚幻。每个人生活中都会遇到不能预计的事，可能是太太忽然死了，可能突然被朋友出卖了。因此，不要以为自己有权有势，便可安枕无忧，因而说自己不需要爱。

周：另一个有趣的问题，是正义和爱之间的关系。当代哲学家罗尔斯曾经说过，我们对正义的追求，一如对爱情的追求。但我觉得这个模拟不太对。我在想，如果社会过度强调正义，可能会对人与人之间的关爱有所阻碍。如果我们只重视“什么是一个人应得的”，那只需要建立一套公正的制度，确保每个人不去侵犯他人的权利，得到自己所应得的便够。但爱应不止于此。爱所体现的，不是权利和义务，应得或不应得，而是对他人发自内心的关怀和付出。

陈：在世界文化里，西方人从希腊时代开始，已知道制度很重要，因为有制度才可以有公平。他们认为建立制度后，每个人都跟着制度做，才会受到公正对待。而这种正义观也体现了对每个人的爱，因为这能公平地照顾到每个人的利益。

但情况未必是这样，因为制度也有漏洞和不足。中国人便比较多谈爱，而爱是较为个人的。宗教也一样。耶稣遇到一个犯了奸淫罪的人，周围的人问他应否打死她。耶稣的回答很有智慧。他说："你们中间谁是没有罪的，谁就可以先拿石头打她。"这可见他有照顾到人的感情，而这是个人的。

但我也觉得，这两个东西各有所长。制度往往没有人情，总是冷冰冰的规条。这样的人际关系，是否一定好呢？这点我有疑问。每个人都依照法律办事，这个社会是否就最理想呢？譬如两夫妻结婚时签了契约，依照契约来做夫妻，到分财产时依照制度来办事，这很公平，但却少了人情味。

另一方面，如果一个社会只重视私情，也会出现问题。例如孔子所说的"父为子隐，子为父隐"，便让人诟病，说他不尊重法律。所以我想这两个东西，制度和人情，缺一不可，要有平衡，分寸要掌握得好。

周：我想爱总是有差等的，它本身是一种特殊性的关系，我们总是关怀某个特定的人，重视某种特殊的关系。但正义要求的，往往是普遍性的对等的关系。或许我再多问一个问题。对你来说，什么是理想的爱情？

陈：我觉得理想的爱情，很难做到，因为人很矛盾，很麻烦。当然，最理想的，是两方面要互相了解，互相尊重，尊重对方的性格。有些后天的缺点可以改，习惯也可以改，性格却很难改。所以你要分辨，哪些是先天的，哪些是后天的。如果你真的爱她，就要连对方性格中的缺点也要尊重。你要关怀她，一如关怀自己一样，关怀到你不觉得自己在关怀她。我觉得庄子说的境界最好，虽然他说的不是爱情，而是人与人的关怀。他说"忘己、忘我"，意思是说我对你，与对自己没有分别，即我爱你时不觉得自己在爱你，而像在爱自己一样。我觉得这是最高的境界。

还有一点，就是人是会变的。人的情绪会变，能力会变，志向也会变。两个人相爱，如果其中一个变得很厉害，一个完全不变，日子久了，要彼此了解便很困难。所以两个人要长久相爱，需要共同进步。如果一个人不断落后，另一个不断进步，便很难维持下去。美好的爱情，最好两人有默契，一起努力。

周：两人要共同进步，才能够互相欣赏。我觉得不仅爱情是这样，朋友之间也是这样。要互相欣赏，关系才可持久。

东：我觉得这与人贪新忘旧的心理，有一定关系。因为人抗拒重复。若一段关系没有注入一些新的元素，人会很容易厌倦。一如你自己希望不断有进步，一段关系也需要互相进步，才会有新奇的感觉。

陈：两个人一起进步，其实是一种鼓励。所以我觉得爱是动态，而不是静态的。

时间：2002 年 11 月 28 日

14. 光照在黑暗里

——追念沈宣仁先生

沈宣仁先生逝世两周年了。这两年，我常常想起他。也试过许多次，想写点什么东西。但每有此念，脑中泛起他的声音笑容，总是不能自己，下笔维艰。如果沈先生还在，能和他散散步聊聊天，那该多好。我常常这样对自己说。

沈先生是中大宗教系的老师，崇基学院的院长，但我既不是宗教系的学生，也不是崇基人，因此我正式认识沈先生，是1994年春天修读他的"宗教哲学"的时候。第一天上课，沈先生推门进来，手里捧着厚厚一大叠书。那是由约翰·希克（John Hick）主编的宗教哲学论文集，精装本，五百多页，由柏拉图、阿奎那到罗素和维特根斯坦，都收在其中。我以为是教科书，沈先生好心帮我们先订了。谁不知沈先生一开口，却说这本书送给我们。我吓了一跳。一班三十多人，一人一本，花费可不少。沈先生想我们读书，却又怕我们负担不来，干脆送书给我们读。这本书仍在我书架上，书页都发黄了，上面还有不少当年上课留下的痕迹。

那一科读了什么，记忆早已模糊。印象最深的，是沈先生推荐我们读的一本书。我记得当时他说："有一本书，你们一定要读。

读完，会影响你一生。这本书是陀思妥耶夫斯基的《卡拉马佐夫兄弟》。"沈先生声如洪钟，一脸热切一脸认真。我被打动，下课后马上跑去图书馆借，之后又读了《罪与罚》。我不晓得这本书是否影响我一生，但我的确读得如痴如醉。在今年某个课上，我和学生一起重读了《宗教大法官》那一节。我一字一句地将整节读出来，当念到"他们永远不能得到自由，因为他们软弱、渺小，没有道德，他们是叛逆成性的"，和"人一旦得到了自由以后，他最不断关心苦恼的问题，无过于赶快找到一个可以崇拜的人"时，不禁心生悲凉，不禁想起沈先生。如果沈先生在，他会怎么说？如果人真的如宗教大法官所言，上帝何必给人选择？人的自由又从何谈起？

沈先生一定被这问题深深困扰过。早在 1970 年写的一篇短文《光照在黑暗里》中，他便说："我看罪恶是事实，不成问题。问题是：黑暗之中有无亮光照耀？人在黑暗中，可否看得到上面的群星照耀，望得见未来的一线曙光？我想这是信仰的问题，好像上帝的存在一样，不能证明。"他临去世前给我的电邮中，竟然重提了这个观点，还引了《约翰福音》中的一节，说"光照在黑暗里，黑暗却不能掩蔽它"。我有点觉得，沈先生的一生，既相信有光，也在有意识地用他全部的生命，印证这光的存在。

另有两件小事，值得一提。那时我是中大学生报的编辑，有一期负责做了一个关于中大教学质素的专题。当时办报，从采访写稿植字贴版到送报，皆由我们一手包办。我那天一大早将报纸送到各书院后，便去上课。十时左右，传呼机响，回复才知是崇基院长室打来。沈先生在电话中说，读了我们的报纸，觉得专题做得很好，道出了他的心声。我在学生报几年，那是唯一一次收到老师的鼓励电话。沈先生后来和我说过好几次，他觉得一所大学最重要的，是学术风气。只有当大学的老师和学生都有求真之心，并以一种知性的热诚去追求学问时，大学才能进步。使他感到痛心的，是这种风气愈来愈差，大家见面都不谈学问了。

另一件小事，则和校长遴选有关。1995 年，高锟校长即将离任，学生会要求公开选举校长的声音遂起。某天中午，学生会在烽火台举办论坛，请了金耀基教授和四书院院长出席。那天烈日当空，出席的只有十来人。长长的百万大道，异常冷清。轮到沈先生发言。沈先生说，民主原则不见得是最好的制度，也不见得适用于所有领域，例如柏拉图便不这样看。沈先生说完，台下有点哗然。我们当时没什么人读过柏拉图，对于柏拉图为什么反对民主，也不大了了，所以没人和他争辩。但沈先生在那样的场合，一脸大汗地说起哲学来，而且极其认真，真是异常可爱。校长如何产生，其实和他无关，他大可虚应几句便算。但他觉得民主制度的优劣得失，本身是个学术问题，值得认真讨论，于是直率地说出自己的看法。

柏拉图是沈先生最喜欢的哲学家。我重读他的电邮，才发觉在最后一封中，一开始就和我讨论他对柏拉图的《理想国》和《法律篇》的看法，然后说如果他还有时间的话，很想写一篇文章，探讨柏拉图如何看权力（might）和"正当"（right）的关系。在自知生命即将到达尽头的时候，沈先生对他的生死淡写轻描，却对不能继续思考哲学流露出淡淡的遗憾。

沈先生在芝加哥大学毕业，深受芝大重视通才教育的影响。60年代到崇基后，一手建立崇基的《综合基本课程》，为崇基及中大日后的通识课程奠下基础。沈先生十分重视经典研读，并开过"基督教经典"、"柏拉图《理想国》"等课。余生也晚，未听过沈先生这些课，但在我的读书和教学经验中，也慢慢体会到，最好的人文教育，是由老师带着一群学生，以认真虔敬的态度，精研人类文明各种经典。书读多了，自然腹有诗书气自华。只是这样的年代，恐怕早过去了。我也曾试过在书院教通识，和学生一起试读柏拉图、密尔、托尔斯泰等，感觉相当吃力。在不知有经典的年代读经典，大多数学生会觉得这是负担。读书需要一种氛围，一种人人视读书为天经地义的氛围。有了这种氛围，不读书的人也会受感染。可惜这样的氛围，今天已几近于无。

2003年11月，沈先生偕夫人由美返港，住在崇基。我和沈先生多年不见，于是找了个晚上冒昧前往拜访。沈先生其时大病初愈，癌病未有复发迹象，谈兴甚浓，电影、哲学、宗教、教育，无所不谈。我们聊到十二时仍意犹未尽，遂约好在他离港前一晚再见一面。第二次见面，沈先生多谈了对生命的体会。我问他什么才是美好的人生，他想了好一会儿，然后用了当代哲学家麦金太尔（Alasdair MacIntyre）在《德性之后》的说法答我："一个美好的人生，是一生不懈地追求美好人生的人生。"这好像答了等于没答。但麦金太尔其实认为，美好的人生并不只是单纯的欲望的满足，更非个人任意的选择，而是人必须对自己所属的传统，对自己的身份角色有深切了解，并借此知道什么是美善的生活，然后努力培养出实现这种生活的德性，令生命有始有终，圆满无憾。

那天，我们聊到凌晨二时方散。那是我最后一次见沈先生。

一所大学，最宝贵的，是她的理念和传统。没有理念没有传统，大学也就没了灵魂。崇基的传统，有着沈先生深深的烙印。沈先生走了以后，我有种整个崇基都寂寞下来的感觉。如果沈先生还在，能和他散散步聊聊天，听听他的笑声，那该多好！

2006 年 8 月 31 日

附录　沈宣仁先生给作者的最后一封电邮

（原文为英文，由作者译出）

保松：

谢谢你那么快就给我回信。我很高兴知道你的文章即将发表。

列奥·施特劳斯似乎是新保守主义鼓吹的"帝国主义"意识形态背后的哲学家，是这样吗？我知道他总是从一种相当保守的柏拉图式的立场出发，对自由主义作出批评（例如从柏拉图的《法律篇》以至《理想国》部分章节发展出来的观点）。我目前正在阅读一本有关柏拉图的中文著作，尤其想看看里面有没有讨论《理想国》第一章中那个关于"有权就有理"的具普遍性的重要问题，可惜却找不到。如果我还有时间，真应写一篇文章，好好谈谈这个《理想国》中最核心的问题。

上次和你说过，我将在相当长时间内不能给你回信。或许你已知道，我两年前患的癌症已复发，并去到第四期（即末期）。去年圣诞以来，我的左髋关节愈来愈痛，最后证实是由癌细胞引致。我接受的放射性治疗，减轻了我的痛苦。而在皮肤药贴和其他药物的帮助下，痛苦也受到一定控制。

我已开始新一轮化疗，希望可以拖延癌细胞的扩散。但也因为这样，我的红血球细胞数量跌到很低，令我极为疲倦。我现在睡的时间多于工作的时间。每两星期我还需要接受注射，目的是促进骨髓中血红蛋白的制造。这个星期五，我要接受输血来增加我的血球数。除了这些，我的状态似乎稳定下来——最少暂时如此。我继续去公共饭堂和大家一起用餐，也尽可能多参加小区的活动。我现在出外，要借用助步器，但不需要轮椅。

身体转坏的一个好的副产品，是我较以往多了许多访客！我的儿子两个月内来了两次探望我们，以前的学生也会在未来两个月陆续来看我。

现在我想和你分享我在3月知道"判决"（即癌细胞扩散）后写的一篇文章。这不是深思熟虑之作，而是直觉地跟从基督教的数算主恩的教导，因此题目叫"一个感恩生命的自白"。在当时情绪相当混乱的状态中，写作此文有助我平静下来，并接受自己的处境。而现在，我将走上我生命最后的旅程，并尝试学习生命最后的一堂大课。（如果你未读过3月的第一稿，附上的是最新版本。）

因为我不是牧师，所以我甚少讲道。但数年前，我在"朝圣园"这里做了一次布道，题目是"到那应许之地"。该次布道有点自传性质，尝试将我的基督生命和信仰放在更广阔的语境中去理解。我喜欢那篇文章，并很想和你分享。它相当好地补足了我在"一个感恩生命的自白"中所说的东西。这两篇文章都用了光照在黑暗里这个象征。这个象征，一直对我有非常特别的意义。

　　祝

平安！

Dr. Shen

2004 年 6 月 3 日

15. 真正的教者

——侧记高锟校长

高锟校长在 2009 年获诺贝尔物理学奖，迅即成为媒体焦点。除了高校长在光纤通讯方面的成就，其中最受人关注的，是他担任香港中文大学校长期间和学生的关系，尤其是 1993 年发生的两件大事。但观乎媒体报道，有颇多的不尽不实，部分更近乎传说。这些传说，对高校长和学生都不公平。

我当时读大学三年级，是《中大学生报》校园版编辑，亲历这些事件，而且和高校长做过多次访问，算是对内情有所了解。现在热潮既过，我自觉有责任将当年所见所闻记下来，为历史留个记录。更重要的是，十八年后，我对高校长的教育理念，有了一点新体会。这点体会，无论是对中文大学还是对中国的大学，或许有一定参考价值。

一

我第一次见高锟校长，是 1992 年 8 月某个下午，我和学生报其他四位同学去大学行政楼访问他，一谈就是三小时。高校长的粤语不太流利，我们主要用普通话交谈。高校长给我的第一印象，是个率真诚恳，没官腔很随和的人。即使我们有时问得直接尖锐，他也没有回避或带我们绕圈子，而是直率地表达自己的想法。我还留意到高校长有个习惯，就是喜欢一边聊天一边在白纸上画几何图案，愈画愈多。

那天我们从中大的人文传统和教育理想谈起，说到学制改变、校园规划、教学评核和通识教育等。最后，我们问高校长是否支持学生运动。在那个年头，学生会经常出去示威抗议，有的时候会出现学生在外抗议，校长在内饮宴的场面。校长说他个人很支持学生参与社会事务和民主运动，但因为他是校长，代表大学，因此不适宜表态。他甚至说："我很同情你们的许多行为，觉得是年轻人应该做的。但有些人很保守，可能会觉得我不对。如果我不做校长而做教师，那情形就不同。"[1]

那个访问最后由我执笔，一年后被收进我有份参与编辑的《中大三十年》。中大学生会一向有为学校撰史的传统，每十年一次，从学生的观点回顾及检讨大学及学运的发展。书出版后，我寄了本给校长。过不了几天，他在校园偶然遇到我，说读了书中我的两篇文章，一篇写得好，一篇写得不太好。我当时有点诧异。一是诧异他会读我的文章，二是诧异他如此直率，直率得对着这个学生说不喜欢他的文章。我没有不快，反觉得高校长如此坦白很好。可惜当时人太多，我没机会问他不喜欢哪一篇及原因是什么。

这里要补一笔，谈谈学生会干事会和学生报。干事会和学生报是中大学生会的核心，是当时唯一需要全校学生一人一票选出来的组织，运作经费来自学生的会费，在组织和财政上完全独立于校

---

1 《中大三十年》(中大学生会出版，1993)，页15。

方。学生会总部在学生活动中心范克廉楼，干事会在地库，学生报在顶层，彼此关系密切，我们惯称自己为"范记人"。校长所在的行政楼，与范克廉楼一路之隔，并排而立。中大学生会有很长参与校政和关心社会的传统，崇尚独立思考自由批判。我入学时，八九年刚过不久，范克廉楼聚集了大批热血青年，天天在那里议论国事。除了学生会，中大还有过百计学生团体，包括书院学生会、国是学会、中大社工队、青年文学奖、绿色天地等。这些团体也是学生自治，每年由会员选举出我们叫做"庄"的内阁，自行组织活动，学校不会干预。

我特别说明这个背景，是想读者明白，虽然高校长是国际知名的光纤之父，但我们当时对他不仅没有崇拜，反而有一份戒心，因为他是校长。对范记人来说，校长拥有庞大的行政权力，代表大学官僚体系的利益。而学生会的职责，是捍卫教育理想，监察大学施政，争取校政民主化，保障同学权益。所以，校长和学生会之间，存在着某种结构性张力。更重要的是，范克廉楼有强烈的反权威反建制传统，在我的读书年代尤甚。这个传统从上世纪70年代发展下来，一代传一代，从没中断过，形成所谓范克廉楼文化。很多人对这个传统不认识，一见到学生会有抗争行动，总会习惯性标签他们为"过激""非理性"和"一小撮搞事分子"，但却很少尝试理解他们背后的理念。

二

1993年距九七主权移交，还有四年。那是高锟校长任内最纷扰的一年，而且和香港政局纠结在一起。在这年，高校长放弃了一年前亲口对我们说过的政治中立，接受中国政府委任为港事顾问，结果引发轩然大波。

让我先说点背景。1992 年 7 月，彭定康成为香港最后一任殖民地总督。他上任不久，即在施政报告提出政治改革方案，增加立法会民选议席，冀在九七前加快香港民主发展步伐。这个方案遭到中国政府强烈反对，双方关系陷于破裂，当时的港澳办主任鲁平甚至斥责彭定康为"香港历史上的千古罪人"。中方于是决定另起炉灶，积极吸纳香港不同界别精英为其所用，邀请他们出任港事顾问。

1993 年 3 月 27 日中国政府公布第二批港顾名单，高锟校长赫然在名单之上。中大学生会在 29 日发出声明，指港事顾问乃不民主的政治委任，高锟身为校长，代表中大，不宜担任此职，并要求高校长公开交代事件。高校长当晚回应说，他是以个人身份接受此职，不会对中大有任何影响。事情发展得很快，当天在范克廉楼已出现大字报潮，傍晚电视新闻也以头条报道此事。在委任名单中，其实也有别的大学的校长，例如科技大学校长吴家玮，但因为只有中大有反对声音，所以成为全城焦点。

3 月 30 日中午，学生会在烽火台举办论坛，有四百多人出席。高校长没有出现，但发了一信给学生会，称他会利用港顾一职，就"学术自由及促进本港与国际学术界联系"向中国政府反映意见。论坛结束后，有五十多位同学带着横额，游行到中环恒生银行总行，要求正在那里参加中大校董会会议的高校长回校公开解释。傍晚六时许，高校长答应出席第二天的论坛。我们当晚在学生会开会到夜深，并为第二天的论坛做准备。

3 月 31 日早上十一时，高校长踏出行政楼，来到数步之遥的

烽火台，等候他的，是中大千多名师生及全香港所有媒体。高校长
那天穿深色西装，精神看来不错。烽火台放了一张长桌，高校长坐
一端，中间是学生主持，另一端是学生会会长。高校长背对着的，
是朱铭先生著名的太极系列雕塑"仲门"，门后面是大学图书馆；正
对着的，是密密麻麻的师生，师生后面是百万大道，大道尽头是俗
称"饭煲底"的科学馆，上有"博文约礼"校徽。

　　论坛气氛热烈，学生排着长队等着发问，用的是标准中大模
式：发问者先自报姓名及所属书院学系年级，然后提出问题，高校
长回应，发问者接着可追问或评论，高校长再回应，然后下一位接
上。争论的焦点，是港事顾问的政治含义以及校长应否接受这样的
委任。高校长不善言辞，对着群情汹涌的学生，一点也不易应付。
但就我观察，高校长不是太紧张，即使面对发问者的冷嘲热讽，他
也不以为忤，有时甚至忍不住和学生一起笑起来。

　　高校长当天答得很坦白，直言不熟悉政治也对政治没兴趣，
只是如果拒绝接受委任，会引起对方"猜疑"及"弊多于利"。有
学生批评高校长六十岁了还如此天真，竟以为港事顾问可以和政
治无关。他回应说："你们说我太天真了，我说我是一个很真实的
人，希望大家努力对香港的将来做一些事情，这是不错的。香港
的将来是大家的将来，可能对世界的影响非常大。"[1]论坛去到最
后，学生会会长将一个纸制传声筒递给校长，讽刺他作为中方的
传声工具。高校长接过传声筒一刻，摄影记者蜂拥而上。这张相
片在全香港报纸刊登后，不少人大骂中大学生是"文革"小将，

1　《中大学生》，第 88 期（1993 年 4 月）。

想威逼校长戴高帽游街示众。我们哭笑不得，因为真是做梦也想不到，传声筒会变成批斗高帽。

4月1日高校长和其他港事顾问上北京接受委任，学生会再次带着标语到机场示威。高校长回来后，接受我们访问。被问及如何看待学生抗议时，他说学生会对他没有作出任何人身攻击，而且"在香港，学生完全有权和有自由这样做"。[1] 尽管是这样，学生之间却很快出现分歧，不同立场的大字报贴满范克廉楼，引来大批同学围观回应。学生报当时做了个民意调查，访问七百多位学生，发觉支持和反对高校长出任港顾的比例，是一半一半。

事件发生一年后，我再次访问高校长，问他一年来做过什么，他说没有参加过任何港顾的正式活动，也没表达过什么意见。我当时为这宗新闻起了个标题叫"港顾徒具虚名，校长一事无成"。[2] 报纸出来后，有个书院辅导长见到我，说你们这样写校长，难道不怕得罪大学吗？我当时愣了一下，不知如何回答，因为真的没想过。我那几年办学生报，虽然对学校有许多批评，但从来没担心言论会受到限制，也没感受过来自学校的压力。当时的中大，百花齐放。除了学生报和大字报，还有许多我们称为小报的刊物，大部分匿名出版，言论大胆出位，放在范克廉楼任取。我们自己也知道，校内校外都有声音，要求学校管制这些出版物，但校方始终没有行动。

港顾一役后，高校长如常接受我们访问，每年会亲自写一封信来多谢我们的工作，还从他的私人户口拿出两万元资助学生会有经

---

1 《中大学生》，第 88 期（1993 年 4 月）。
2 《中大学生》，第 92 期（1994 年 4 月）。

济需要的同学——虽然我们不怎么领他的情。高校长也重视我们的言论。学校公关部职员曾私下告诉过我，每月学生报出版后，如有对大学的投诉，高校长都会叫职员影印一份，寄给相关部门跟进。我当时的感觉，也是许多校园问题报道后，负责部门很快就会回应。我们那时一个月出版一期报纸，每期有好几十版，印五千份，放在校园免费任取，通常几天内就会派完。那时做学生报很辛苦，白天要采访，晚上要开会写稿排版校对，没有半分酬劳，但我们却觉得值得和有满足感，因为相信可以为校园带来一点改变，并令同学多关心身外事。

现在回过头看，港顾事件在中大校史中最重要的意义，不是对香港政治产生了什么影响，而是起了一个示范，就是校长有责任就大学重要事务出来和同学公开对话。之前或许也试过，但论规模论影响，这次千人论坛肯定是历史性的。从此之后，类似的校政讨论逐渐成了传统。我记得 1993 年高校长宣布退休后，学生会曾在烽火台办了另一次论坛，要求学生有权参与遴选新校长。那次论坛由我主持，高校长不仅自己出席，还带了好几位学校高层来一起讨论。这样的对话，不一定有实时成果，但对建立一个问责透明，重视师生共治的校园文化，却有积极作用。

三

1993 年发生的第二件大事，是 11 月 13 日的开放日事件。所谓开放日，是指中大三年一次，开放校园给公众参观，让公众对中大有更多认识。1993 年的开放日，恰逢中大建校三十年，所以办得特别隆重。没料到的是，这个开放日又一次令高校长成为全香港的焦点。

开幕礼当天早上，百万大道会场坐满了嘉宾，高锟校长被邀到台上致辞。正当他要发言时，突然有十多位学生从两边冲出来，手持标语，高叫反对开放日口号，会场霎时乱成一团。高校长一个人在台上，手里拿着讲稿，说又不是，不说又不是，只能呆呆站着苦笑。与此同时，有学生抢了台上的麦克风，还有两位爬到典礼正前方的"饭煲底"顶层，用一条长布横额将中大校徽遮起来，上书"两天虚假景象，掩饰中大衰相"。台下观众及负责筹办开放日的同学，最初不知所措，接着则对抗议学生不满，开始起哄，场面混乱。事件扰攘十多分钟后，示威同学被保安推下台，高校长才有机会将开幕辞匆匆讲完，但整个开放日的气氛已全变了调。

典礼结束后，高校长打算离开，大批记者立刻上前将他团团围着。我作为学生报记者，夹在人堆中，高声问了一句："校方会不会处分示威的同学？""处分？我为什么要处分他们？他们有表达意见的自由。"校长边走边答，语气平静。我当时一下子就呆了。要知道，二十多分钟前，高校长刚经历了人生最难堪的一幕。堂堂一校之长，光纤之父，在全校甚至全香港人面前，受到自己学生最不客气的抗议和羞辱。这次和港顾事件不同，学生不是要和校长对话，而是要公开揭露大学之丑相，让外界知道中大三十年没什么值得庆祝，借此激起更多对大学教育的反思。所以，我和其他在场记者一样，以为校长一定会大发雷霆，狠狠训斥学生一顿。但他没有那样做，而且清楚表达了他的态度。那一幕，留给我很深的印象。我后来不止一次回想，如果我是他，设身处地，会不会像他那样反应？坦白说，我想我做不到。我相信绝大部分人也做不到。

第二天的报纸，不用说，铺天盖地是这宗新闻，并且一面倒批评学生。在校内，事件也引起极大争论。那一期学生报社论，叫"不是社论"，因为我们内部彻底分裂，无法对事件有共识。然后我听说，学校管理层对此十分震怒，认为绝对不能纵容学生。我又听说，大学收到不少校友来信来电，强烈要求惩戒学生。但过了两个月，什么也没发生。到底大学内部有何讨论，我全不知情。直到前两年，我从一位同事口中得悉，原来当年大学曾为此特别开会，会中只有三人不主张处分学生。三人之中，有高锟校长本人——是他硬生生将处分学生的建议压了下去。

四

我 1995 年毕业后，就再没见过高校长。大约是 2000 年，我在伦敦读书，香港电台为校长拍摄"杰出华人系列"，导演读了我大学时代的许多文章，特别来伦敦访问我，我才将开放日那难忘一幕说了出来。之前我从没和人提过此事，因为要公开肯定高校长，对我是不容易过的一关。其实当时高校长人也在伦敦，我却因为可笑的自尊而没去见他一面，遂成遗憾。

两年前高校长得诺贝尔奖，传媒拼命追挖中大旧闻，说得最多的，就是这两件事。而得出的结论，往往是颂扬高校长宽大为怀，有雅量容忍我们这些顽劣之徒。而愈将学生描画成偏激乖张，似乎就愈显校长的伟大。我对此感到不安。坦白说，我并不认为我们当年所做的每件事都合情合理。无论对于理念还是行动手段，我们都有过深刻反思，甚至进行过激烈辩论。但这并不表示我们是无理取闹或大逆不道。恰恰相反，这些同学是我大学生活中见过的最有理想最独立思考也最关心社会的人。他们许多毕业后一直坚持信念，在不同领域默默耕耘，推动社会改革，并取得不同成就。退一步，如果我们真是顽劣之徒，高校长何必要忍受我们？高校长身边许多人，就劝过他不要过度纵容学生。例如当时的副校长金耀基教授，便曾公开说过他不认同高校长的做法。我也听过不少评语，认为高校长软弱无能，没有管治权威。可以说，高校长的做法在当年不仅没受到颂赞，反而遭人嘲讽。

高校长为什么要那样做？这些年来，我一直困惑。尤其当我2002年回到中大任教，目睹母校种种转变，我就更加怀念我的读书时代，更加希望理解高校长多一点。到了最近两年，因为阅历渐深，也因为听了高校长几段话，我有了一些新体会。

在"杰出华人系列"访问中，高校长应导演之邀，上到范克廉楼中大学生报会室，打开当年报纸，首度谈他的感受："我的感觉是学生一定要这样做，不然我听不到新的思想。他们表达之后，我们至少有一个反应，知道他们在争取什么东西。"2009年高校长获诺贝尔奖后，高太太黄美芸女士回中大演讲，提及高校长当年和学生激烈争论后，回家对她说："什么都反对才像学生哩！"

从这两段说话，我们清楚看到，高校长和许多人不同，他没有视学生为敌，更不是在容忍学生，而是暗暗欣赏这些别人眼中的叛逆学生。他似乎认为，中大学生不这样做，才奇怪才不应该。这真是大发现！我从没想过，校长会欣赏学生。他欣赏学生什么呢？我猜想，高校长欣赏的，是学生敢于独立思考，敢于挑战权威，敢于坚持自己信念的精神。他相信，这是真正的科学精神，也是真正的大学精神。

　　我这不是胡乱猜度。高校长在某个电视访问中说得清楚："千万不要盲目相信专家，要有自己的独立思考。譬如我说，光纤在一千年之后还会被应用，大家便不应该随便相信我，要有自己的看法和信念。"高校长不喜欢别人崇拜他，更不喜欢别人盲从他。他要学生有自己的见解。真正的大学教育，应该鼓励学生自由探索，成为有个性有创造力同时懂得对生命负责的人，而不是用形形色色的戒条将学生变得唯唯诺诺服服帖帖。高校长明白，要培养这种人，就要给予学生最多的自由和最大的信任，容许学生尝试和犯错，并在众声喧哗和不和谐中看到大学之大。这不仅是个人胸襟的问题，更是理念和制度的问题。一所大学的师生，如果看不到这种理念的价值，并将其体现在制度，实践于生活，沉淀成文化，这所大学就很难有自己的格调。

　　我渐渐体会到，因为高校长有这样的视野，所以他能对一己荣辱处之泰然，所以能顶住重重压力保护学生，也所以才能说出"什么都反对才像学生哩！"这样的话——即使学生反对的是他本人。高校长不是文科人，未必懂得将这些理念用很好的语言表达出来。做校长多年，他并没有留下什么动听漂亮的名句。但他是科学家，知道真正的学问真正的人格，要在怎样的环境才能孕育出来。高校长不晓得说，但晓得做。当十八年前他自自然然不假思索地反问我为什么要处分学生的时候，他就活在他的信念之中。正因为此，当年我们这群最"不听话"的学生，今天才会那么怀念高锟时代的多元开放，才会公开感念校长的有容乃大。

　　说来惭愧，我用了十八年，才能体会这点道理。

五

再次见到高校长，已是十五年后，在去年秋日的中大校园。那天阳光很好，我驾车从山脚宿舍到山顶办公室。在路上，我远远见到，高校长和高太太两个人在陡峭的山路慢慢行走。我把车停下来，问高太太要不要载他们一程。这时候，高校长竟自个走到车前，向我挥手对我微笑。校长老了许多，一头白发，还留了长长的胡子，像个老顽童。我大声说，校长，你好，我是你的学生。校长一脸茫然，不知如何答我。我的心蓦地就酸了。虽然面对面，由于他的病，高校长永远不会记得我是谁了，我也永远不会再有机会向他道一声谢。十八年前的记忆，在树影婆娑中，零零碎碎上心头。

我希望，当时光逝去，人们说起高锟时，不要只记着他是光纤发明人，诺贝尔物理学奖得主，还能记着他是我们的老校长，是一位真正的教者。

2011 年 6 月 29 日

辑三｜大学

16. 中大人的气象

中文大学一向重视大学精神。单是新亚，创校迄今，谈书院精神的文献，便有厚厚一大册。钱穆先生曾说过，谈一所学校的精神，最主要是看学生显露的气象，呈现的风度与格调，因为学生才是大学的主体。一校有一校的气象，因为一校有一校的理想和关怀。这些关怀会感染学生，并影响一所大学的方向。我认为，中大四十年，最可贵可爱，最值得珍而重之的，是中大师生持之以恒的社会关怀和独立批判，并愿意为理想付出的精神。这种精神，孕育了中大人的气象，谱写了中大的历史。

我的说法，有史为证。

中大 1963 年成立之初，原意是仿效牛津剑桥的书院制，建一所为中国人而立的联邦制大学。新亚、崇基及联合三所书院，保持原来特色，推行博雅教育，实践"经师"与"人师"合一的导师制。很可惜，1976 年立法局通过《新富尔敦报告书》，将行政大权收归大学中央，联邦制从此消亡。新亚及崇基师生曾提出强烈反对，并与赞成改制的李卓敏校长力辩，又上书港督及立法局。事情失败后，以钱穆及唐君毅诸先生为首的九位新亚校董，乃集体辞职以示抗议，并沉痛宣称，"同人等过去惨淡经营新亚书院以及参加创设与发展中文大学所抱之教育理想，将不能实现"。是非功罪，今日难评。但为了坚持教育理念，奋起抗争，由此可见一斑。

反对四改三是另一例子。1978年，政府要求中大由四年制改为三年制，遭到全校师生强烈反对，两千多人在中大百万大道集会，群情激愤。十年后政府卷土重来，三千多中大人再次群起抗议，齐心护校。结果中大敌不过政府，先是改为弹性学分制，继而变为三年制。中大坚持四年制，不是出于一校私利，而是认为这样才符合世界潮流，真正推行全人教育，培养出有见地有思想有承担的毕业生。事实证明中大是对的，因为从2012年开始，全香港所有大学将全面实行四年本科教育。

中大学生参与社会运动的历史同样悠久。早在1966年的天星小轮事件，崇基学生会已发表声明，反对加价。1970年，三书院学生会积极参与争取中文成为法定语文运动。1971年保卫钓鱼台运动，中大学生全情投入，并有学生在七七维园示威遭警方拘捕。1977年金禧中学事件，中大学生利用暑假，在大学为金禧中学的学生，举办了别开生面的补课班。到了80年代初，中英就香港前途问题开始谈判。当撒切尔夫人在北京摔了一跤，摔得香港人心惶惶之际，在启德机场迎接她的，是十多个"反对三条不平等条约"的中大学生。其后，中大学生会率先提出民族回归、民主改革，并联同其他院校学生会，先后去信撒切尔夫人及赵紫阳总理，要求港人治港。其后二十年的社会运动，更有数不清的中大人参与其中。例如积极参与香港政制发展的讨论、反对兴建大亚湾核电厂、反对政府修订公安法、支持中国民主运动、抗议高锟校长出任港事顾问、反对临时立法会、反对人大就居港权事件释法等等。可以说，香港的学生运动和社会运动，中大人几乎无役不与。新亚联合水塔下的中大从来不是象牙塔，中大学生的社会关怀，陶铸了中大人的格调。

而在校园之内，中大人多年来也对本身的文化及价值观作出强烈批判。这方面的文章，可以编成好几大册。李欧梵在70年代初就已公开批评："我至今在中大任教已近一年半，却始终体会不到中大有什么精神或理想，除了'中西文化交流'等的大口号和一幢幢的新大楼之外，中大似乎只是马料水山顶的一个大官僚机构。"而刘美美在七一年保钓事件后写下的名篇《哭新亚》，更哀叹"新亚精神已死，这是谁也不能否认的悲剧"，并大力批评钱穆先生以降的新亚老师，但求明哲保身，对被捕学生不加声援。连一向温柔敦厚的小思，也曾不禁反复低问："我们呢？几十年在这小岛上，安顿无忧，成家立业，手中物一天一天多起来，名和利一年复一年把人缠得紧。我们拥抱着属于自己的东西，我们的情只为个人牵系，我们的泪只为个人得失而流。过于珍惜自己，人自然变得老谋深算，再没有青春气息。这样，如何能挑动千斤担？如何结得成队向前行？"而吴瑞卿校友在《信报月刊》九月号一篇有关中大四十年的专题文章中，对于母校的未来发展，以爱深责切的心情，发出如下感叹："在港英殖民政府统治之下，标榜传扬中国民族文化的中文大学在逆境中成立和发展，可是在香港回归祖国之后，将来我们会有一家'国际'的'超级'大学，却连一家以弘扬中国文化为理想的大学都没有了。"

当然，还有那令人莞尔的"去死吧"系列。就我所知，最少便有《去死吧！CU仔》《吃人的"新亚精神"去死吧！》《工管同学，我们还是去死吧！》等。这些文章用挖苦讽刺的笔调，对四仔主义

（车仔、屋仔、老婆仔、BB仔）及书院精神作出认真反思。至于范克廉楼的大字报，更是中大非常亮丽的一道风景。除了发言为文，中大人还践之履之。不少人应还记得，十年前的中大三十年开放日，便有学生在百万大道上拉起横额，大力反对开放日。中大人三年前联署反对颁发荣誉学位给李光耀，以及去年有同学站出来公开质疑迎新营的淫秽口号，则是最近的例子。

在一般人看来，这些言辞或嫌过激，行动或嫌过狂。但我觉得，这种深刻的自我反省恰恰是一所大学最为需要的。没有这种独立的批判精神，学生就只会因循守旧，缺乏创造力和想象力，怯于挑战权威，更不会自我期许要承担起改革社会的重任。只有保守官僚的大学，才会害怕多元，并千方百计将校园变成鸦雀无声一池死水。一所真正伟大的大学，不在于高楼，不在于大师，而在于学生，在于是否有能力培养出具独立精神和自由意识的知识人。

我所理解的中大精神，不见得人人认同。甚或有人会说，这至多是一小撮人的理想，现实中的中大，更多的是丑陋和妥协，冷漠和平庸。我无意美化中大。只是回首校史，加上在中大的多年体会，我真切觉得，中大人确有这样一番气象。退一步，即使这种气象愈来愈稀疏淡薄，这种独立批判和关怀社会的精神，依然是我们宝贵的传统，值得我们珍惜。而发扬这种精神，需要很深的人文关怀，并对人类及民族的生存境况，尤其是弱者的处境，有一份恻隐关矜之情；需要无间的师生关系，言传身教；需要自由多元的校园氛围，容许学生个性得到充分发展；更需要大学不是职业训练所，而是《新亚学规》所称的"做人的最高基础在求学，求学之最高旨趣在做人"的教育之地。

要做到这些，我们便不能只当教育是一种商品。中大精神面对的最大挑战，正是教育商品化日渐成为香港教育的主导意识形态。教育不再以育人为本，而是以市场竞争力和经济效益作为大学发展的目标。主事者似乎相信，教育和商业机构无异，只要以经济利益为饵，自然能产生好的研究，培养出好的学生，办出所谓世界一流大学。问题是，教育真的是一种商品吗？当每所院校每个老师都在拼命追名逐利时，大学中人还会视真善美为教育的最高价值吗？还能维持纯粹的师生关系吗？还会相信大学有责任推动社会变得更加公正更加进步吗？我实在担心，商品化会磨平我们的传统，削弱我们的想象力，化解我们的个性，将中大变成一所"单向度的大学"，从而失去多年艰苦建立的一点气象。这个将不仅是中大的不幸，也是香港和中国的不幸。不要忘记，中文大学最初的宏愿，是要办一所为中国人而立的大学。

当然，一所大学的发展，受很多因素影响。作为一所由政府资助的公立大学，面对香港的政治社会及经济现况，我们很难抽离历史条件来谈大学的理念。但我认为，正正由于面对各种前所未有的挑战，我们才更有必要从理念和价值层次，好好思考中大的未来：中大到底要成为怎样的大学？培养出什么样的人才？在推动香港和中国走向政治现代化的过程中，中大可以扮演什么角色？而面对全球化的挑战，我们又应如何面对？中大传统的教育理想，例如中文教学、通识教育、书院制度，以至沟通中西文化等，有多少已经名存实亡，又有多少仍然值得我们珍惜发扬？这些问题，值得我们认真思考。

四十年校庆，我们当然可以怀之缅之，歌之颂之。但更重要的，也许是我们一起利用这个机会，整理我们的传统，检视我们的理念，审察我们面对的各种困难挑战，好好思索一下中大应该如何走下去。我认为，我们应该有这样的宏愿，就是将中文大学办成一所自由开放，富人文关怀和反思精神的大学，矢志为香港和中国培养出优秀的下一代，并帮助中国逐步转型为自由、民主、法治、宪政的现代社会。我认为这是中文大学为中国而立的真义。

2003 年 6 月 2 日

17. 我所理解的新亚精神

今年，2009 年，是母校新亚书院建校一甲子。校庆日渐近，我不知应该如何纪念这个日子，于是选择重读钱穆先生的《新亚遗铎》和《师友杂忆》两书。这两本书，我读过多次。这番重读，本意是以这样的方式，向钱先生致敬，没料到却读出一点感受和感怀。

新亚人喜欢谈精神。这在香港甚为少见。大学精神必然是理想性的，背后承载高远的价值和理念，并以此为方向，将学生从某种状态转化到另一种状态，成为有教养有判断力有承担的知识人。大学精神同时是实践性的，必须能够充分体现于教育每个环节，让学生在不知不觉中受到熏陶感染，并乐于在生活中追求这些价值。

那么，什么是新亚精神？肯定不是"手空空无一物"的捱穷精神，也不只是"艰苦我奋进"的吃苦精神，而是更为根本的教育理念。我认为，最重要的，是新亚学规第一条和第二条呈现的教育理想。学规第一条说："求学与做人，贵能齐头并进，更贵能融通合一。"第二条说："做人的最高基础在求学，求学之最高旨趣在做人。"这两条学规，看似老生常谈，却是整个新亚教育的灵魂。学规其余二十二条，都是对这个理念的发挥和引申。钱先生在 1964 年向中大辞职后，在最后一次新亚毕业礼演讲中，特别再一次提醒学生："我在新亚十五年，时时教诸位应知'为学'、'做人'并重，这决不是随便说。我此番之辞职，在我是处处把做人道理来作决定。"

这两条学规，说白了，就是要将学问与人生打成一片。教育的最高目的，不是帮学生谋职业谋资历，不是在同侪中争排名争资源，更不是将学生当作经济发展的工具，而是透过悉心教导将学生培育成人。成为什么样的人呢？学规第三条马上说："爱家庭、爱师友、爱国家、爱民族、爱人类，为求学做人之中心基点。对人类文化有了解，对社会事业有贡献，为求学做人之目标。"这即表示，新亚教育认为人不是孤零零的个体，而是活在历史传统文化社群当中。个体只有在种种人伦关系的实现中，在学问与事业的追求中，在承担对他人和社会的责任中，人才能够完成自己的人格，才谈得上活得幸福活得有价值。新亚将个人德性的培养，放在教育的中心。新亚办学的旨趣，不是专科教育，不是技术教育，更不是一味迎合资本主义主流意识形态的商品教育。早在六十年前，新亚前人在那样艰苦困顿的环境中，已明白宣称"唯有人文主义的教育，可以药近来教育风气专门为谋个人职业而求智识，以及博士式、学究式的为智识而求智识之狭义的目标之流弊"。

那么如何实现这个理想？依我理解，钱先生认为主要有三方面。一、书院必须推行通才教育，使学生先成为一通人，再求成为一专家。只有这样，学生才能认识到专科所学在整个学术和整个人生的地位和意义。二、书院必须要有一群敬业乐业的老师，与学生共同生活，言传身教，知性与德性并重，培养学生成为完整的知识人和具社会关怀的公民。三、书院必须营造优良的学风和校风，使学生的创造力、审美力、审慎思考和道德实践能力得到充分发展。

新亚曾经在哪个时期，实现过这理想？余生也晚，未曾亲历。我只知道，我在 90 年代入读新亚时，这个对书院教育的美好想象，早已式微。据说，转折点是 1976 年大学改制，校方将书院权力尽收中央，以致新亚九位校董集体辞职，并沉痛宣称"同人等过去惨淡经营新亚书院以及参加创设与发展中文大学所抱之教育理想，将不能实现"。作为后人，我没法判断当年的是非，现实却是当书院没有自己的课程，没有自己的老师后，当初所期望的上承宋明书院讲学精神，旁采西欧大学导师制度的理想，也就失去实现的可能。书院剩下的功能，是为学生提供宿舍和筹办一些课外活动。这和桂林街及农圃道时代的新亚，已是两个模样。我们这一代，听起老新亚谈起昔日种种，感觉久远而陌生。那不是属于我们的历史。我们只能在旧相片和故纸堆中，努力想象当年新亚的气象。

这十多年来，我几乎没有听人谈过什么新亚精神。即使偶尔有人说起，也是轻飘飘无所着力，甚或带点嘲弄。新亚精神？不就是手空空无一物，穷得只剩一首校歌吗？！不知什么时候开始，我们在大学中谈大学理念已成滑稽之事。因为我们不再相信，大学还有理念这东西。但是，新亚人啊，如果你有机会读读钱先生的《新亚遗铎》，有机会吟诵一下二十四条新亚学规，我相信你依然会感动，依然会向往。里面的观点，或许你不尽同意，但它的确呈现了一种今天的大学无从得见的境界。有时打圆形广场走过，我会特意停下来，逐年逐年细数刻在金属板上那些新亚人的名字。我想，如果没有新亚，如果没有新亚精神孕育出来的新亚人，香港过去六十年的教育史文化史学术史一定会改写。

我一直认为，如果因为种种历史原因，新亚的教育理想不能再由新亚独自去完成，那不表示这些理想已经过时。如果这些理想值得追求，那么中文大学理应将其承继，并好好发扬光大。中文大学的校训是博文约礼，提倡的难道不同样是以人为本，以学生德性为中心的人文主义教育吗？现实当然不那么理想。我们可以有很多理由，解释今天的大学为什么愈来愈走向专门化、技术化、商品化，以及为什么愈来愈难培养出有批判力有个性有社会关怀的学生。我们有太多的解释，说明事情为何不得不如此，然后置身事外。但作为中大教师，有时我不得不扪心自问，我们这些为人师表者，还有多少仍然在乎这些教育理念？即使有心者，在关起门来赶论文写报告和应付这样那样的评核后，又能剩下多少时间心力和学生沟通相处？身在其中，触目荒凉。所以，我常想，不知到哪一天，大学才可以创造一个宽松自由一点的环境，让我们安心尽一个老师应尽的本分，享受到教学的满足和成就，并能为香港和中国培养出优秀的下一代。平情而论，这样的要求合理不过，但在现实中却又如此遥不可及，说来不无心酸。

当然，有人会说，新亚那一套，早已过时。事实上不是。金融海啸的冲击，告诉我们，一群贪婪无度不分对错的所谓知识精英，可以将整个经济体系弄垮，并让无数人受苦。没有道德约束的个人和制度，会为社会带来不可估量的伤害。香港今天的普选争议，告诉我们，如果大学再不努力培养出对社会有关怀，对价值有坚持，对政治有投入的公民，香港不可能在可见的将来成为自由公正的民主社会。而全球资本主义导致的生态危机、资源危机、文化危机和严重的社会不公，更告诉我们，如果大学在价值中立的幌子下，只懂继续大量生产欠缺判断力和盲目维持既有建制的下一代，人类文明不可能有光明的未来。香港的大学，如果看不到时代的挑战，仍然汲汲于困兽之斗，将会欠下无可偿还的历史债务。

新亚精神，不限于新亚，甚至不限于中大。六十年时光，沧海可以变桑田，少年早已成白头。唯新亚精神，历久弥新，值得我们好好珍重。

2009 年 9 月 28 日

18. 做个自由人

——《政治哲学对话录》序

过去两年，我和中文大学政政系的学生，透过互联网之便，持续在网上进行了一系列政治哲学对话。累月下来，有数十万言。我们将其整理编辑，成此书，名为《政治哲学对话录》。

一

让我先交代一下对话的缘起。我在政政系主要负责任教政治哲学的科目。我有一习惯，每教一新班，便开设一个电邮讨论组，供学生和我在这平台上交流。交流是开放自由的。学生可以就课堂或导修课中遇到的任何疑难，提出问题或抒发己见，也可就他人的观点作出回应。但讨论的题材，远不止此，还包括时事政治、文学电影、大学教育、人生和宗教哲学，以至生活中遇到的种种问题。作为老师，我一方面积极回应学生的问题，另一方面亦会不时将一些值得读的文章，发给学生，借此引起更多讨论。这些文章，并不限于政治哲学，还有报章的新闻和社论，国内外杂志上的书评和时评，也有我写的随笔。这样的对话，并不属于学生成绩评核的部分。我从不规定学生一定要谈什么，也不介意他们持有和我相异的观点。

这样一个讨论空间，或许庶几达到当代德国哲学家哈贝马斯（Jürgen Habermas）所说的"理想言说"的状态。每个参与者都是自由平等的，可以提出任何观点；每个参与者都认真思考，在耐心聆听别人的同时，也努力为自己的立场辩护；参与讨论的目的，不是为了利益，而是享受一起探究学问的乐趣，并相信通过理性讨论，能对各种问题有更深入的认识。这样的对话，既补足了我的教学，也开辟了一个新园地。

这本书收录的，主要是我和2004年春季修读"当代政治哲学"的二年级同学的对话。全书分四卷。卷一环绕课程中所教的各种理论，例如效益主义、罗尔斯的自由平等主义、诺齐克（Robert Nozick）的放任自由主义等。由于参与者上过我的课，并读过相关理论，因此讨论往往在特定语境下进行。为令其他读者能够明白讨论的脉络，每部分的开首，会有一篇由同学写的导言。至于卷一的第八部分"政治哲学与我"，则收录了好些同学读完政治哲学的心得和感受。

卷二的"什么是政治哲学"，是对于政哲的后设思考，主要探讨政治哲学的性质、作用及限制。这部分提出的问题，每年困扰不少政政新生。不少初入政政的同学，总觉得政治应是一门很实用很实在的学科。而政治哲学关心的，却是一些又难又抽象且不切实际的东西，因此很不理解为什么要读这样的科目。如果有读者也惑于这些问题，或可跳过卷一，直接阅读这部分。

卷三的"人生哲学"，是整本书内容最丰富的一卷，讨论了人生的意义，宗教和科学的关系，基督教信仰的基础，人性以至大学教育的目的等。其实在电邮对话中，相当多是同学对这些问题的反省交流，只是碍于篇幅，只能收录其中一部分。

卷四的"论文选辑"，收录了五位同学的论文。这几篇论文，其实从不同角度回应了卷一中提出的许多问题。对这些问题有兴趣的读者，可考虑将卷一和卷四放在一起读。这里顺便一提，在批改完学生的中期论文后，我曾经举办了一个半天研讨会，选了五位同学的论文作报告，然后再由其他十位同学评论。那天是公众假期，但大部分同学都出席了研讨会。最难忘的，是当天黄昏五点课室关门后，全班同学移师到新亚圆形广场，继续作报告和讨论。或许，那是圆形广场历史上，唯一一次的政治哲学讨论会。

二

放在各位眼前的，就是这样一本记录了我们师生的对话录。无待赘言，它不是一本学术著作，里面的观点，也谈不上独到成熟，毕竟这本书的大部分内容，是我们在无数深夜，在网上实时对话的结果。《学记》说："学，然后知不足；教，然后知困。知不足，然后能自反也；知困，然后能自强也。故曰：教学相长也。"这一年，我对此体会甚深。

为了维持这个对话平台，为了将这些对话整理出来，我花了不少时间、精力。此刻下笔，掠过同学的面容身影，想起那深宵对谈共鸣的快意，还有过去三年日夕相处的点点滴滴，心情复杂得难以形容。

像我这样一个年轻教师，在现在的学术体制下，花那么多心力做这样的事情，可说相当不智。我不是不知。在过去两年，我恒常面对这样的挣扎。这些挣扎，具体而微。每天在拼命地和时间及睡眠赛跑,在种种不能逃避的责任之间徘徊取舍,实在教人疲惫气馁。也曾不止一次想过停下来。有挣扎,而又选择继续,多少是基于信念。以下,我约略谈谈我的想法。当然,这并不是说我一早已有这样一套信念。很多体会,是边教边反思的结果。自然,这也不是什么定见。

教育的本质,其实是要将人由一种状态,带到另一种状态,另一种更理想更完美的状态。柏拉图在《理想国》第七卷中那个有名的洞穴的比喻,便是说教育的目的,是要将人从虚幻的洞穴中带出来,见到那象征善的理念的太阳。[1] 而康德所说的启蒙,也是要人勇敢地运用理性,将自己从不成熟的状态中解放出来。[2]

因此,大学教育的首要问题,必然是:大学想培养什么样的人?我们希望学生读完大学后,成为怎样的人?

三

对于这个问题,最主流的说法,是说培养出来的人必须对社会有用。"教育是一种投资"这种说法,骨子里是说,既然政府给了钱,便一定要有回报。什么回报?经济回报?怎样才可以有最大的回报?自然是培养出能够充分为香港这个高度发达的资本主义社会做出最大贡献的人。

---

1 Plato, *The Republic*, trans. Tom Griffith (Cambridge: Cambridge University Press, 2000).

2 原文是:"Enlightenment is man's emergence from his self-incurred immaturity. Immaturity is the inability to use one's own understanding without the guidance of another." Kant, "An Answer to the Question: 'What is Enlightenment'", in *Political Writings*, ed. Hans Reiss, trans. H. B. Nisbet(Cambridge: Cambridge University Press, 1991), p.54。

什么是资本主义的特质？还是马克思的说法最为经典："它使人和人之间除了赤裸裸的利害关系，除了冷酷无情的'现金交易'，就再也没有任何别的联系了"；"它把人的尊严变成了交换价值"。[1]又或者用龙应台最近的说法，它是我们津津乐道的代表香港核心价值的中环价值："在资本主义的运作逻辑里追求个人财富、讲究商业竞争，以'经济'、'致富'、'效率'、'发展'、'全球化'作为社会进步的指标。"[2]

资本主义社会要的是这样一种人：在市场中竞争力强；将所有人视为满足自己欲望的工具；无限制地鼓励自己及他人消费；将人生中大部分价值，还原化约为经济价值；人的尊严和社会认同，建基于一个人的财富；视自己和他人为完全理性自利者；将市场和竞争合理化为自然而然的秩序；视物竞天择、适者生存为自然律。

我们的商界和政府，希望大学培养这样的大学生，同时希望学生如此看人看世界。因此，目前香港判断一个大学毕业生是否合格的主要标准，是看雇主满不满意收不收"货"，也就不足为奇。

这是当下香港教育赤裸裸的现实。无论我们是否喜欢，认清这点是必要的，尽管有那么多教师在努力抗衡。它反映在香港教育每一方面，政府、商界、大学、行政人员、教师以至学生，很多都接受了这种观点。因此，大至大学拨款，中至课程设计，小至学生选科，往往也以这个为标准。或者准确点说，即使大家心有不满，也不得不如此。当然，大家都不太愿意承认这一点。因此，遂有其他

---

1 马克思，《共产党宣言》，《马克思恩格斯选集》，第一卷（人民出版社，1972），
   页 253。
2 龙应台，《香港，你往哪里去？》，《明报》，2004 年 11 月 10 日。

种种名目被创造出来，或曰自我增值、与时并进，或曰全球化、国际化，创建世界一流大学等等。但说到底，这种看人看教育的方式，没变——即使变，也是变本加厉。

承认这一点，我们将看到，香港很多大学的校训所揭橥的教育理想，是那么的与时代脱节：博文约礼、明德格物、止于至善、诚明、修德讲学等等，说的都是传统儒家的理想，要培养学生成为知书识礼的儒家式君子，成为有德性有承担的知识人。而君子，是没有市场价值，在中环不能生存，且遭人嘲笑的。香港的核心价值，和传统大学的理念，根本不能相容。[1]

我不认同这种主流的教育理念。理由很多，但说来也简单：资本主义这样看人，是将人贬低了，矮化了，扭曲了，是将人囚于重重精神桎梏之中。它不仅没有提升人，反而将人向下拉。它不仅没有教人成为君子，反而鼓励人将人最自私最竞争性的一面表现出来。它没有教人要与人及自然和谐相处，反而要人将自己和他人及自然对立起来，使得人与人、人与自然，甚至人与自己，变得愈来愈疏离。透过教育传媒广告和各种制度，由我们出生始便不断告诉我们：人本来如此，理应如此，不得不如此。

我们遂看不到其他可能性，遂失去想象的能力。

没有人会说经济生活不重要，没有人会否认资本主义促进了生产力发展，大大提高了人类的物质生活。但人不能仅仅是经济人。

1　这不表示我毫无保留地赞成儒家的教育理想，这从下面的讨论中将可见到。我只是指出，资本主义看人看教育的方式，和儒家基本上是两套不能兼容的典范（paradigm）。而不少人在全面拥护前者的同时，又大谈如何宏扬全人教育，我认为很难成立。

人还有其他身份，还有其他价值追求。而这些身份价值，不能也不应简单化约为经济效益。而一旦这样做，很多活动原有的价值，会被扭曲，甚至慢慢消失。我们欣赏艺术，因为艺术中有美；我们享受友谊，因为友谊中有信任和扶持；我们皈依宗教，因为宗教让我们的生命得到安顿；我们探索自然，因为我们有求真的欲望；我们读历史，因为我们希望鉴古知今；我们追求正义，因为我们想合理地活在一起。同样道理，我们接受教育，是希望追求知识，陶冶性灵，培养德性，学会好好活着，活得更好。[1]

我们的生活有不同领域，不同领域体现不同价值。一个真正多元的社会，不仅在于有多少东西供我们选择，还在于不同领域不同性质的价值，能否各安其位，并受到好好尊重。帕斯卡尔（Pascal）对此有极为传神的分析：

> 暴政的本质，就在于渴求普遍的，超出自己领域的统治。强者、俊美者、智者和虔敬者，各在自己的领域领风骚，而不是在别的地方。有时他们相遇，强者和俊美者争着要统治对方，这其实很愚蠢，因为他们主宰的其实是不同的领域。他们彼此误解，谬误之处，便在于人人都想统治四方。[2]

1　但我们不必持一种本质论（essentialist）的观点，认为所有活动均自有永有的存在一种普遍性的目的。我不否认，不同社会不同时代，对于各种领域的活动的意义，可以有不同的诠释。即使在同一社会或传统，也可以有很多争议。我想这是正常的。我这里要强调的，是一个众多领域同时存在的多元社会的重要性。对于这个问题，最值得参考的是 Michael Walzer, *Spheres of Justice*（《正义的诸领域》）(Oxford: Blackwell, 1983)。

2　Blaise Pascal, *The Pensees*, trans. J.M.Cohen（Hammondsworth, 1961）, p.96. 中文版可见《帕斯卡尔思想录》，何兆武译（西安：陕西师范大学出版社，2002），页 162。

一个以中环价值为主导的社会，危险之处，正在于商业社会运作的逻辑，极其强势地入侵和摧毁其他领域的自主性，一切活动最后只剩下工具性价值——以能否促进资本主义社会发展为衡量。艺术也好文化也好，体育也好科学也好，通识也好专才也好，都要看它的经济效益和市场价值。所谓教育商品化的问题，说到底是因为我们仍然相信教育不应只是一种商品，不应只是一种人力资源，而应有其他更深层更值得重视的价值，而这些价值是商品的逻辑无法理解和容纳的。

如果我们的大学教育，不能令学生对这些最切身最重要的问题，作出哪怕些微的反省批判，反而在大学一年级开始，就要学生接受种种职业训练，强将他们多快好省地打造成经济人，不是很失败吗？不是值得我们这些从事教育的人，认真反省吗？

四

所以，回到我最初的问题：大学想培养怎样的人？我的答案是，培养自由人。

我所说的自由，这里不是指人能不受任何外在限制，可以为所欲为之意。它更接近陈寅恪先生所说的"独立之精神，自由之思想"的人，更接近密尔在《论自由》中所说的有个性（individuality）的人，也更接近康德笔下那些勇于运用理性，对公共事务作出批评的启蒙人。说到底，更接近苏格拉底那种终其一生，不断对人该如何活着，该如何活在一起这些根本问题作出反省批判的人。我相信，人的高贵，系于人有这种自我的反思意识和价值意识。我也相信，这种意识愈得到发展，人愈自由。而人愈自由，才愈能知道自己想过什么生活，愈能感受到生命的天空海阔，愈能对既有制度作出反思，社会才愈多元丰富和健康。大学教育大可以有其他的目的和功能，但在我们的时代，我们实在应该视如何培养出具备独立人格和反思意识的自由人，作为大学发展的重要方向。

基于这种信念，我遂希望在教学中，尽可能提供多一些空间和机会，让学生发展他们的批判意识，发掘他们的兴趣，发扬他们的个性。通过经典阅读，通过论辩对话，通过生命交流，我希望学生看到多一些可能性，对生活有多一点要求，并能培养多一分力量去抗衡那潮水般的压力。我希望他们明白，政治哲学思考的问题，无从逃避。只要人有反思意识，就必然会被价值问题所困，必然会问人该如何活，社会该往何处去。这是人之为人的存活状态。

我下决心编这本《对话录》，最大的动力，就是希望留给学生一点记忆，让他们在日后长长的人生路中，记起曾有过这样一段活得自由爽朗的日子。

我从来没奢望能改变制度，但我也甚少过度悲观。可是最近我却陷入一种深深的自我怀疑之中。那多少和鲁迅在《呐喊》序言中说的故事有关。

假如一间铁屋子，是绝无窗户而万难破毁的，里面有许多熟睡的人们，不久都要闷死了，然而是从昏睡入死灭，并不感到就死的悲哀。现在你大嚷起来，惊起了较为清醒的几个人，使这不幸的少数者来受无可挽救的临终的苦楚，你倒以为对得起他们么？[1]

我的怀疑是这样。当我说资本主义这样不好那样不济的时候，当我教导学生要这样批判那样反省的时候，他们三年后，还是要离开中大这个"大观园"，出去接受中环价值的洗礼。既然如此，我教得愈多，岂不令学生愈不满制度，愈感到不自由不自主而又无可奈何，愈不懂得在资本主义的游戏中玩得成功？我鼓励学生要努力走出柏拉图笔下的洞穴，发见光明，但如果他们最终还是要回到洞穴，我这样做岂非害了他们？

鲁迅是如此安慰或说服自己的：

> "然而几个人既然起来，你不能说决没有毁坏这铁屋的希望。"是的，我虽然自有我的确信，然而说到希望，却是不能抹杀的，因为希望是在于将来，决不能以我之必无的证明，来折服了他之所谓可有。[2]

鲁迅是对的，但我实在没有他的乐观。

我为此困扰良久。在前不久有那么的一夜，在新亚图书馆丽典室开完犁典读书组后，我和本书另一位编者卢浩文在圆形广场聊天。浩文是我三年级的学生。我抽着烟，告诉他我的不安。浩文想也没想，有点激动地说："怎么可以这样？我很享受这三年的读书生

1　鲁迅，《呐喊自序》，《鲁迅全集》，第一卷（北京：人民文学出版社，1981），页 419。
2　同上。

活，它改变了我。即使出去工作会有痛苦有妥协，我最少知道生活还有其他可能性，最少懂得对生活作出反省。"

道理显浅。但由浩文口中道来，我遂感到踏实。遂释然。

是为序。

2004 年 11 月 21 日

中大龙门阵，在烽火台举行。烽火台是中大学生运动圣地，几乎所有论坛都在此举行。当天的题目是"香港政治人物应具的道德操守"，由我做主持，出席的包括电视名嘴黄毓民（后来的社会民主联线创党主席）、民主党主席李柱铭、民建联主席曾钰成和自由党主席李鹏飞。当天有逾千人出席，四人针锋相对，由黄昏辩到天黑，十分难忘 [1995 年]

1. 这是中大学生报会室，地址在范克廉楼顶层。我的四年大学生活，大部分在这里度过

2. 中大学生报编委合照。当年办报，采访、打字、校对、贴版、送报都要自己做。最花力气的，是贴版，往往要所有人一起通宵工作。这张相片，是当年最后一期学生报贴完版后合照［1992 年］

3. 高锟出任港事顾问事件，《中大学生报》以头条报道［1993 年］

1 | 2
  | 3

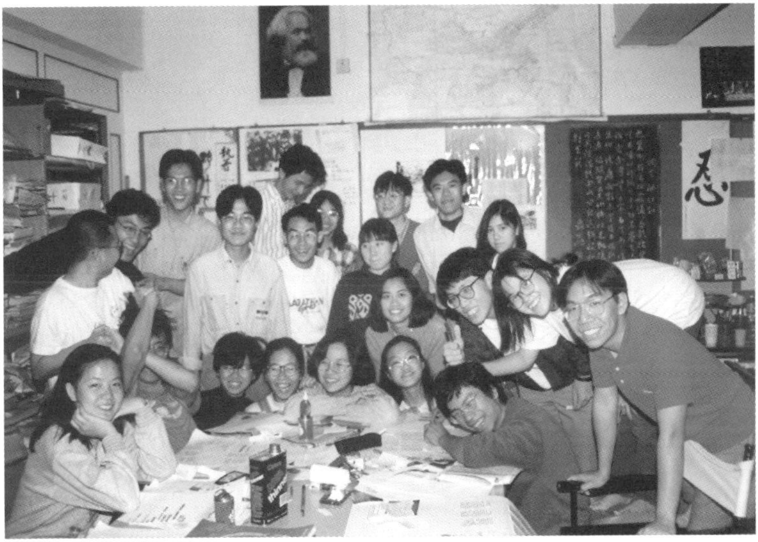

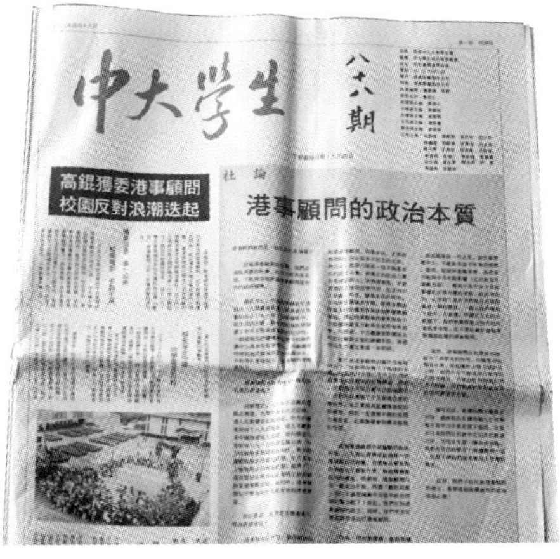
中大學生
八十八期
高錕獲委港事顧問
校園反對浪潮迭起
社論
港事顧問的政治本質

1. 我在上"政治哲学导论"的课
   [2011 年]

1 | 2 / 3

2. 犁典沙龙，主讲人是陈冠中。 犁
   典是一阅读伦理学和政治哲学原典
   的读书小组，已有七年历史，在我
   家举行。每三星期一次，每次三小
   时，每次阅读一篇文章。有时遇到
   合适主讲人，则会办沙龙，邀请更
   多老师和同学参加 [2010 年]

3. 毕业时和师兄梁文道及卢杰雄合
   照。梁文道高我一届，我们虽然有
   时同修一门课，但甚少见面，因为
   大家都喜欢跷课 [1995 年]

犁典沙龙。站着的是梁文道，梁左边是主讲人钱永祥，钱旁边是李公明和我；梁右边是石元康和慈继伟。当天的题目是《从中国化到中国道路》[2010 年]

香港中文大学的百万大道。正中是大
学校徽，校训是"博文约礼"

19. 个人自主与意义人生

——哈佛学生的两难

"我应该如何生活，成为怎样的一个人，我的人生才有意义？"这是每个人都会问的"意义问题"（Meaning of Life）。如果我们认真对待生活，这个问题便尤其重要，因为我们不是自己生命的旁观者。当下活着的，是"我"的生命，而"我"只可以活一次，"我"没有理由虚耗或糟蹋自己的人生。一旦意识到这点，意义问题便非可有可无，而是具有反省意识和价值意识的人，必须面对的问题。

问题是，什么赋予我们人生意义。

一

我们思考这个问题时，往往有某些预设。一、既然我们关注的是活着的意义，那我们首先必须活着，并且在进行一些活动。我们总是在某个特定时空下，追求和实践某些活动。二、我们必须相信这些活动有重要价值。它们绝非可有可无，又或可以随时放弃的东西。三、决定这些活动的价值的，是一个更广阔的意义脉络。这个脉络提供一个参照系，让我们理解和认定，为什么这些活动值得追求。四、当我们考虑意义问题时，我们理解自己的生活有某种叙事式的连贯性。我们的过去、现在和将来，是一整体，而不是断裂和片段式的。如果一秒前的我和一秒后的我，是两个完全不同的人，我们将难以解释，一秒后的我为何要在乎一秒前的我做过什么。很多人愿意花一生时间去实践某些活动，正因为他们相信自己的一生，是个连续完整的人生。

让我举例说明。亚里士多德认为，我们每个人的生活，都有一个终极目的，就是追求幸福。要活得幸福，便要积极参与城邦的政治生活，成为有德性的公民。因为只有透过政治活动，人才能实现作为理性存有的本性。而只有充分实现人的本性，人才能享有幸福。亚里士多德对人性的理解，提供了那样一个普遍性的意义脉络，这个脉络决定了人应该从事什么活动。在中世纪的欧洲社会，意义问题则由基督教的教义提供了答案，那便是努力在生活的每个环节，好好实践神的教导，彰显神的伟大。而在中国传统社会，儒家思想则为中国人的理想人生，提供了最基本的规范和指引。这几个传统，有个共同特点，就是对于意义问题，皆有一套建基于形而上学、人性观和宗教观之上的普遍性说法，并要求每个人依从它们的教导。

这种观点，去到现代社会，却起了根本变化。现代人认为，生命的意义，是个人主观赋予的，根本不可能有任何客观普遍性的答案。每个人对于该怎样活，有自己的选择。我们应该尊重个体的选择，因为决定何种生活才有意义的最后仲裁者，是选择者自己。因此，个人的自主选择，是决定人生意义的必要和充分条件。在人类历史上，这是一个非常深刻的有关意义问题的典范式转移。在下文，我尝试分析这种转变的原因，以及这种转变的道德和政治含义，并对这种意义观提出批评。

为什么会产生这种转移？这和自然科学的兴起，世界的解魅，宗教的隐退，以至现代人对自身的理解等，有莫大关系。简单点说，现代社会是个俗世化的多元主义社会。所谓俗世化，并不是说宗教消失了，又或没有人再相信宗教，而是说信仰本身也成了个人的选择，成了众多可能性的一种，再没有任何必然的绝对权威。[1] 我们可以选择相信宗教 A，也可以相信宗教 B，甚至成为无神论者。我们也不可以强行要求他人和我们相信同一种宗教，因为宗教自由保障了每个公民有信教和脱教的权利。出现这种现象，归根究底，是自启蒙运动以降，自然科学逐步取代宗教，成为解释世界的最高权威。宗教信仰只是安顿个人生命的其中一种方式，而不是唯一的方式。自然科学同时又主张"实然"和"应然"二分，对于价值和意义问题，科学不能提供任何答案。既然这样，意义问题必须由个人直接面对。

　　在这种背景下，自由社会一个基本原则，是认为在有关灵魂救赎和生命意义的问题上，应该尊重个人选择——只要这些选择不对他人造成伤害。国家存在的目的，不是去宣扬某种宗教，又或强加某种人生价值观于公民身上，而是保障每个公民享有相同的权利，选择过他们认为值得过的生活。既然容许人们有选择自由，而每个人的性格、信仰、喜好、能力、际遇和成长各有不同，则人们必然会作出不同选择。没有任何一种宗教或哲学学说，可以垄断对生命意义的诠释。生命中各种活动的价值，亦再没有一个社会广泛认同

1　这个观点，可见 Charles Taylor, *A Secular Age* (Cambridge, Mass: Harvard University Press, 2007)，p.3。

的意义脉络支撑。价值多元主义，遂成为现代社会最显著的特征。[1]

这并不是说，生活在前现代社会的人，必然相信同一种宗教，又或接受同一套价值观。无论在何种社会，总会有异见之人。要点在于，在前现代社会，少数异端也同样相信，在什么构成生命终极意义的问题上，是可以有普遍性答案的。他们的争议，只在于凭什么方式去找到答案，以及答案的内容是什么。对于人生意义本身的普遍必然性，彼此并没异议，因为他们分享着类似的认知结构：在价值和道德问题上，是有而且只有一组正确答案，无论这个答案源于上帝、自然律还是人性。但经过数个世纪惨烈的宗教战争，现代社会慢慢学会不再视多元为恶，一种要用武力克服和压制的东西。它不仅容忍多元，而且鼓励多元。[2] 它并不强求一致。这才是两种社会最根本的分别。

多元意味着分歧，分歧意味着冲突。所以，自由社会并非毫无节制地容许人们作出选择。它依然定下一些规则并要求人们服从。对违反这些规则的人，它也会作出惩罚。最基本的原则是这样：在行使你的权利的同时，你必须尊重别人相同的权利。只要不违反这条原则，一个人过怎样的生活，信什么宗教，那是个体私人领域的事。[3] 换言之，人生意义和个人幸福的问题，任由个人

1　对于多元主义的分析，可参考 John Rawls, *Political Liberalism* (New York: Columbia University Press, 1993)；Charles Larmore, *The Morals of Modernity* (Cambridge: Cambridge University Press, 1996)。

2　自由主义传统中，最早提出宗教宽容的，是洛克。John Locke, *A Letter Concerning Toleration*, ed. John Horton & Susan Mendus (London: Routledge, 1991)。

3　密尔提出的"伤害原则"（Harm Principle）基本精神也是这样。J. S. Mill, *On Liberty and Other Writings*, ed. Stefan Collini (Cambridge: Cambridge University Press, 1989), p.13。

做主。这些本来曾由国家管辖的问题，自由主义却将它们私有化，国家不再过问。

所以，在我们的时代，不同的宗教和生活方式，一如超级市场的货品，任君选择。今天可以试这个，明天可以试那个。对于人们的选择，他人并没有多少可以质疑的空间。按社会学家韦伯（Max Weber）的说法，现代社会是个解魅之后的多神主义世界，对于终极意义的问题，只能由个人的主观抉择来定。所以他说："悠悠千年，我们都专一地皈依基督教伦理宏伟的基本精神，据说不曾有二心；这种专注，已经遮蔽了我们的眼睛；不过，我们文化的命运已经注定，我们将再度清楚地意识到多神才是日常生活的现实。"[1]

在多元处境中，"因为我选择，所以它有意义"，遂成了最直接轻省的对意义问题的回答。问题的关键，不在于选择了什么，而在于选择本身。最重要的，是个体面对人生各种可能性时，能否作出理性选择。如果真的作了这样的选择，意义问题仿似便告终结。有人认为这是自由社会的堕落，因为这导致价值虚无主义；有人认为这是自由社会的成就，因为它真正解放了人。我却认为，这个对意义问题的回答本身是错的。

二

让我举个最近的例子说明这点。在 2008 年 6 月哈佛大学的毕业礼中，该校校长福斯特（Drew Faust）向毕业生作了一次意味深

1　韦伯，《学术与政治》，钱永祥编译（台北：远流出版公司，1991），页 137。

长的演讲。[1] 在演讲中，她说在过去一年校长任期中，最多学生跑来问她的问题是：为什么在我们中间，有那么多人毕业后，选择了去华尔街工作？这是事实。据统计，2007 年进入职场的哈佛毕业生，有 58% 男生和 43% 女生，选择了财经金融界。这个问题看似有点无稽，因为谁都知道是为了名和利。在华尔街投资银行工作，可以赚取极高的报酬，享受奢华的生活，更能令同侪艳羡。这不是最理性的选择吗？

福斯特却说，学生之所以不断追问这个问题，不断被这个问题困惑，背后有个深层的焦虑：他们不肯定，这样的生活，会否令他们的人生有意义，会否带给他们真正的快乐。他们感受到，常人理解的成功人生和真正有意义的人生，不一定划上等号，甚至存在极大张力。他们在乎自己的生命，所以灵魂难安。福斯特实在问对了问题。在我的教学生涯中，也不断有学生跑来问我类似问题。[2]

为什么学生会有那么大的挣扎？福斯特答得很妙。她说，这部分是哈佛大学的错。因为学生从进入哈佛那一刻开始，大学已教导学生，说他们是精英中的精英，未来社会的领袖，因此要肩负崇高的责任，对人类有深切关怀，要致力保护环境，改良政治，令世界变得更美好。哈佛期望培养出来的毕业生，是民主社会中具有批判力，身怀道德感，对社会有承担的公民。她说："你们都知道，你们所接受的教育，不仅是令你们有所不同，不仅是为了一己的安逸和满足，而是令你身处的世界有所不同。"这是哈佛教育的理想。

1　Drew Faust, "Baccalaureate address to Class of 2008", June 3, 208, http://www.president. harvard.edu/speeches/faust/080603_bacc.html

2　对于我的经历，可参考书中另一篇文章《活在香港——一个人的移民史》。

华尔街代表的，是另一个世界，另一套价值。它是资本主义社会的缩影，也是资本主义精神的极致。投身华尔街的人，最大的目的，是帮自己赚取最大的经济利益。香港著名时评家林行止先生在最近一篇评论华尔街金融危机的文章中，说了这样一句话："金融家（主要是投资银行家）欲在业内出人头地，最重要的性格是贪婪无厌。"[1] 类似评论，同样散见于近期的英美各大报章。但最传神的，莫过于 1987 年的电影《华尔街》中饰演投机大鳄戈登·盖葛（Gordon Gekko）的迈克尔·道格拉斯（Michael Douglas）的一番话："贪婪是好的，贪婪是对的，贪婪行得通。贪婪阐明、打通和捕捉了进化精神的本质。"华尔街鼓吹的，正是这种毫无伦理约束的利己主义，信奉的是资本主义弱肉强食的逻辑。选择进去的人，要活得成功，很难不将其他价值放在一边，并令自己完全服膺这套逻辑。

福斯特在演讲中，并没有对华尔街作出明显的道德批评，但她却清楚指出，学生面对的两难，不是单纯的职业选择问题，而是反映了深刻的价值冲突，反映了两种对美好人生截然不同的理解。华尔街精神和哈佛价值，并不兼容。在华尔街金融风暴导致美国和全世界蒙受巨大灾难的时刻，福斯特以此为题，显有所指。毕竟，台下坐着的，很多即将前往华尔街。

受了哈佛四年熏陶，学生既希望不负哈佛的期望，却又受不住华尔街的引诱，遂只好跑去找他们尊敬的校长，希望这位学养深厚的历史学家，能够给他们一些指引。福斯特该如何回答他们？这似乎不难。她大可以直接和学生说："我们应对哈佛价值有信心，应该

---

1 林行止，《加强监管银行活动，防范再生危机善法》，《信报》，2008 年 9 月 17 日。

约束自己的贪婪，应该选择活得有意义，而不仅仅是世人眼中的成功。"令人诧异，福斯特的答案不是这样。她说：

> 我的答案是：未曾试过，你不会知道哪条路最好。如果你不曾试过你最想做的工作（无论那是绘画、生物或财务），如果你不曾追求你认为最有意义的东西，你将会后悔。生命悠长，总有时间留给计划 B，但不要从那开始。

福斯特其实没有回答学生的问题。她并没有告诉学生，应该选择哪条路。她只是叫学生好好想清楚自己最想做什么，然后便去做。如果学生经过认真思考，最后选择了去华尔街，福斯特似乎就没有什么可以再说。这个回答，教人困惑。如果福斯特明明知道哈佛价值是好的，明明知道华尔街的生活有所欠缺，为什么不直接告诉学生？为什么不可以说，哈佛所笃信的价值，虽然未必给人带来最多财富，却依然值得追求？作为哈佛校长，福斯特一定有这样的自信。她不这样做，并非因为什么现实的顾虑，而是相信有其他更高的价值。在演讲最后部分，她告诉我们，这个价值，是自由主义尊崇的个人自主（personal autonomy）。这段话十分重要，值得详引。

> 关注自己的生命，反省自己的人生，思考如何活得美好，忖度如何多做善事：这些或许是博雅教育（liberal arts education）提供给你们最有价值的东西。博雅教育要求你们有意识地活着。它帮助你们寻找和界定内在于你们所有行动中的意义。它

令你们成为自己的分析者和批评者，并循此途使人能主宰自己的生命，以及决定生命的进程。在这种意义上，博雅教育富有自由主义的精神——就像拉丁文中 Liberare 所指——教人得到自由。这些教育，令你们具有实践自主，发掘意义和作出选择的可能。拥有一个有意义和快乐人生的最可靠的方法，是投入其中，努力追求。

以上这段话，福斯特为我们勾勒出一个博雅教育的理想，那就是将人培养成为一个自主的理性选择者。福斯特似乎要告诉学生：只要你认真反省，好好认识自己，知道什么是你生命中最想追求的，那么无论你作出怎样的选择，你的生命都是有意义的。因为，"你的人生的意义，由你来定"。

三

福斯特这段话，可以有两种解读。第一种认为，个人自主是意义人生的必要和充分条件。第二种认为，个人自主只是意义人生的必要条件，而不是充分条件。我认为，第一种立场不可能成立。第二种立场如果成立，福斯特便不应该只是这样回答她的学生。

根据第一种解读，哈佛学生的两难，根本算不上两难。只要他们的选择，是深思熟虑后的决定，那么最后无论选择哪种生活，都一样有意义，因为选择本身涵蕴了意义。这种立场，不仅没有回答学生的问题，反而将问题消解了。道理很简单。哈佛毕业生真正的挣扎，是去还是不去华尔街，是过此种或彼种生活，而不是选或不选。他们追问福斯特的，不是"我可以选择吗"？而是"我应该这样选择吗"？要回答这个问题，就必须对不同工作的性质和不同的生活方式，进行实质的价值判断，并将它们比较排序。而比较的标准，正是我们对意义和幸福生活的理解。哈佛学生不会不知道选择的重要，他们正希望通过选择，帮自己找到最好最正确的道路。他们深知，他们的选择可能会错，也可能对自己和他人造成伤害。因此，自主选择本身，无论多么重要，也没法保证所选的生活便有意义。福斯特不可能持有这种立场。

第二种解读认为，如果要活得有意义，作出选择只是其中一个要求。另一个要求，是人们选择从事的职业和活动，必须是好的和有价值的。这两个要求，彼此独立。在这种解读下，福斯特的教诲将变成：学会主宰自己，学会明智选择吧。至于你们最后选择的活动的好坏对错，那不是博雅教育所能告诉你们的。

问题是，为什么博雅教育不能告诉我们？那不正是学生最渴望知道的吗？

福斯特对此可以有消极和积极两种回应。消极回应认为，我们活在一个多元社会，何种生活最有意义，皆由个人主观决定，其他人没有基础对一个人的选择作出评断。因此，大学只可以培养学生选择的能力，却不应教导学生该过怎样的生活，培养什么德性，选择什么职业等。这是一种近乎价值主观主义的立场。这个立场不能成立，理由有三。一、如果主观主义为真，那福斯特便无法为哈佛那套植根于深厚传统的人文价值辩护，更难以声称这些价值就像"北极星"那样指引学生的方向。二、学生之所以面对选择的两难，正因为他们相信选择客观上有好坏对错可言。如果所有选择都是个人的主观喜好，那么价值两难的问题，一开始就不存在。三、如果主观主义为真，那将无法解释，为何个人自主是个普遍性的道德理想。

积极回应则认为，尊重学生的选择，既非由于价值主观，亦非由于多元主义，而是出于对人的尊重：尊重人作为拥有自我反省意识，并能够对行动负起责任的价值主体这一事实。人的自主选择能力，令人成为自由人，并构成人最重要的身份。我相信这个才是福斯特的真正立场。这立场令她既能肯定哈佛价值，同时又容许她尊重学生的选择。她甚至可以说，这种对人的自主性的尊重，是哈佛价值中的价值，博雅教育中的精粹。

我认同这个自由主义的立场，但却不同意它必然会推出福斯特演讲中隐含的结论，即博雅教育应在何谓意义人生的实质讨论中，保持中立。道理不难理解。一个有意义的人生，端赖两个条件。一、我必须自主地选择我的人生道路；二、我选择的道路，必须能够为我的生活带来意义和幸福。

要满足第一个条件，需要两个前提。(a) 我必须培养出独立思考和明辨是非好坏的能力。没有这种能力，即使我有选择自由，也不知道如何作出正确的选择。(b) 在我身处的社会文化，必须要有足够多而且好的生活选择。如果社会中只有某种强势价值，而且垄断了不同活动的意义的诠释权，那么我们可以选择的空间就十分少。而要满足第二个条件，我们必须对什么构成意义和幸福人生，有深刻认识。这也许是最困难的部分。例如我们需要体察人性，了解人的需要和限制，清楚文化传统对我们的影响，知道群体生活所需的伦理规范，以至把握各种价值判断背后的意义脉络。

至此，我们见到，要实现这两个条件，简单地给予人们消极的选择自由并不足够。现代人似乎愈自由，便愈迷失，愈觉得意义问题无从说起。今天社会弥漫着的虚无主义和纵欲主义，多少说明这点。面对这种情况，博雅教育可以起到重要作用。但博雅教育要做的，不应只是鼓励学生勇于选择，同时更要提供足够的文化和伦理资源，让学生学会作出好的和对的选择。要做到这点，大学要有持续的知性对话，包括和传统对话，和经典对话，和不同文化宗教对话，和时代对话，从而让学生知道如何判断不同活动和价值观的好坏对错。也只有这样，我们才有望对资本主义的意识形态作出批判，开拓出更多对美好生活的想象。

大学不是国家，而是公民社会重要的组成部分，它有它的使命和角色，不可能也不必价值中立。一所优秀大学的基本格调，是坚守某些人类价值，保持对主流建制的批判性，并在最广泛的意义上，促进人类福祉。所以，如果华尔街精神和哈佛价值并不兼容，而大部分毕业生选择了前者，这意味着哈佛教育面临危机，因为它的教育理念难以抗衡华尔街的冲击。面对这种情况，简单地重申个人自主的重要，不仅苍白无力，而且等于从价值论争的战场完全撤退。

对哈佛学生来说，个人自主和华尔街精神之间，并没必然冲突。真正的冲突，是哈佛价值承载的对美好人生和公正社会的理解，难以和华尔街承载的资本主义精神协调。所以，哈佛人可以做的，是奋起迎战，好好捍卫哈佛理想，并指出华尔街精神的错误。否则，当有一天哈佛学生不再感受到选择的两难，也没有人再去找福斯特求教时，华尔街便已彻底征服哈佛。这并非危言耸听，甚至早已出现在香港和中国很多优秀大学之中。这些最好的大学中最好的学生，很多同样以华尔街精神为他们最高的人生追求。他们的不同——不知是幸或不幸——只在于他们较少哈佛学生的挣扎。

对我的观点，可能有两种反驳。第一，这会否导致教育上的家长主义。答案是不会，因为上述第一个条件，已保证了每个人的选择自由。自由平等的公民，在公共领域就种种价值问题进行讨论，诉诸的是理由，而不是暴力，没有人可以强迫一个人接受他不认同的信念。当然，哈佛作为一个机构，它的理念必然反映在课程及教育各个层面。但这不仅不可避免，也是大学教育应有之义，只要这些理念经过充分论证和得到大学社群的广泛认同。

第二，这些有关价值的讨论，会否没完没了，注定没有结果？诚然，在现代处境下，任何有关价值的理性讨论，皆异常艰难，甚至有导致价值怀疑主义和虚无主义的危险。但我们不必过度悲观，一早认定所有理性讨论皆注定徒劳。即使在多元社会，我们依然可以凭借我们的价值理性，并在共享的传统和文化上，对各种伦理问题作出合理判断。而且我们不得不如此，因为人既不能没有意义而活，也离不开价值去理解自身和理解世界。如果我们不相信人的理性能力，那么在面对重大价值争议时，人们要么诉诸外在权威，要么任由赤裸裸的权力来定对错。很明显，两者皆不可取。博雅教育的重要性，于此可见。

2008 年 9 月 28 日

20. 什么是好？什么是坏？

——重建中国大学的价值教育

大学教育有两个基本使命。第一是教导学生学会好好生活，活出丰盛幸福的人生；第二是教导学生学会好好活在一起，共同建设公正社会。这两个问题均牵涉价值判断和价值实践，我称其为价值教育。可以说，培养学生成为有智能有德性、具批判力和社会承担的知识人，是大学教育的目标。

很可惜，到今天，价值教育已现危机。很多大学已不再视传承、捍卫和实践人类价值为一己使命。用来肯定自己存在价值的，更多是大学排名、收生成绩、毕业生出路、论文数量等。在大学课程中，学生亦鲜有机会认真思考道德是非、人生意义及社会公正等问题。这带出几个问题。一、价值教育的重要性在哪里？二、价值教育为什么会被边缘化？三、如果重提价值教育，方向应该是什么？

一

价值问题重要，因为我们的生命离不开价值。人的独特之处，是能够作价值判断，并由价值指导行动。在每天的生活中，我们会选择做对的事，过好的日子，坚持某些信念，努力活出有意义的人生。而要活得好，我们必须对自己的欲望信念作出反思评估，确保自己作出正确选择。

简单点说，因为人有价值意识，所以意义问题必须由价值来支撑；因为人有反思意识，价值的规范性必须得到理性主体的认同。所以，大学应该提供一个良好的环境，让学生的价值意识和反思意识得到充分发展。关键之处，是容许学生自由探索不同的价值问题，包括阅读人类文明的种种经典，讨论当代社会的政治及伦理议题，以至对一己心灵的不懈内省。没有这一过程，我们难以理解自我，也无从肯定生命的价值立于何处。

价值的实践，必须在社群当中进行，因为人不是孤零零的个体，而是活在种种制度和人际关系之中。因此，人与人之间应该建立怎样的合作关系，彼此的权利义务和合作所得应该如何分配等，是公共生活的首要问题。与此同时，人也活在自然之中。但经过数百年资本主义的急剧发展，人类完全站在自然的对立面，并导致巨大的生态危机。因此，必须重新思考人与自然的关系。环境保育和可持续发展，是21世纪全人类共同面对的迫切议题。

由此可见，从人与自身，到人与社会，再到人与自然的关系，均牵涉价值教育。我们作为价值存有，面对的问题，不是要不要价值，而是如何发展人的价值意识，如何论证和肯定合理的价值观，以及如何实践有价值的生活。这些都是大学教育的任务。

二

既然如此，为什么价值教育在今天愈来愈不受到重视？这是很大的题目，这里我只集中谈四点。

第一，大学日趋职业化。大学将自身定位为职业训练所，并以培养市场所需人才为最高目标。最明显的，是不少大学将大量资源投向热门的职业导向课程，滥招学生，漠视质量。而在评核教育成效时，则往往只以学生的市场竞争力作为衡量标准。在这种环境下，价值教育将难以展开，因为职业训练基本上是工具理性思维，目标早由市场定下，剩下的只是教导学生如何用最有效的手段达到目标。和这个目标不相干的价值，要么被忽略，要么遭压抑。流风所及，学生的读书心态也随之改变，无论是选学系选科目选课外活动，都以实用为尚。

工具理性的能力固然重要，但如果整所大学均着眼于此，却对人类生活的目标本身的合理性不作任何反思，也没有提供足够的知性空间，容许学生对市场社会的主流价值作出批判，那势将严重窒碍学生价值意识的发展。

第二，在以实证主义及科学主义主导的现代大学，常常主张知识生产必须保持价值中立，并将所有牵涉价值判断的问题搁置。这种观点认为，所有价值命题都是主观和相对的，因人因社会因文化而异，不算真正的知识。大部分学科因此纷纷从价值领域撤退，声称只是对自然和社会现象作中性的解释。因此，商学院的目标，是解释市场制度的运作；理学院的宗旨，是解释经验世界的内在规律；法学院的精神，是训练学生成为合格的律师。

问题却非如此简单。商学院的学生，难道应该毫无保留地接受资本主义的市场逻辑，而对其导致的社会不公及异化宰制毫无反思？理学院的学生，难道只应埋首实验，却对基因工程、复制人以至核能发展等引发的伦理问题漠视不顾？而捍卫人权法治宪政，难道不应是法学院学生的基本关怀？广义一点看，所有学科之所以有存在必要，必然是因为我们认定其对人类文明的承传发展有所贡献。一旦承认这些价值，以中立之名拒斥价值教育的做法，实际上有违大学教育的理念。

第三，中国的教育体系，从中学到大学，长期以来都将价值教育等同于思想教育，并要求所有学生接受同一种思考模式，严重伤害他们的创造力和独立思考能力。但人不是机器，而是活生生的有反思能力和自主能力的个体。无论多好的观念和理论，一旦强行灌输，就成了教条，难免窒碍自由心灵的自由发展。

最后，价值教育在今天举步维艰，更根本的原因，是社会早已合理化自利主义，并将其渗透到日常生活每个层面，使得人们不自觉地相信个人利益极大化是做所有事情的终极理由。风气所及，自利贪婪不仅不再被视为恶，反而被当作推动经济发展和社会进步的主要动力，并在制度和文化上大事宣扬。如此一来，所谓幸福生活自然被理解为个人欲望的满足，而道德考虑则被视为对个人利益的外在约束。"只要不被人发现，什么都可以做"遂被广泛接受，伦理规范则逐渐失去内在约束力，价值追求和德性实践也就变成个人可有可无的选择。

三

价值教育的边缘化，结果是大学批判精神的丧失。所谓批判精神，是指学生有勇气有能力公开运用自己的理性，对各种价值问题作出反思论证，挑战既有的观念习俗制度，并在生活中实践经过合理证成的价值，从而完善生命和推动社会进步。代之而起的，是实利主义、犬儒主义和虚无主义充斥大学校园。

就我所见，今天很多大学生根本未曾经历过价值启蒙便已离开大学，并安分进入既有的社会建制。他们不曾有机会好好认识自己，不曾试过和同学激烈辩论道德宗教，更不曾在面对身边及社会种种不公时，想过要起来为权利为公义而争。

在理应是他们最自由最富理想的时期，大学没有提供机会，让这些优秀的年轻人认真面对生命及生命背后承载的价值。恰恰相反，大学往往从学生踏入校门那一天开始，就千方百计引导学生学会如何在既定的游戏规则中增强竞争力，击败别人，并为自己争得最多利益。至于这些制度本身是否公正，能否合理地保障和促进个人福祉，以及大学生作为未来社会栋梁应负的责任等，却甚少触及。这样的教育，实在难以培养出有见地有抱负有价值承担的公民。没有这样的公民，整个社会将停滞不前，甚至向下沉沦。

要改变这个处境，首要的是大学必须重新理解自己的使命，肯定价值教育的价值。教育最基本也最重要的使命是育人。人是教育的中心。我们希望通过教育，提升人，转化人，鼓励学生培养德性，并活得自由丰盛幸福。我们应先立其大者，并以此为大学目标。有了这目标，才能见到价值教育的重要和迫切，同时看到市场化职业化专业化和这个目标之间的张力，以及知道当张力出现时应该如何取舍。

下一步，是重新肯定教学为教师的首要工作。这个说法看似荒谬，难道老师的本分不就是专心教学吗？实情却非如此。不知打从什么时候开始，大学之内隐隐然已有这样的共识：要在大学生存，必须不花时间在学生身上，因为学校评核重视的是研究和出版，不是教学。所以，用心教学，等于和自己过不去。这种将老师从学生身边赶走的制度若不改变，价值教育将无从谈起。

道理浅显不过。既然教育的目的在育人，育人的责任在老师，老师不能尽其责，目的也就永不能达。做过老师的人都知道，理想的教学，是心灵与心灵的相遇。要启迪学生，老师需要言传身教，倾注大量心力和学生对话交流，更要像园丁那样关心每个学生的成长。初入行时，有前辈语重心长地对我说，教育是讲良心的事业。这些年下来，我稍稍明白个中深意。良心是向自己交代的，是自己加诸自己的责任，而不是为了什么外在好处。但在今天的大学，要保守一个教师的良心，绝不容易。

　　再下一步，即使我们重视价值教育，也要打破将它当作几门课程，又或专属某个教学部门的思维。要有效发展学生的价值意识和批判精神，大学要有整体的教育观，并将价值教育的理念渗透到大学每个环节，包括主修课程和通识教育、宿舍生活和学生社团活动等，让学生时刻能够思考价值，实践全人教育。如果不同环节支离破碎，甚至彼此扞格，那必然会事倍功半。

　　但我们得留意，全人教育不是要人无所不能，又或每样知识都涉猎一点，而是希望将人发展成完整的人。钱穆先生撰写的《新亚学规》第十六条对此有所说明："一个活得完整的人，应该具有多方面的智识，但多方面的智识，不能成为一个活的完整的人。你须在寻求智识中来完成你自己的人格，你莫忘失了自己的人格来专为智识而求智识。"这就是说，要活得完整，必须要有为人的一些好的品格。这些品格是什么？这必然又回到我们对人性及价值的了解。

　　最后，大学必须创造一个活泼多元，兼容并包的学术氛围，让师生在其中自由探索。价值教育不应是独断的、教条的、家长式的灌输，每个学生都应是独立自主的个体，有自己的判断能力，同时懂得为自己的选择负责。大学不应将学生倒模成千篇一律的人，而应鼓励他们发展潜能，活出个性。因此，不要误将价值教育等同于政治教育或党派教育。

有人或会问，既然推崇多元，岂不表示大学应该在所有价值问题上保持中立，不作任何判断？这中间确有张力。价值教育一方面肯定人的反思意识和道德意识，另一方面相信善恶好坏对错有其客观性，那么如何既能肯定学生的自由自主，同时又能坚持和发扬某种价值理想？这看似不易处理的问题，其实可从这样的角度思考。大学理应重视价值，并鼓励学生热爱真理、追求公义、平等待人、捍卫自由、关怀弱势、重视环境，以及积极参与公共事务。就此而言，大学当然有自己的价值取向。从来没有所谓中立的教育。教育的目的，总是将人由一种状态带到另一种更好的状态。因此，问题不在于要不要价值，而在于这些价值是否合理，是否经得起理性检视。所以，大学一方面可以有自己的价值坚持，另一方面也应该提供自由开放的环境，容许师生就这些价值问题各抒己见，进行认真的探究思辨。正如密尔在《论自由》中所说，正因为我们相信有真理，并渴望找到真理，我们才特别需要思想言论自由，因为每个人都有机会错，没有人可以说他所相信的，就是永恒的绝对的真理。价值教育亦当作如是观。

一个国家的未来，和大学培养出什么样的人才密切相关。中国正面对巨大的社会转型，转型过程中最尖锐最迫切的问题，必然是如何建立起公正的制度，并使得每个人都过上美好有尊严有意义的生活。这些问题，都是价值问题。如何在大学教育中重建价值教育，是我们必须重视的问题。

21. 大学的价值

——周保松、梁文道对谈[1]

周保松是我的老同学，不仅同在中大哲学系上课，而且还一起拜在石元康教授门下攻读政治哲学。只不过保松和我走的路太不同。当年我读了四年硕士都没念完，他却在本科毕业后跑到伦敦政经学院取得博士学位，然后回到母校的政治与行政学系任教政治哲学。

可是换个角度看，保松又是个十分反常的人。他本科本来念的是工商管理，一个人人称羡的热门行当，前途无可限量，但他却在大三那年忽然转系哲学，一个在另一种意义上"前途无可限量"的学科。不仅这样，他从大一就开始加入《中大学生报》，写一大堆批评校方和批判主流社会的文章，这也是一般商学院学生不会干的事。

最神奇的事还在后头。始执教鞭，他就发起网上讨论班，和他的学生日以继夜地大谈政治、哲学与人生，而且谈得极为严肃深入。前几年，他把第一批讨论成果编成《政治哲学对话

---

1 此访谈原刊于《读书好》第 34 期（2010 年 7 月）。在征得梁文道同意后，我对访谈内容作了修正，并收入此书。

录》一册，数十万言，自己印了三百本，留给同学当纪念。要知道，在教授都成了论文机器与行政人员，劳形于资金申请与工作报告之间的今天，还肯花这么多心力、时间在学生身上的老师，实无异于一种几近消亡的文化遗产。

可堪告慰的，这一切无助于升职的劳动到底结下了累累异果。他的学生毕业后依然不倦地阅读思辨，不少甚至接下其师的棒子，或者继续走上学者的路线（有学院派也有民间派），或者成为新一代学运社运中坚。

近日母校中文大学惹起风波，人人关注大学的价值与学运的未来，于是我更有理由找保松叙旧细谈。

——梁文道

梁文道：最近《南方周末》转了封读者来信给我，因为现在内地快要高考，学生们都在考虑填志愿，选择读什么专业。他们挑选了一些有关的问题，请我们一班作者回答。其中交给我的问题是：有一位中学生，他很想读哲学，但是他的家人和老师都反对，觉得读哲学没有前途，赚不到钱。这位学生很困扰，不如你教我如何回答他吧。

周保松：我理解他的困扰。我以前读书时也有。这种挣扎是真实的，因为你选择什么专业，会影响你日后要走的路。但要走哪一条路，你才觉得最有价值和最快乐？这没有标准答案。人生好玩的地方也在这里，因为每个人都不同，你不能总是跟着别人走。所以，我们要先了解自己，好好聆听自己内心的声音，知道什么样的生活最适合自己，最能令自己活得舒畅充实。

但了解自己并非易事。人常常自欺，也常常不知自己的价值和信念从何而来，更不知它们为何是好的和对的。这需要很深的自我理解，以及真诚地面对自己。这是最基本的一步。反思之后的决定，至少是你的理性决定。当然，这个决定可能会错，当下觉得好的他日也可能会后悔，但这就是人生。

梁：在《相遇》这本书里，你担心教书时向学生提出很多与社会主流不同的价值，但学生出去后，还是需要在主流社会打滚，那你是帮了他们还是害了他们？书中你的一位学生反而质疑你怎么会这样想，因为他觉得那样的大学生活收获很大。现在回看，你还有那种困扰吗？

周：困扰一定有。我教的是政治哲学，不可能不谈价值，不可能不对现实社会作出批判和对理想世界作出想象。很多学生毕业后，会回来和我分享在工作中遇到的种种挫折和妥协。但这是否表示，大学最好就不要谈什么原则理想，反而一开始就不加批判地全盘接受社会主流价值？我并不这样看。我始终觉得，教育应是一个empowerment 的过程，我们叫它做"充权"吧，就是希望通过大学教育，增加学生的自信，扩阔他们的视野，从而看到生命有另外的可能性，知道制度也好人生也好，不是只有一条既定的路。有了这种想象力，人就有改变的力量。

现实虽然有许多限制，但我很不希望学生一早就接受"人在江湖身不由己"这类说法，然后相信所有的事都不由自主，并将责任都推给社会。第一，我觉得我们还没到那个地步。对，从来就没有所谓绝对的自由。我们一生下来，就活在种种限制当中。人之为人最大的挑战，是如何在这些限制中，努力为自己做决定，努力对自己的决定负责，然后活出自己想过的人生。如果在大学时期，同学就已放弃这种自我期许，并觉得自己的路早已被别人决定，那是很可惜的事。

第二，我真的不是那么悲观。我觉得只要你真的有信念有坚持，那总会在生活中发挥一些作用。这些作用，不一定惊天动地，但你会实实在在看到。例如你做一个中学老师，你教给学生什么以及如何教，对学生是有影响的；又例如你做一个记者，你写出什么样的报道和评论，对读者是有影响的。但试想想，一个对真相对公义没有坚持的人，怎么可能做个好记者？一个对学生的成长没有真切关怀的人，又怎可能做个好老师？我这样说，不是要大家做个不食人间烟火的理想主义者。恰恰相反，我是说，我们的工作，很多时候就离不开价值和信念，因为那是你所从事的事业的内在要求。往往是这些东西，赋予我们的生活和工作意义。

梁：说到这种张力，我甚至一直觉得，一个真诚的人一定会永远感觉得到这种张力，因此他们难免会觉得难过痛苦。如果有人根本感觉不到，那他要不是圣人，就是傻子。你的学生会不会觉得出去工作很辛苦？

周：一定有。学生毕业后，便必须面对选择。你说得对，愈认真对待生活的人，挣扎会愈多。但有挣扎，不一定是坏事，因为这说明你还在意自己活得怎样，还在坚持一些东西，否则人心就麻木了。人明明活着而心却麻了，那不是好事。

梁：我知道你与学生开了一些很热闹的网上讨论组，在我看来是做了很多大学规定之外的东西，甚至是今天的大学教授不应该去做的事情。可以说说这些讨论组的运作是怎样的吗？

周：每教一门课，除了平时的课堂及小组导修课，我还会设立一个网上讨论组，供同学进行全天候式的讨论。讨论的题目，并不限于课堂所教，也包括时事新闻、人生哲学和对大学生活的反思等。在讨论组中，大家的身份平等，气氛很自由，有什么想法都可以提出来，所以讨论很多元，往往也去到很深入。

我觉得这样的对话很好，是很有效的读书方法。传统的教学，就是老师站在讲台，单向地说一大堆东西，学生则坐在下面乖乖抄笔记。我觉得这样不好，因为学生没法投入，将那些问题变成自己的问题，为那些问题所困惑，并敢于提出自己的见解。教书最难的，是将学生带进学问的世界。我希望学生能够将学问和生活融为一体，而不是截然无干。举例说，如果我们在课堂讨论社会正义，学生却没法活学活用，应用这些理论去分析香港的贫富悬殊问题，甚至将自己的信念实践于生活，那我会觉得可惜。读政治哲学的人，不可能将自己关在象牙塔中玄思，却对外面的世界毫无关切。

梁：你回来教书八年，一回来没多久就开始做这件事。为什么？

周：这个说来话长。简单点说，就是觉得做这些工作有价值。一方面，你会直接看到学生有所得，看着他们的思想在进步；另一方面，我很享受和学生在一起。那是非常纯粹的关系，没有任何利益，一切都出于共同的对学问的追求。我也没什么包袱，虽然我有自己的哲学立场，但并不要求学生都要信我的一套。人生很短，大家能走去一起认真讨论哲学，是很美好的事。

如果将问题放得大点，我所做的工作，也算是对今天大学教育出现的危机作出的某种回应。大学教育可以有许多目标，例如职业培训，为商业社会培养所需人才等，但我始终认为教育本身有两个根本的目标，第一是令学生学会思考人生问题，并教他们有能力有自信活出属于自己的幸福人生，第二是令学生成为有责任感的公民，日后在力所能及的范围内承担起应有的责任，推动社会进步。如果你留意一下今天的大学，你会发觉这两个教育使命基本上被忘却了。所有大学都在拼命竞争，争排名争资源争学生，然后又不断催迫自己的学生拼命竞争，争成绩争工作争名位，但很少人会停下来问：这样的竞争，真的令学生活得幸福吗？这样的竞争，真的令我们的社会变得更公正吗？

我觉得这是很基本也很根本的问题，我们必须回答。例如什么叫活得幸福呢？要回答这个问题，我们需要对人性有一定了解，对自我有相当认识，对不同生活形态有自己的价值判断，对生命的安顿问题有自己的体会。如此种种，都需要智慧，而不是一些技术性知识。你门门考试拿A，你毕业后高薪厚职，不代表你就懂得答这个问题。你懂得答，也不代表你就有勇气去实践你的信念。这些理应是大学教育首要关心的问题，但如果你去问问今天的学生，你会发觉在校园中，几乎已没有人和他们讨论这些问题，因为大学和老师本身都不觉得这些问题重要。我自己不这样看，所以总千方百计提供机会给学生思考这些问题。我所做的或许不多，但至少我在实践我相信的教育理念。

梁：除了这些网上群组，你好像还搞了一个犁典读书组？

周：对，已经办了六七年，也许是香港少见的能维持那么久的读书组。要办一个读书组很容易，几个人凑在一起就行，但要持久则很难。我们的做法，是先定一个主题，例如平等、国际正义或民主论，然后在此主题下每次讨论一篇文章，通常都是相关领域最重要的文章。读书组在我家举行，三星期一次，一直维持在十多人的规模。如果有合适的机会，我们也会办一些较大型的沙龙，请嘉宾来给一个报告，例如今年就请过陈冠中和钱永祥先生来主讲，来参与的人很踊跃，每次都有五十多人——这是我住的学校宿舍的极限，不能再多。

读书组的成员，不少已出去工作，但这些年来能维持下来，我想最主要的原因，是大家享受这样的聚会，一来是在讨论中建立起很强的知性友谊，一来是大家在讨论中有所得。就我个人来说，有一群志同道合的人走在一起讨论政治哲学，本身就是很快乐的事。如果在这之余，还能做一些事情，例如一起写写文章，例如培养出更多新一代的学术生力军，都是不错的事。我们不少成员，现在正在外面很好的大学读博士。

梁：你教书要备课，还要写论文、做研究，你有时间吗？

周：时间当然不够。坦白说，在现在的大学体制中做这些事，其实是傻瓜所为，因为这对自己的前途一点好处也没有。你愈花时间在学生身上，就等于愈和自己过不去，因为你会没时间写论文做研究。不过有时我觉得，这是蛮悲凉的事，因为这多少说明大学不再将教育当一回事。大学在意很多东西，还有数不清的评核，要老师填无数表格，偏偏就不在意一样东西：我们真的教好学生了吗？我们真的尽了我们的责任，为我们的社会培养出有思想有主见有品位有承担的学生吗？很惭愧，我们做得很不够。我不喜欢说什么一代不如一代，然后将所有问题归咎于学生，因为更需要深切反思的，是大学和老师自身。今天的大学，容许老师花在学生身上的时间，实在太少太少了。

我们不重视教学，不将教好学生放在首位，是要付出代价的。今天的香港和中国大陆，正面临着深刻的社会转型，并将面对各种各样的危机。我们因此必须思考，大学应该培养出什么样的人才去面对这些挑战，并带领社会向前走。很可惜，今天的高等教育界很少去认真思考这类问题。

梁：目前全世界基本的趋势，就是大学是整个社会经济未来动力的发动机或培育所。例如有些生化学科就和药厂合作研究，甚至到了违反学术伦理的地步。因为大学里的研究是应该拿出来登在学刊中公诸天下的，但现在很多研究都不公开，因为大学是在帮药厂做，还要注册专利，又怎么可以公开呢？人文学科只是聊备一格，当学校已经变成这样子的时候，不谈你刚才讲的那些问题反而是正常了。

周：教育商品化是资本主义意识形态的扩张，也就是将市场逻辑应用到教育领域。借用迈克尔·沃尔泽（Michael Walzer）在《正义诸领域》（*Spheres of Justice*）一书中的观点，教育理应是个独立自足的领域，有属于自己的分配原则和伦理规范。现在一旦用市场逻辑支配大学，整所大学就会跟着市场模式运作，从收生到课程开设到研究资源的调配再到整所大学的定位，就会以在教育市场中争得最多利益为目标，结果是传统大学理念的边缘化。

我们以前谈大学的理念，既强调追求真理，也强调德性培养，亦强调要为民主社会培养出负责任的公民。但是如果大家都将大学理解为一家企业或职业训练所，那么它最重要的目的，就变成纯粹为市场培养它需要的人才。现在香港的大学在评核自己办学是否成功时，用的标准往往是看雇主对它生产出来的毕业生的满意程度，背后就是这个道理。

如果大学变成这样，那它就失去批判性了，因为它基本上成了既有体制的一部分，不会鼓励甚至不会容许学生对现实作出太多的反思批判。问题是，如果连大学也变成这样，整个社会就会很容易失去活力，也没法累积更多的知性资源去反思现状，从而看到更多的可能性。像今次席卷全球的金融风暴，即使带来那么大的灾难，高等教育界好像从来没有认真反省过，到底自己在这场危机中需要承担什么责任，以及在哪里出了大问题。我们都见到，金融危机的原因之一，是由于那些金融界精英过度贪婪，失去了最基本的职业操守和社会责任。但这些所谓精英从哪里培养出来？当然是我们的大学。既然如此，如果我们继续原来的路，将来岂不是又要再一次重蹈覆辙？

梁：我知道现在的大学要求教授出很多论文，把注意力从学生身上移开了。但回想我们读书的时候，我们不也整天都说有很多老师不做研究吗？根据那种德国研究型大学的理念，教学应该相长，你做了研究，才有东西拿出来教学生。所以，这岂不是过去几十年香港认真的大学生所期盼的事？

周：教学与研究在理念上没有冲突，而且应该两者兼重。但一个很现实的问题是，时间就只有这么多，你多放一分精力在学生身上，就少一分精力做自己的研究。我觉得要考虑两件事，第一是大学能否建立一个较好的制度，重新肯定教学的价值，给教师多一些支持；第二是能否提供一个较理想的研究环境，容许老师在较少压力的情况下，做出一些真正有价值的研究。现在的研究往往重量不重质，而且不断催谷老师向政府申请研究基金。但我们要问，一个好的研究要在怎样的环境下才能产生出来。譬如说哲学，罗尔斯五十岁才出他的第一本书《正义论》，但一出就是经典。不同学科有不同性质，不同老师有不同特长和不同研究方向，很多东西需要厚积薄发，例如以前中央研究院就规定研究员进去头三年不能出论文。好的教学需要长时间和学生相处，好的研究需要长时间的酝酿和累积。

梁：所以当代学者只出论文集，而专著则几乎消失了。

周：在现在的评核制度中，往往一本书就等同一篇论文，那还有谁会去写书呢？而且写一本书可能需要十年八年，一个真正的好学者一生可能就只出一本书。在现在这个环境中，这类学者可能就无法生存了。

梁：又以我们中文世界的学者为例，可能他写专著时想用中文，但它的分数一定比一篇英文论文低。

周：甚至完全不被承认。听说有些学系，不管文章的内容是什么，也不管有多重要，只要用的书写语言是中文，就不会承认它的学术价值。我想不到有比这更荒谬的情况。学术语言需要长时间的培育和发展，如果我们自己也不爱惜自己的语言，那就等于我们整个学术社群，根本不打算用自己的语言去从事知识创造和知识传播。我认为这既不明智也不负责任，因为我们的社会正面临着大转型，如果香港学术界不积极参与其中，并努力建立自己的问题意识和学术传统，从而对中国的发展作出有意义的贡献，那是十分可惜的。

梁：你刚才提到的那种大学理念十分传统，但这个理念到了韦伯（Max Weber）的时候已经出现一些矛盾。因为它强调通识教育

（liberal arts education），要让学生变成一个较完整的人，要让他分享这个社会的文化价值，要让他对自己的人生多些反省，从而得到一个比较幸福的人生。但这套东西是一种人文主义的教育理念，而人文主义的教育理念在现代已经有危机了。因为在价值多元的世界，大学要不要价值中立？人文主义的价值本身是否也是一种价值？而从前那种对人的想法在现代世界是否仍然合理呢？

周：这个问题很根本。在所谓价值主观主义、怀疑主义甚至虚无主义流行的时代，我们还能不能讲出一些大学的理念、坚持某种大学的价值呢？这是一个大问题。我初步的想法是：第一，根本就没有所谓中立的大学。无论你喜不喜欢，你办一所大学就一定要有自己的一套想法。表面"中立"背后其实都有一个没讲明的立场或态度，这和教育的性质有关，教育就是给学生一个方向，就是通过知识和德性去启迪人完善人，这不可能没有价值在后面支撑。

简单点说，要办大学教育，我们自然要问大学想教学生什么，希望学生成为怎样的人，对社会有什么贡献。不管你相信什么主义，你都需要对这些问题有一套说法，并提供理由支持。对我来说，大学的理念和政治哲学其实分不开。它不外乎要回答两个根本问题。一、我们需要某种对人的理解，即什么是人，什么是人的价值和尊严所在，什么构成人的幸福生活？这是个"我该如何活"（How should I live）的问题。二、大学的目的是为社会培养人才，并希望社会因此变得更公正更美好，因此它必须同时关心"我们该如何活在一起"（How should we live together）的问题。当然，在多元俗世的社会，对这两个问题的答案，和古代必然极为不同，论证起来也会有许多困难，但我们绝对不能回避。问题不在于要不要回答，而在于哪种回答才是合理的。

梁：照你刚才的说法，大学不可能是价值中立的，那你怎么看最近中文大学的民主女神像事件？校长刘遵义很强调"政治中立"，但也有人认为这是一个价值问题，跟"政治中立"无关。

周：政治中立是应用在校方身上，因为它拥有权力。当大学决定一些大学事务时，例如老师的聘任、课程的开设和资源的分配问题时，它不能诉诸政治理由来作为判断的依据。这有助保障一个兼容并包的校园，容许师生在其中自由探索自由辩论。但"政治中立"原则的背后，不是价值中立，而是有一价值关怀，就是希望大学保持兼容并包的立场。

弄清楚这问题后，就回到你的问题。其实我们是在问这样的问题：究竟大学作为公共教育机构，它有没有一些基本的价值坚持？我认为一定要有，例如最少要包括以下两项。第一，它理应追求真理，是其是非其非，不可以容忍虚假抄袭。第二，它理应坚持正义，不应容忍道德上错的事情。大学不可以放弃一些经长时间实践并证明具高度普遍性的价值，那是人类文明社会的底线，例如反对种族歧视、政府不应奴役屠杀人民，保障言论思想和学术的自由等。

梁：最近大家都在谈中大传统，有趣的是不论崇基或新亚，甚至联合，这三家组建中文大学的早期书院，背后均有一种对中国的承担。恰好现代大学都是民族主义时期的产物，它们都把自己定位成民族文化的捍卫者、发扬者。我们祖辈成立这所大学时，心目中也一定有一套民族文化，其中包含一些价值。但依据这些想法和精神建立的大学，发展到后来时，却会出现很多不同声音，甚至可能就是要反对这种建立在与民族文化有关的大学理念。换句话说，一间大学的建校者有一套看法，这套看法背后有一种对民族文化的理解和主动承担。但到了后来，学生也好、老师也好，却可能会反对这种对文化民族的理解和承担。

周：这很正常。一所有活力的大学，本身就应该容许和鼓励一代又一代人去诠释、建构和丰富大学的传统。精神不应是故纸堆的东西，也不应是一些永恒不变的教条，而总是容许学生去反思去批评，并将他们的理念在当下实践。

梁：套回中大的例子，无论是主张最原始的那种新亚精神，还是写大字报去骂新亚精神，对我来说依然有个共同之处，那就是一种对价值积极的认定，一种肯认和承担。这是很重要的。中大五十年，无论是哪一种学生运动，大家对价值都有起码的肯认，绝非价值虚无主义。

周：我同意。在中大四十年时我写了一篇文章，尝试定义什么是中大精神，我认为是价值关怀和社会批判。这不是随便说说。只要回顾一下中大过去几十年的历史，就会发觉不同时期的中大学生，都曾积极参与学生运动和社会运动，并直接影响香港公民社会的发展。今天很多人认为中大学生较有批判性较有社会关怀，这绝非偶然，而是经年累积形成的人文传统。

梁：一所大学对社会的关怀和承担，往往与学生运动息息相关。然而，学生运动也会留下很多问题。譬如说上世纪德国 60 年代的学运，法兰克福学派本来是当时最有批判性的一群学者，却被学生骂保守，上课时还拿东西掷阿多诺。那时哈贝马斯说了两句我认为很妙的俗话，他说学运的矛盾就是你大学一年级进来，笨笨的，什么都不懂；大学二年级，开始接手；大学三年级，整群人终于非常成熟了；大学四年级，你却即将离开，接着就毕业了。似乎学运注定不能持续，只能是很短暂的介入，它不能对某个议题某个阶级有很长期的关注。

周：学生角色尴尬之处，是他们的大学生活，总是在过渡之中，很难像工运社运那样，长期由同一批人去关注同一个议题。但我们不要忘记，今天在香港积极投身社会运动的人，很多都是中大传统培养出来。而且，学运和社运也非截然二分，今天很多很有活力的社会抗争，都有很多大学生积极参与。

梁：人类社会和文明的不停演化需要很多新观念，大学就是在孵育这些观念和技术。有一天要是人类离开地球，那办法也多半是从大学里出来的；同样地，如果说大学是社会上各种观念的实验室，那么学运也一样有这种功能。哈贝马斯所说的缺点，我反而认为是强项。学生是什么呢？学生是一群没有职业，不需要在社会上被嵌进一个固定工作位置，却很难得有三四年时间自由浮动的实验者。所以学运往往会关怀一些跟学生距离很遥远的事情，你在英国肯定也看过那些关心巴基斯坦童工的学生吧。他们可以一下子关心这么遥远的人群，正正是因为他们占据了一个有利的位置。故此学生更加要把握这段时候，摆脱任何以功利联系的角度来看这个社会，创造最大胆的想象和最有趣的实验。

周：大学最精彩的地方，就是理想性和纯粹性。没有理想，没有对真理对价值的纯粹向往和追求，大学也就不再是大学。很多人可能会说大学生不成熟、天真、未入世，但如果人人都入世、成熟、世故，世界就会变得很乏味。

辑四 ｜ 回忆

22. 童年往事

　　近读高尔泰先生的《寻找家园》，谈到他的儿时趣事，竟勾起我的一些琐碎的童年记忆。活到这个年纪，我渐渐觉得，如果人生如画，那么一个人的童年，便是画中那层底色。底色自是重要的，但我们画的时候，往往并不知道，只是率性下笔。待到得明了，底色早已斑驳，并被一层又一层后加的颜色掩盖，教人欲辨难辨。

　　我七岁开始上学读书识字。学校原址是座上帝庙，所以叫上帝庙小学。学校在山上，正门有两棵大榕树，树身要好几个人才能合抱。两棵树不断向外伸展，将整个操场都覆盖了。我们的村，叫榕木水，或许是水边生有很多榕树之故。那时没早餐的概念，母亲为哄我上学，会炒些小黄豆，让我肚子饿时吃。学校离家，有一段路，要穿过阡陌跨过山坡。我边行边吃，待到得学校，袋里的黄豆也便空了。

　　第一天上学，有体育课，心茫然，因为从来没听过"体育"这个词，不知是什么东西，只晓得跟着别人跑。姐后来告诉我，我出生不久，已经身在上帝庙，因为她必须每天背着我去上学。而我极顽劣，常常大哭，迫她陪我到课室外面玩。那时也有劳动课。记得校园种了一大片蓖麻，一种类似芝麻的植物，可以用来榨油。有一次，学校要我们每人负责捡一千粒。对我来说，这是个大挑战。很多同学马虎了事，我却蹲在校园一角，一粒一粒认真地捡，一粒一粒认真地数。待到数完，已是一个下午，腰酸背痛，然后才发觉一千粒加起来，不过大半碗而已。那是平生第一次完成别人交给我的任务。

那时，读书是苦事。不用上学的日子，才最快活。我最喜欢的，是捕鱼。我们村前有条河，蜿蜿蜒蜒，绕着群山流。河不大，水亦不深。河边有竹有树，还有青石板造的小桥。我父亲捕鱼，在村里很有名。但父亲在外工作，周末才能回家。于是每逢周末的黄昏，我就早早到村口极目静候。常常，父亲骑着车，从远处的山路过来，时隐时现，初时一小点，渐行渐近。待到得跟前，我总有大欢喜，因为快乐的日子又到了。

最直接的捕鱼方法，是用钓，并以蚯蚓作饵。蚯蚓易找，随便往地下一掘，要多少有多少。家里有钓数十竿，我们沿着河，一竿一竿地下。全都下完后，长长一段河，便是我们的天下。黄昏时分，水静静地流，村人荷锄牵牛归。夜幕低垂，群山默默。阡陌间有人在挑水，间或有小孩的哭声黑狗的吠声。我和父亲心无旁骛，紧紧盯着鱼竿。钓鱼最大的学问，是要懂得何处下钓何时起钓。父亲来回走动，利落地挥着鱼竿，鱼筐中的鱼便多起来。我跟在父亲身后，帮着上饵取鱼，兴奋难言。

除了用钓，亦可以用网捉，又或在大雨过后，到河边鱼儿聚集的下水处，直接用鱼兜来捕。父亲有另一门绝技，是用秘制的鱼饵去抓塘虱鱼。那一定得在晚上进行，因为父亲不想别人偷师。方法是在河边装上一个个只能进不能出的小鱼袋，然后撒出鱼饵，鱼便会闻味而至。一晚下来，好景的话，可以抓得十来斤。父亲后来常说，小时候没吃的，全靠这塘虱将我养大。

但对我来说，最花力气却有最大满足感的，是自个将田野间的某个水洼堵起来，又或将某段小溪截断，然后用木盘，将水一下一下往外泼。待到水干，里面的小鱼小泥鳅小螃蟹等自可一网打尽。那是另一种快乐——尤其是水愈来愈少，鱼在洼中慌张跳动的时刻。

夏日晚饭过后，父亲常常会带我到河边，教我游泳。水微暖，天上满星星，田野中盈溢着蛙叫虫鸣。父亲耐心地用手托着我，一次又一次，直到我可以独立地游。父亲后来告诉我，那么小就教我游泳，因为只有这样，才不会怕我被水淹。

除了捉鱼，还有打鸟。每逢冬天，北鸟南飞，一群一群，栖息在林中。父亲晚上带着气枪，提着手电筒，联同堂兄，将那熟睡的小鸟，一枪一只地打下来。那时我还小，只有看的份儿，以及第二天起来吃那美味的"雀仔"粥。我自己打鸟的方法，是用木制的弹弓，收获自然少得多。

那时还有很多说不清的玩意。农村小孩虽然没有玩具，却有各种各样的游戏。几粒石子，两根木棍，一块小布，甚至在地上画一个"飞机大海"，都可以变出不同玩法。当然，全村的孩子一起在村中捉迷藏，是最刺激的集体游戏。那时家里穷，一个星期才能吃上一次白饭，一年才能出县城逛一次街，很久才可以提着小木凳去晒谷场看一次流动电影，村里也未有电力供应，但我活得快乐。即便家里是地主成分，父亲是右派，年幼的我也没什么大感受。只有间或被人叫"地主仔"的时候，我才会感到屈辱，才会奋起和人打架。

读完一年级上学期，我的成绩很差，印象中数学只考得十五分。父亲见不是办法，决定送我到姑妈处读书。姑妈在另一个县偏远的水库工作，叫长坡水库，离我家有六十多公里。父亲骑车送我去，山路难行，早上出发，黄昏才能到。一天跋涉，父亲倦极，要我帮他捶背才能入睡。第二天天未亮，父亲便得走。他一手推着车，一手拖着我，默默地行，只有车轮辗地的沙沙声和水库吹来的微凉的风。间或父亲吩咐我两句，我只懂点头，想哭，却不敢让他知道；一直地行，一直地忍，然后看他上车，看他远去，眼泪才掉下来。父亲很久才能来探我一次，每次都是这样不舍，所以印象特深。

水库，其实是个美丽的大湖。湖水深绿清湛，四周是幽幽的山峦，一层一层，高低起伏，是一幅水墨画。水库在山上，有条很长的大坝，坝上大大地刻着"为人民服务"五个大字，很远很远也看得见。坝下是长坡镇，镇只有一条街，几家商店，一所邮局，一间小书店，一座破旅馆，安安静静与世无争。

姑丈是水库的工程师，因此我们住得不错。我们的房子，推门便见青山。房子的设计，也很特别。那是一个一厅三房的平房，屋中有个小天井。屋前有小庭，庭上有架，种了两棵葡萄。夏天一到，便一串串红红的垂下来。屋的周围种满了花，主要是菊花和玫瑰。每天晚饭过后洗完碗，我便提水浇花。玫瑰虽美，总不及菊花生得苗壮。尤其秋菊盛放时，年纪小小的我，也晓得花前驻足，细意欣赏。待花开尽，采下来，晒干，便成了菊花茶。"采菊东篱下，悠然见南山"，是后来才读到的。

我们在屋前屋后也种了不少果树，有龙眼、荔枝、香蕉、木瓜，还有一小片甘蔗。最记得的，是每逢香蕉成熟时，总忍不住天天跑去细瞧哪梳已经变黄。有时等不及，青青的便摘下来，埋在木糠中，催它早熟——黄是黄了，味道却不好。农场也种了大片大片的芒果。春天芒果树开花，惹来漫山蜜蜂。待到收成季节，天天爬树偷摘，更有无穷乐趣。离家不远处，我们有一畦菜田，按时令种上不同的蔬菜，还有豆角、丝瓜和鲜红的辣椒。每天吃的，都是菜园里自己种的。

在姑妈家，要做家务，做饭、洗碗、浇花、灌菜都得做。最难忘的，是煮饭。那时没有电饭锅，也甚少用干柴，主要是用木糠，大抵贪其便宜吧。但木糠不易燃，多烟，每次都得费力地用竹筒吹火，常常弄得手黑面黑，熏得眼泪直流。有次姐去探我，我正在弄饭，一脸汗一脸尘的。她甫一见我，哇的一声便哭了。

我读的学校，叫长征小学。学校在山脚的小镇边，由家里去，颇远一段路，还要穿过一大片阴沉沉的橡胶树林。那一片树林，流传着不同的鬼怪传说。每天天未亮我一个人背着小书包经过，总是心慌慌，脚步急急。第一天上课，又有体育堂，结果将一对新鞋弄丢了。那时每天有一角的早餐钱，我必会跑到学校旁边一家小食店，买五分钱白粥，五分钱河粉，然后用酱油拌着吃。

那时读书，从来不忧。课余总是联群去水库畅泳，去树林捡拾最硬的橡果互相比拼，又或去山溪中捉小虾，去市集看人变魔术耍杂技。生活充满乐趣。看电影的机会也多了。水库没有电影院，依旧是在周末吃过饭后，提着一张小木凳，去操场看那临时搭起的电影幕。最喜欢的，是战争片。《上甘岭》《铁道游击队》

《渡江侦察记》等，百看不厌。最感动我的，是一部叫《一江春水向东流》的老戏，常常看得掉眼泪。但那时真正令我沉迷的，是连环图。一本连环图，只有巴掌般大，上方是图，下方是字，什么故事都有。我的至爱，是《三国演义》，尤其是常山赵子龙百万军中救阿斗那一幕，真是看得我目定口呆，如痴如醉。那时没钱买书，镇上却有书摊，连环图一本一本挂着，二分钱看一本。每逢中午，树荫下，我常常和其他小朋友一起，挤在小长凳上，安安静静进入书的世界。

往事已矣！

我是直到现在，在香港这个石屎森林活了那么多年，缓缓回首，才开始体会当年那一层不经意下的翠绿底色，是如此明净动人。

二十多年过去，故乡的小河，河道早已淤塞，河水早已污染。青山依旧在，村里剩下的，只有那不多的几个老人，寂守着空荡荡的老屋和那荒芜多时的良田。年轻力壮的，早已外出打工，或干脆搬到城里。水库成了旅游地，当年的家早已不在。最触目的，是那座倚湖新建的十多层高的豪华度假酒店，远远地睥睨着那被杂草掩盖，唯仍依稀可见的"为人民服务"五个大字。

2005 年 8 月

23. 徜徉在伦敦书店

"对不起，是时候关门了！"

我抬头，茫然望着前面一脸慈祥，又带点歉意的英国老太太。过了好一会儿，才从亚里士多德的世界走出来，晓得已七点，书店要关门。我望望四周，才发觉早已没人，只听到暖炉里红透了的炭火发出的声响，四壁密密的书，在柔和的灯光下，竟亦染上一层暖意。我道别老太太，步出书店。室外是伦敦的冬天。街上风急人稀，我缩在大衣里，忍不住特别怀念小书店的温暖。

这二手小书店在大英博物馆附近的一条小横巷上，由于近学校，又多哲学书，是我常去的地方。

爱书的人，很难不爱伦敦。如果英国的"鱼与薯条"令你难以下咽，英国人的衣着令你发闷，那么英国人对书的尊重，实在教人难以挑剔。伦敦市中心的查令十字街，一整条大街都是书店，有新有旧，有大有小，有学术有通俗，当然更少不了那些专门收集、买卖珍稀书籍的古董书店。爱书的人，在这里磨上一日，恐也不够。何况唐人街只是几步之遥，饿时跑去吃一碗叉烧饭，再慢慢踱回去"打书钉"，叉烧的余味，混合浓浓的书香，慢慢消化，不亦乐乎！

初到伦敦，总不敢带信用卡出街，怕去书店时一时控制不了，带太多不能充饥的精神食粮回家，收到月结单时却只能以面包度日。由是，我特别爱逛伦敦的二手书店。不仅贪其价钱便宜，更重要的是我本身就喜欢旧书。有时在书丛中寻得一本心仪已久的著作，真有众里寻他千百度的喜悦。轻轻捧起，揭开，书香便阵阵渗出来，再看看那不知较自己老了多少的出版年份，心里就更加珍惜。一本旧书，不知经历多少变迁，才能辗转来到我的手上，中间谁说不有大缘分？所以，我从不卖书。"文革"时很多老前辈，被迫将数十年的藏书当废纸卖掉，那种心酸真是不足为外人道。爱书的人，较那爱珠宝的人，感情可能来得更深。再说书的内容和其新旧无关，即使残破一点又何妨。

喜逛旧书店，也和旧书店的气氛有关。新书店虽然又大又堂皇，但往往人声嘈杂，书挤人拥，难以久留。旧书店却不同，店虽小，人却疏，而且大多在小巷，没有车水马龙，有的是千年文明渗出来的余韵，温柔地缠绕着你。书店安安静静，人也自然跟着静下来，一个下午，不知怎样便过去了。逛书店，要有一颗静心与耐性。要不，在书丛中转来转去，蛮累人的。而且，搜寻大半天，一无所获也是常事。去多了，便和店主熟络，还可谈谈书店的沧桑史，聊聊旧书市行情。店主都是老行尊，你想找什么书，问问他，多半有着落。伦敦的二手书店有多少？根据史葛（Skoob）书店编的《史葛全英二手书店导引》，仅伦敦一市，便有一百九十多家。不要忘记，卖新书的店还未算在内。

可以想象，有那么多书店，是因为有那么一大群读者。要不，哪能生存。英国人大抵是个极为爱书的民族。据联合国教科文组织的统计年鉴，英国1995年出书有十万零一千七百六十四种，全世界最多。爱书敬书，大抵和一个文化的深度与活力有密切关系。千禧之年，想想过去数百年影响现代世界最深的人：物理学的牛顿，经济学的亚当·斯密，哲学的洛克与休谟，文学的莎士比亚，生物学的达尔文，连马克思的《资本论》也是躲在大英图书馆写成的。再数下去，怕会被人骂崇洋。但我想，如果英国也来一次焚书坑儒，也搞一次破"四旧"，人类历史恐怕会改写。

伦敦有那么多好的书店，是伦敦人的福气。我有幸在这里寄居留学，得以在书海中徜徉，是我的福气。我尚未忘记，小时候在中国，有同学买了一本《故事会》，全班五十多人轮着看的情景。伦敦的冬天，夜来得特别早。步出书店，总有一缕独在异乡为异客的孤清。只是看着手中的旧书，遂有东西不隔、古今相通的安顿与安乐。

2000 年 9 月

24. 淘书心情

　　近来日夜颠倒的"论耕"（论文耕作之谓），干涸得很，在网上看到有朋友提起伦敦，还说到伦敦的书店，竟有乡愁之感。

　　离开伦敦，最牵挂的，是那些书店。在伦敦读书那几年，每个星期，总有一两天，我骑着破单车，在百花里（Bloomsbury）和查令十字街（Charing Cross Road）那大大小小新新旧旧的书店逛完又逛淘完又淘。Judd Two, Skoob, Unsworths, Ulysses, Marchmont, Waterstone's, Blackwell's, Foyles…… 不知你们可好？

　　有段时间，我在大英博物馆附近那家号称欧洲最大的学术书店Waterstone's做兼职。这家书店有五层，红砖建筑，古色古香。我在地库的顾客服务部工作，主要负责订书退书寄书。由于是伦敦大学总部所在，UCL、SOAS、Institute of Education 等学校就在旁边，光顾的大多是学者和学生。每天经我手处理的书，动辄过百。说自己"坐拥书城，终日与书为伍"，并不为过。那真是快乐的日子，每天在书店跑上跑下，和同事一起搬书排书，和顾客聊书品书，一点也没有马克思所说的劳动异化。

　　书店二楼的一边，是 Second-hand & Remainder，专卖二手书和所谓的"仓底货"，书价往往只是新书的一半，职员还有 33% 的折扣。一本新书外面卖二十英镑，我往往只需几镑就可据为己有。那真是害苦了我！时薪六镑，每天下班，书包却总是沉甸甸的，不知倒贴多少。最疯狂的日子，一星期购书超过三十本，于是只好尽量节衣缩食。"为书消得人憔悴"，绝非夸张之辞。最深的记忆，是有时下班后，在昏暗夜色中，背着沉重的书包，步行二十分钟去唐人街吃一碟烧鸭饭，然后坐10号巴士回家。有时我也会离开伦敦，远征牛津、剑桥，Hay-on-Wye等著名书城。那是另一番天地。

逛书店的享受，真是难言。回来香港后，再也没有过这样的淘书心情。

昨天回深水埗旧居执拾藏书。因为家里装修，我要将所有属于我的旧物搬走。在床底，我竟然找到一套三册马克思的《资本论》。拿上手，书香扑面而来（还有厚厚的灰尘）。译者是郭大力、王亚南，读书生活出版社出版，时间是民国二十七年（1938）8月31日，全套原价五元九角。我完全没有印象，在什么时候什么地方买下这套书，但多半是在鸭寮街。此外，我也发现了一套发黄的唐君毅的《哲学概论》和梁启超的《饮冰室全集》。

有一段时期，只要有耐性，在鸭寮街是可以淘到好书的——虽然它们常常混杂在《龙虎豹》《阁楼》这些色情杂志中间。我最惊讶的，是有一次在书堆中找到当代哲学家罗蒂（Richard Rorty）的《哲学与自然之镜》（*Philosophy and the Mirror of Nature*），英文版，港币十元。

再执拾下去，还找到不少台湾出版的小说和新诗集。我才隐约记起，中学时曾经疯狂地读过不少台湾文学作品。当时我最喜欢的作家，是司马中原，尤其他那本《啼鸣鸟》，曾深深打动我的心灵，令我对台中东海大学有过许多美好的想象。每翻出一本，便有一段记忆。处理完这些旧书，人空空的，仿佛正式告别多年在深水埗的生活。

写到此处，才惊觉来香港恰好二十年了。我1985年6月30日移民来港，第一脚踏足的地方，便是鸭寮街。

真是很长很长的一段日子。

说起梦想，好多年前在西湖边，有家三联书店，湖好山好书好人好。书店边，还有吃茶听戏的地方。那时想，若有天，来这里开家小书店，一定可以终老。去年再去，书店却已不在。

爱书人，总有爱开书店这种近乎不切实际的梦想。在伦敦在香港，目睹一家家书店，开了又倒了，总暗暗告诉自己，梦想留在心里便好，千万不要实现。当然，有过自己的书店，圆了心愿，自有一番旁人不能明了的心情。

我猜度，每个爱书人，一定有些书店，是常常教他魂牵的。伦敦百花里 Marchmont 书店的那条小巷，我便难以忘怀。几家小书店，一间咖啡屋，三几棵老树，便成了风景。那里的书不是特别适合我（我奉献最多的，始终是 Judd Books 和 Unsworths），而是氛围好，尤其是小巷尽头掩映在绿藤之中不起眼的那家文学小书店，遗世而独立，好像不理外面世情怎变，它总会静静伫候爱书人的光临。

剑桥和牛津的书店，我也不知逛过多少遍。最怀念的，是有那么一次，我想去剑桥瞻仰维特根斯坦的墓。由于不知墓地的确切位置，于是先去一家小书店问了人，然后才起行。我徒步走了一小时。真没想过要走那么远，待入到墓园，又没想过那么冷清。一个人也没有，树木幽深。这位一生充满传奇，对当代分析哲学影响深远的哲学家的墓，极其简单。墓碑上除了他的名字和生卒年份，什么也没有。维特根斯坦当年的老师，著名的伦理学家摩尔（G.E. Moore）也葬在那里，但荒草茂密，碑上的名字被磨蚀得几乎已不可辨认。"吴宫花草埋幽径，晋代衣冠成古丘"，大抵是我当时的心情。

　　但我印象最深的，还是英国约克市的一家旧书店。那书店近古城墙，店外是长长的青石板路。书店又高又深，以文史哲为主，书一直堆到屋顶。若想看最高的，便要用一把木梯慢慢爬上去。记忆，常常停留在这样的定格：严冬，天灰沉沉的，风大雨寒，我骑着车从远远的校园跑去，店内火炉烧得通红，常常一个人也没有，我在静静看书，店主也在静静看书，岁月静好。

　　另一家念念不忘的，是小时候故乡的新华书店。店在十字街口，即全镇最繁华的两街交界之地。意象是这样：夏日，闷热，书店的吊扇在慢慢地摇。街外热闹，有人在高声叫卖冰棍。我穿着短裤，缩在书店一角"打书钉"。看的是什么呢？不瞒你，很多时是什么中国共产党党史之类。里面有很多战争片段，十分吸引人。

　　记忆，到最后，往往定格成某种意象，意象承载了某种心情。真正留下来的，是心情。细节往往模糊了。

　　顾城有诗句，叫"把回想留给未来吧"，年纪愈大愈觉有其道理，虽然我的道理，和他想的未必一样。回想本身，严格来说，不是人的意志可以主宰。流逝的生活，最后留下什么，并教人念记，是记忆本身的事。只有在足够远的将来，当一切沉淀，慢慢不经意浮上来，让你牵肠让你挂肚的，才足堪称回想。

所以，在这个多雨的夏季，我如此不自禁地想起这些书店，多少可见那些淘书的日子，是如何教人怀念。

2005 年 6 月

25. 寻找以赛亚·伯林

昨天和阿 Cham 的牛津之旅，事后回想，实在值得一记。

一切都得从哈特（H.L.A.Hart）说起。哈特（1907—1992）是牛津大学的法学讲座教授，被公认为 20 世纪最重要的法律哲学家。他的著作《法的概念》更早已成为法律哲学和政治哲学的经典。[1] 我抵达伦敦后，已在书店留意到妮古拉·莱西（Nicola Lacey）写的哈特的传记，《哈特的一生》（*A Life of H. L. A. Hart*）。[2] 后来和伦敦的老同学聊天，都说这本书精彩，于是前天买了，当晚并马上读了某些章节，尤其是他晚年和德沃金（Ronald Dworkin，哈特在牛津的法学讲座教授继任人）之间的一些学术争论，觉得十分精彩。Cham 接着读了，亦频呼过瘾。

这是背景。我们去牛津，和哈特一点关系也没有。我们主要是去逛书店，并想到当代著名思想家伯林（Isaiah Berlin）的墓地凭吊，圆我多年心愿。我以前在伦敦政经学院读书时，常会一大早爬起来，从伦敦坐一个多小时的车，去牛津听柯亨（G.A.Cohen），德里

1　H.L.A. Hart, *The Concept of Law*（Oxford: Oxford University Press, 1961）.

2　Nicola Lacey, *A Life of H. L. A. Hart*（Oxford: Oxford University Press, 2004）.

克·帕菲特（Derek Parfit），约瑟夫·拉兹（Joseph Raz）等著名哲学家的课，顺道到那大大小小的书店淘书。

到了牛津，我们在大学书院（University College）门前下车，先逛附近一家叫 Waterfields Books 的旧书店。这家书店历史悠久，专卖很多断版的学术著作，尤其是历史方面的。我们甫进去，即见到门口正中放着一书架的旧书，上面写着詹妮弗·哈特藏书专架（Books from the Library of Jenifer Hart on These Shelves）。詹妮弗是哈特的妻子，去年才逝世。换言之，这个书架的书，是哈特夫妇生前的藏书。我们当时第一个反应，是觉得真巧。昨晚才读过哈特的传记，今天就见到他的藏书。我最后从架上挑了本拉斯基（Harold J. Laski，1893—1950）的《政治典范》（*A Grammar of Politics*），1925 年出版，全书六百多页，保存得很好，上面还有詹妮弗的签名，书价 12 镑。今天听过拉斯基的人恐怕很少了，但他在上世纪 20 年代却鼎鼎大名。他是伦敦政经学院首任的政治科学教授（1926），主张社会主义的费边社（Fabian Society）的核心人物，甚至做过一年的英国工党主席（1945—1946）。（如果我没记错，拉斯基的书当年已被译为中文，并在中国有相当影响力。）

逛完 Waterfields，我们便到书店旁边的全灵学院（All Souls College）参观。全灵学院在牛津数十个书院中，地位特殊，因为它只有院士（Fellows），没有学生，而院士都是世界顶尖的学者。牛津最优秀的毕业生，每年会被邀请参加全灵学院一个叫 Prize Fellows 的选拔试，最优秀的两位会成为院士，为期可以有七年。院士待遇优厚，而且很自由，可以做任何自己喜欢的研究。伯林是首位夺得这个奖的犹太学生。当代其他有名的哲学家院士，还包括伯纳德·威廉斯（Bernard Williams），查尔斯·泰勒（Charles Taylor），迈克尔·达米特（Michael Dummett），科拉柯夫斯基（Kolakowski），德里克·帕菲特，阿玛蒂亚·森（Amartya Sen），柯亨等。我以前到牛津听帕菲特和柯亨的课，课室就在全灵学院的旧图书馆。

当天书院不容许游人参观，我于是在门口和 Cham 聊起一些柯亨的逸事。柯亨是牛津政治理论的讲座教授（Chiechele Professor of Social and Political Theory），伯林的学生，也是当代分析马克思主义的代表人物，成名作是《马克思的历史理论：一个辩护》。[1] 最妙的是，我话未说完，柯亨竟从大门旁边的传达室走出来，吓了我们一跳。他穿着短裤凉鞋，戴着帽，看上去较四年前老了些，说话却一如往常般风趣。他仍依稀记得我，并说正要去见人，叫我们陪他走一段路。于是我们从正门开始，走到全灵学院的后园，再从小门转出去雷德克利夫广场。他谈了一下近来的出版计划，并说会在两年内退休。

说起柯亨，他有件小事，对我影响很大。记得当年旁听他的课，主题是关于罗尔斯的政治哲学，科目名称叫"建构主义和正义"（Constructivism and Justice）。第一天上课，他带了罗尔斯的《正义论》来，牛津大学出版社 1972 年版，这是 20 世纪最重要的政治哲学著作。书摆在桌上，他偶尔会打开读一段。我留意到，他那本《正义论》残旧不堪，整本书几乎全散开了，上面写满了字。每次翻的时候，他都小心翼翼。我当时真的呆了。我自己的《正义论》读了好几年，也几乎天天在翻，虽已陈旧，却远未到读"破"

1　G.A.Cohen, *Karl Marx's Theory of History: a Defence* (Oxford: Clarendon Press, 1978).

书的地步。由此可见他读了多少遍，花了多少工夫。我当时想，像他那样的学者，仍要以这样的态度读罗尔斯，我等后辈如何可以不用功。

见完柯亨，我们继续逛书店。大约四时左右，再到酒吧欣赏世界杯阿根廷对德国。看完球赛，已近六时。由于是夏天，阳光仍然很好，我们决定去找伯林。伯林葬在沃尔弗库特墓园（Wolvercote Cemetery），从市中心坐 2 号车，沿着 Banbury Road 走，大概 15 分钟便到。抵达，才发觉大门已锁。我们很失望，却不甘心，打算爬过铁门进去。当我们正做准备时，却见一位园丁远远跑过来。我心里凉了半截。谁知那园丁却说，墓地仍然未关，并打开旁边的小门让我们进去。

真是喜出望外。但入了墓园，我们才发觉，要找伯林一点也不容易。墓地很大，一排一排，密密麻麻，少说过千。而整个墓地唯一有指示的，是托尔金（J.R.R. Tolkien，1892—1973）的墓，也即《魔戒》（*The Lord of the Rings*）的作者。我们决定分头找，并相约谁先找到，对方便得请吃晚饭。墓园寂静，人影全无，只偶尔听到鸟儿凄怨的叫声。园中古树，在夕阳残照下，愈显森然。我们逐行逐个碑细看，找的虽然是伯林，但每看一个墓碑，看到生卒年份及上面刻的纪念文字，脑里便会想象那人生前是何模样。但真正想象得到的，又可以有什么呢。一个人生前无论多么风光，最后也是殊途同归。

找了差不多一小时，我们将整个墓园行了一次，依然不见伯林踪影。我有点气馁，于是远远大声问阿 Cham 有何进展。Cham 很兴奋地说，伯林找不到，却发现了哈特。这么巧？！哈特的墓，在墓园西边一个角落，和詹妮弗合葬在一起。绿色的墓碑，上面写着"Herbert Hart, Philosopher of Law, 1907—1992；Jenifer Hart, Historian, 1914—2005"。我们静静地鞠了躬。阳光更为黯淡。

我们未死心，于是来来回回将墓园多寻了几次。找不到伯林，却让我们发现了当代另一位著名政治哲学家拉斯莱特（Peter Laslett）的墓。拉斯莱特是研究洛克的专家，剑桥大学出版社的《政府二论》（*Two Treatises of Government*）便是由他编辑，而他所写的导论，更早已成了研究洛克的经典文献（最近出了中译本）。当然，很多读政治哲学的人会记得，他在 1956 年说过的"政治哲学已死"的经典名句。[1]

找不到伯林，虽然心有遗憾，但在短短一天内，读到哈特的传记，买到他们夫妇的藏书，还拜祭了他们的墓，可谓奇遇。坐车回伦敦时，已是晚上十一时，天全黑下来。茫茫原野中，挂着一钩弯月。

2006 年 6 月

---

1 Peter Laslett ed. *Philosophy, Politics and Society*, First Series (Oxford: Basil Blackwell, 1956)，p.vii.

26. 活在香港

—— 一个人的移民史[1]

一

我移民香港，22 年了。

我是 1985 年 6 月 30 日跨过罗湖桥的。跨过去的时候，并没想过后来种种。此刻回过头来，又显得有点欲说无从。昔日的日记相片书信仍在，多年尘封不动。外面正是十年回归大庆，我独坐一室，茫然地整理一己的历史。

20 世纪 80 年代至今，有近百万新移民从中国内地来港。这百万人一离开罗湖，就好像细流入深海，静默无声，不知哪里去了。再出现的时候，往往便是报纸头条的伦常惨剧主角。这并非事出无因。对很多香港人来说，"新移民"一词几乎和社会问题同义，常常和家庭暴力、骗取社会保障援助、贫穷落后等关联在一起，是个不光彩的标记。新移民既是外来者，同时又被视为社会问题制造者，

---

1 本文原载台湾《思想》2007 年第 6 期。在写作过程中，我和梁以文有过许多交流，使我获益良多。文章出版后，我收到不少读者的回应和分享，甚至和好些素未谋面的新移民朋友见过面，我在此衷心感谢他们。最后，我要谢谢我的父亲。父亲读过文章多次，这或许是我们父子俩，多年来最深入的一次精神交流。文中提及的伯父，在 2008 年春天去世。伯父晚年目盲，我们见面时，常会聊起种种旧事。那是教人怀念的时光。

遂背负双重的道德原罪。很多人认为，解决问题的根本之道，在于将新移民尽快改造成香港人，洗去他们旧的次等的不文明的生活方式，接受新的先进的香港人的价值。新移民跨过罗湖桥那一刻，就必须承认自己在身份上低人一等。这份深不见底的自卑，令新移民不愿面对过去，更加欠缺勇气在公共空间述说自己的历史。而主流社会不仅没兴趣了解新移民的前世今生，甚至有意无意丑化他们的形象，漠视他们面对的种种困难和承受的诸多不义。于是，新移民这一庞大群体，在据说是自由开放的香港，形成了某种集体性消声。

新移民明明无处不在，却又仿佛并不存在；明明有话想说，却又无法可说。这是非常奇怪的现象，因为香港本身就是个移民社会。1949 年以降，历经几波大移民潮，目前七百万人口中，真正称得上"原住民"的，少之又少。但在这样一个移民城市，新移民的生存处境和精神状态，却甚少在公共领域受到关注。两年前，我在报纸发表了一篇短文《像我这样的一个新移民》，结果收到很多素不相识的读者的电话和来信，分享他们的移民故事，情绪热切而激动。这教我诧异。那一刻，我才知道有多少新移民的郁结被这个城市压抑着。他们渴望被聆听被理解，渴望得到别人的肯认尊重，却往往事与愿违。

在过去有关新移民的讨论中，经济考虑是最重要，甚至是唯一的向度，例如新移民对香港人力资源的影响，为社会福利开支带来的压力等。政府最关心的，是如何用最有效的方法，令新移民脱胎换骨，成为有利香港经济发展的劳动力，并减少他们对社会福利的依赖。至于新移民作为有血有肉，有情感有过去的个体，他们在新环境中的实存感受，在精神、文化、家庭、经济各方面遇到的种种困难，却往往被漠视忽略。每当有新移民家庭惨剧出现，媒体要么视其为个别事件，要么循例追究一下政府，要求多聘几个社工，增加几条电话热线便了事。

1999 年 12 月，林婕，一个品学兼优的新移民女生，不堪在港生活的苦楚，在最美好的 18 岁，从高楼一跃而下，死后留下这样的问题："我很费解，我到底做错了什么？难道'我来自内地'就是我的罪过吗？"林婕的死，迫使香港社会作了一点道德忏悔。当时的教育署署长罗范椒芬，写了一封信给全港老师，说："作为土生土长的香港人，我感到十分羞愧；对林婕和她的母亲，我有无限的歉意；作为教育署署长，我难以想象林婕所遭受的歧视，竟然发生在教育界、在学校里。这真是莫大的讽刺。"

林婕用她的生命，打破一池死水，让香港社会一瞥新移民的艰难。但池水顷刻回复平静，事件很快被遗忘，社会并没任何改变。人们其实并不了解，又或不愿意了解，林婕为什么要死。香港这样一个"繁荣安定"的社会，没法承受置一个年轻新移民于死地这样一种集体责任。这和东方之珠的想象，实在有太大的认知和情感上的落差。于是，林婕的死，遂被视为极少数不能好好适应香港的特例。而万万千千的新移民，早已安安分分完成改造。

一直以来，我也如此相信，并以为只是自己改造得不够快不够好，才做香港人做得如此吃力。二十年过去，我才开始懂得问，为什么过百万的新移民，会在这个喧哗的城市失去声音？为什么林婕要选择死，来表达她对这个城市的怨恨？为什么一宗接着一宗的人伦惨剧，总发生在新移民身上？我开始意识到，不应只是问如何改造，而要问为何要这样改造，改造的代价是什么，以及谁去付这些代价。

今天的新移民面对的困境，很多不是我这个老移民所能了解的。要解决任何问题，了解是第一步。要了解，就必须让新移民说出他们的故事，道出他们的心声。以下所述，是我的移民史。我的经历，不多也不少，只是我的个人经历。我对这些经历的反思，不多也不少，也只是我个人的反思。当然，我们活在同一城市，个人如何分殊，总有时代的烙印。

<h2 style="text-align:center">二</h2>

1985 年 6 月下旬的某个傍晚，我放学回家，母亲说过几天便要移民香港。我呆了好一会，然后咬着牙，说，我不去。眼泪跟着就掉了下来。

我不愿意离开故乡，一个广东西部偏远的小县城，因为我活得快乐。活得快乐，并非因为富有。事实上，家里一直很穷。我出生农村，父母两家被划为地主，父亲 1957 年更被打为右派，是新中国家庭成分最差的阶级，饱受政治之害。我小时候在农村放牛打鱼，后来才出到县城读书。我那时在读中学一年级，既没考试压力，也未懂为前途担忧，一班同学相亲相爱，日子过得无忧无虑。我走的时候，办的是停学手续，而不是退学，因为我相信自己一定会回来。出发那天，全班同学到车站相送，有人送我一瓶从江中打来的水，有人递我一包学校的泥土。车站拥挤凌乱，我们执手相看泪眼，初尝人生别离苦。

我能够移民香港，是因为父亲早在 1981 年来港探望几十年不见的伯父时留了下来。父亲 1951 年加入农业银行工作，为人能干正直，在单位受人敬重。他申请探亲时，压根儿没想过留下来，伯父却极力挽留。临返国内前一刻，伯父写了一首诗给父亲："扁舟飘忽到桃源，车水马龙别有天。凡心未了留不住，他朝徒叹误仙缘。"伯父认为香港是桃花源般的仙境，希望父亲不要回到大陆那样的人间。几经挣扎，父亲终于放下早已收拾好的行李。我后来才体会到，对父亲来说，这是个多么艰难的抉择。父亲那时正当盛年，工资虽然不高，但事业发展顺利，和同事合作愉快，工作带给他很大的满足感。选择留下来，就等于要放弃几十年的事业，在一个陌生地方重新开始。而他当时在布匹公司做职员，一个月工资才 1000元，减去租金，早已所剩无几。

我出来工作后，父亲有次和我说，考虑职业时，一定要选择有意义，能带给自己满足感的工作。这番话，说来轻描淡写，却道尽他的辛酸遗憾。人到中年才离开故土，放弃前半生辛苦累积的工作经验、地位、社会关系以至事业追求，在不确定的新环境由零开始，代价不可谓不大。不少人认为新移民无论吃多少苦，受到怎样的对待，也是值得的，甚至应该的，因为即使从事最底层的工作，甚至领取社会援助，收入也较国内高。更重要的，这是他们的选择，因此没有资格抱怨。诚然，选择来的人，必有来的理由。而生活在香港的许多好处，更是毋庸多言。但这并不表示，香港社会可以用任何方式对待新移民，更不表示对于新移民失去什么和承受什么可以视而不见，因而对他们缺乏基本的理解和尊重。

事实上，父亲那一辈其实无路可退。他们既不能回到过去，却又无力在新环境赋予生活新的意义。他们面对的，是基本的生存问题。唯一的出路，是接受现实，胼手胝足努力工作，并将所有希望寄于下一代。他们初到香港，普遍存在强烈的自卑感，自觉处于社会边缘，而曾经有过的理想和追求，只能压抑于心底深处，并随年月流逝而逐渐淡去。第一代新移民的名字，往往叫"牺牲"。

经过二十多年茹苦含辛的工作，我们家里的经济环境已大有改善，父亲却已垂垂老去。即使粗心如我，也常常感受到父亲的落寞。真正能提起父亲兴致的，是和他谈起昔日国内生活种种，例如年少的轻狂，当年在银行工作的情况以至农村生活的种种趣事。即使是"反右"运动和"文革"时被批斗的情形，父亲回忆起来也津津有味。但我从来没敢问父亲，香港是否是他的桃花源。2007年6月30日，是我来港22周年纪念日。那天我们全家坐在一起吃了顿饭。我问父亲，回首过去，可曾后悔移民来港。父亲沉默良久，说，看到你们今天活得很好，我不后悔。

严格来说，香港没有为社会贡献的概念，因为社会只是抽象地指涉单独的个体在其中追逐利益的场所，本身并非一个实体，更不是休戚相关的社群。人们得到什么失去什么，一切归于个人，与社会无关。因此，父亲只能说为他的子女付出了多少，却不能说为香港贡献了什么。家的概念，延伸不到那么远。或许正因为此，对于那些辛苦大半生却老无所依的老人家，我们往往既没同情之心，亦无亏欠之情。

三

未移民之前，我对香港的认识，全部来自流行文化。那个年头，香港电视剧刚开始流行，《大地恩情》、《万水千山总是情》一出场，便风靡一时。但真正教我们着迷的，还数《大侠霍元甲》。

当时这套剧是晚上九点播放，而我们学校的自修课却要九点才完。因此，八时半过后，所有课室便出奇地安静，人人收拾好书包文具，蓄势待发。钟声一响，全校几百人蜂拥而出，以最快速度跑出校园，跨上自行车，在街上横冲直撞，直奔家里。沿途听着叶振棠的主题曲"昏睡百年，国人渐已醒"，待赶到家，刚好正式开始。

香港流行曲也开始普及，张明敏、邓丽君、徐小凤、许冠杰、林子祥一一登场。那时候，很多同学都有一本歌簿，将自己喜欢的流行曲歌词抄在上面，彼此交换，下课后一起在走廊引吭高歌，又或躲在课室一角独自吟唱。音乐课上教的那些革命电影歌曲，早已乏人问津。我班上有位同学的哥哥看准时机，开了一家唱片店，专门从香港买回歌星的最新卡式录音带，然后大量翻录转售，几块钱一盒，在小镇很受欢迎。

但我真正受香港文化"荼毒"的，还数武侠小说。我自小沉迷书本，尤喜小说神话传奇，小学三、四年级时已将《三国演义》《封神榜》《三侠五义》《大明英烈传》《水浒传》《镜花缘》《东周列国志》等一大堆囫囵吞枣地看了一遍。那时找书不易，什么书都读。我第一次接触的香港新派武侠小说，是梁羽生的《萍踪侠影录》。这本书是当时正在追求我大姐的未来姐夫借我看的，我之前对梁羽生一无所知。谁知书一上手，便再放不下，结果不眠不休，两天将书啃完。我至今仍记得，读后步上天台，眼前晕眩，心中无尽怅惘失落，书中主角张丹枫和云蕾的影子挥之不去，只想放声大叫。在我的阅读史中，那是一个分水岭。我的近视，也因此加深，当时镇上却无眼镜可配，上课时总看不清楚老师写些什么，结果影响了升中试的成绩。

接着下来，我发现一本叫《武林》的月刊，正在连载金庸的《射雕英雄传》，更把我弄得心痒难熬。但不知何故，连载几个月就停了，而我却像吸毒者一样，对武侠小说上了瘾，在镇上四处打探何处有梁羽生和金庸。上了中学，一位同样是小说迷的高年级同学告诉我，镇上某处有武侠小说出租，但一定要熟人介绍。我大喜，央求这位同学做我的介绍人。出租室有点神秘，屋内黑沉沉的，书架上排满了金庸、梁羽生、古龙的作品，全是繁体字版，封面用牛皮纸包着。那个年代不如今天开放，出租港台图书还有顾忌。租书除了十元按金，租金要两角一天。这是相当贵了。当时租一本连环图才两分钱，而我一个月不过几元零用钱。但那真是一片新天地。为了省钱，我必须每天看完一本。我于是在最短时间内学会繁体字，也学会逃课，甚至学会一边骑车一边看小说。在别人专心上课时，我却偷偷跑到学校后山的橡树林，在午后阳光和聒耳蝉声中，沉醉在侠骨柔情和刀光剑影的世界；在夜阑人静时，我抱着书偷偷跑到公共厕所，借着昏黄微弱的灯光，与郭靖、黄蓉、杨过、小龙女同悲同喜。

金庸和梁羽生的小说，除了功夫爱情，同时呈现了一个爱憎分明的世界。对是非黑白的坚持，对弱者的同情，对朋友的道义，对承诺的重视，对民族的热爱，是这些小说不变的主题。当我全情投入小说情节时，也不自觉地接受了背后的价值。可以说，武侠小说除了带给我无穷乐趣，也无形中影响了我的思想情感。说来有点可笑，我在逃课中完成了另类的人格教育，而我对此却毫不知情。

我们是受香港文化影响的第一代。当时虽已开放改革几年，整个社会仍颇为封闭落后。历年政治运动磨尽了所有人的理想和热情，90年代全面市场经济的时代仍未到来，人人处于精神极度饥渴，却不知出路在哪儿的躁动状态。香港的电视剧、电影、流行曲和文学的传入，正好满足了这种需要。香港文化商品最大的特色，是使人欢愉。它没有什么政治道德说教，却能深深触动人们的情感。邓丽君的中国小调，《大地恩情》的乡土情怀，金庸小说的侠义精神，甚至张明敏的《我的中国心》，着实滋润了我们的心灵。尽管如此，我对香港并没多大向往。父亲去了香港以后，家里的生活慢慢有了改善，开始有了电风扇，黑白电视和卡式录音机，我间或也会向同学炫耀一下父亲带回来的斑马牌原子笔。但很奇怪，我从没想过要成为香港人。香港仿佛是个遥远得和我没有任何关系的世界。

四

抵达香港那天，最初迎接我的，是深水埗地铁站的北河街鸭寮街出口。当年的鸭寮街，和今天一样热闹拥挤，旧摊档满地，叫卖声盈耳。我和妈妈紧紧跟着父亲，拖着行李，一步一步在人群中穿过。抬头上望，只能隐隐见到天空的一抹蓝。

我们住的地方，是北河街一个房子里面的板间房。这是一幢非常残旧的"唐楼"，房子只有三十多平方米，却住了三户人家，大家共享一个厨房和厕所。板间房再分为两层，父母住下层，我住上层，算是个阁楼。阁楼没有窗，晦暗局促，人不能站直，得弯着腰才能在茶几上读书写字。躺在床上，天花板好像随时会压下来。

初到的一年，日子难过。我当时有写日记的习惯。最近重读，发觉1985年7月7日写下这样的感受："离回家还有358天。今天简直快要疯了，真想偷渡回故乡去。这几天简直度日如年。"[1] 然后是 7 月 8 日："我真后悔自己来香港，现在要我死也愿意。"这样的情绪，整本日记随处可见。那时打长途电话又贵又不方便，只能和故乡的同学通信。生活的最大寄托，是写信和等信。邮差每天派信两次，分别是早上十时和下午四时。我每天起来，脸未洗牙未刷，第一件事就是跑到楼下看信箱。有信，便满心欢喜。没信，便难掩失落，只好不安地等待下午的另一次派信。那一年，我写了好几百封信。

新移民最难适应的，也许并非居住环境恶劣，而是"生活世界"的突然转变。生活世界是个复杂的意义系统，包括我们的语言、传统、价值、社区网络人际关系，以至日常的生活习惯等。只有在这样的系统里，我们才能确认自己的身份，理解行动的意义，并肯定生活的价值。如果我们由小至大活在一个安稳的世界，我们根本不会意识到它的存在，因为一切皆显得理所当然。只有当我们由一个世界急速转换到另一个世界，而两者又有根本断裂时，人才会深刻感受到无家的失落。很多新移民初到香港，最难忍受的，就是这种断裂。没有邻居，没有社群，没有共同语言，没有别人的理解同情，只能捱和忍。

来港很长很长一段时间，我都被一种难言的疏离感笼罩着。表面上，语言、读书、生活各方面，虽有困难，慢慢也能应付。但在内心，我却一点也不认同自己是香港人。走在街上，觉得所有人和自己一点关系也没有；回到家中，脑里只有昔日的回忆；看

1　当时香港政府规定，必须居住满一年才可领取回乡证返回内地。

到中国和香港的运动员比赛，我会为中国队打气；每次返回家乡，我才有着地的感觉。时过境迁，我已很难用言语描述"这个地方不属于我"的孤独。未到香港前，我是全班最活泼好动的。移民后，我彻底变成另一个人：自卑、孤僻、不合群、极度忧郁。伴随这种心境，我沉迷的不再是武侠小说，而是李煜、李清照、柳永那些忧伤的长短句。

读到中学四年级，我的迷惘更甚。为求出路，我开始找老师讨论人生的意义，跟同学去基督教会听福音，甚至胡乱找些佛学书来读。印象最深的一次，是某天放学后，夕阳斜照，我站在弥敦道和界限街交界的安全岛，看着川流不息的汽车和匆匆的人群，突然觉得完全无力再行下去。我软弱地斜靠在栏杆上，看着红灯转绿灯，绿灯转红灯，人动也不动，茫然四顾，不知何去何从。我身边的新移民同学，好像完全没有我的烦恼，所以我当时认定自己不正常，所有问题都出在自己身上。

苦闷的时候，我喜欢一个人在深水埗游荡。深水埗是穷人聚居之所，密密麻麻的唐楼又残又旧，街道乱糟糟的。那时南昌街中间仍是店铺林立（后来拆了，变成现在的休憩公园），石硖尾街的天光墟（在天刚亮时将东西放在地上摆卖，故有此名）仍在，黄金商场周围还有无数流动熟食小贩，再加上福华街、福荣街、长沙湾道的时装批发店，北河街菜市场和鸭寮街的旧物和电器摊档，令深水埗成为无所不包的大市集。在这里，你会看到蛇王在街头当众用口咬断蛇头，随即挑出蛇胆，给客人和着酒一口喝下去；会见到柜台高高，令人望而生畏的老当铺；当然还有琳琅满目，堆积如山的色情杂志。

我最喜欢的，是到鸭寮街淘书。鸭寮街并没书店，"收买佬"只是将收回来的书和其他杂物，随意堆在一起。要挑书，便要不怕脏，且得有耐性。我在那里淘到最多的，是小说散文，但也找到一套三册马克思的《资本论》，[1] 唐君毅的《哲学概论》和梁启超的《饮冰室全集》等。后来读大学时，我甚至在那里用十元买到最近逝世的美国哲学家罗蒂的成名作《哲学与自然之镜》英文版。

住得久了，我便感受到深水埗的贫穷。我家的居住环境，还不算最恶劣。更差的，是那些住在"笼屋"的人，几十人挤在一个单位，每人只有一个铁笼般大小的床位。1990年12月南昌街笼屋大火，导致六人死亡，五十多人受伤，人们才知道香港仍有那么多人居住在那样的非人环境。张之亮当年拍摄的《笼民》，就是以此为题材。深水埗也有许多老无所养的独居老人，天一亮就坐在街角的小公园，有的在下棋打牌，有的在发呆。新移民也不少。只要在街上转一圈，什么口音都可以听到。父母后来搬了两次家，却始终没离开过这区，而我每次回家，依然喜欢在深水埗闲逛。

五

1985年9月，我入读大角咀福全街的高雷中学。父亲为我读书的事，四处奔走，却一直苦无头绪。本来有私校肯收我，但学费太贵，最后只好选择这所同乡会办的学校。严格来说，这不算一所完整的中学。学校在一幢工厂大厦二楼，楼下是售卖五金钢铁的店

1　译者郭大力、王亚南,1938年读书生活出版社出版。

铺，噪音不绝于耳。学校除了几个课室，没有任何设施。课程只办到中三，中四以后学生便要另选他校。

学校离家不远，步行15分钟便到。第一天上学，我发觉全班五十多人，有七成是像我这样刚到的新移民，以广东和福建为多，但也有更远的。大家一开口，就发觉人人乡音不同。从一开始，我便喜欢这班同学。我们背景相同，谁也不会瞧不起谁，而且来到新环境，大家都需要新朋友，所以很快就混得很熟。平时下课后，我们会联群结队去"斗波"，往游戏中心"打机"，到桌球室找乐，周末甚至试过一起去大角咀丽华戏院享受三级片早场的刺激。我们有心读书，却不知从何学起。学习环境实在太差，学生程度又参差不齐，老师难以施教。我们渴望融入香港社会，却不知如何做起。我们对香港的历史文化一无所知，父母教育水平普遍偏低，更要日以继夜工作，根本无暇理会我们。我们好像活在一个隔离的世界，自生自灭。

开学不久，我们便一起去工厂做兼职。事缘有位同学的父亲，在制衣厂专门负责穿裤绳（俗称裤头带），方法是用铁针将尼龙绳由短裤一端贯穿到另一端。由于工作多得做不完，同学遂叫我们下课后去帮忙。工资按件计，一条一毫。如果熟手，一小时大约可赚到八元。工作本身极单调，但几位朋友一起，加上工厂可听收音机，不算特别苦闷。

我后来在工厂认识了一位负责牛仔裤包装的判头阿卓。由于他给的工资较高，而且工作较多，于是我和一位外号叫"大只广"的朋友过去跟他。阿卓和好几间制衣厂有协议，哪里要人便去哪里，因此我们有时在大角咀，有时在长沙湾和葵涌。包装是整个成衣生产流程最后一道工序，相当复杂，包括贴商标，折叠，入胶袋，开箱封箱，以及用胶带机将箱扎好。由于出口订单有时间性，厂方往往要我们一两天内完成大量包装，需要大量体力，而且常常要加班到深夜，不是易做的工作。

大只广是恩平人，比我大两岁，人有点侠气也有点流氓气，好打抱不平，喜饮酒抽烟，平时三句有两句是粗口，上课常常和老师抬杠，是我们这群同学的领袖。我和他性格不同，却很投契。他的数学很好，英文却差，半年不到，已对读书失去兴趣。有次我们在葵兴下班，已是晚上十一点，天下着小雨，我俩不知为什么打起赌来，谁也不让谁，结果决定一起步行回深水埗。那一夜，我们没有伞，却不畏雨，一边健行一边笑谈彼此的梦想，回到家时已是深夜一点，吓坏了在家久等的父母。当时说过什么早已忘了，但那份对未来的豪情，却长留在心。1986 年夏天，我领到回乡证后，便和大只广联袂返回故乡，会合我的几位同学，一起坐火车去桂林旅游。我们在漓江畅泳，在桂林街头放肆高歌追逐，在阳朔回味刘三姐的山歌，快意非常。

大只广读完中三后，辍学回家帮父亲做些中药转口的小生意，中间赚过一些钱，并请我们一班同学去鲤鱼门尝过海鲜。后来听说他生意不景气，又迷于赌博，以致欠下巨债而要避走大陆。再后来，便没了音讯。我们的老板阿卓，好几年后听说原来是个偷渡客，遭警方发现，坐完牢后也被遣返国内。我们工作过的制衣厂，要么搬到国内要么倒闭，大厦则被推倒重建为几十层高的豪宅。至于我那群新移民同学，绝大部分读完中三或中五后便出来工作，最多是到发型屋做学徒。就我所知，能读上大学的，不足数人。而我读完第二年，就通过考试转到何文田官立中学做插班生。

现在回过头看，才觉得当时香港政府对待新移民的方式，大有改善之处。例如我们来港后，人生路不熟，却从没有人告诉我们要如何找学校，于是只好四出向同乡打听，像盲头苍蝇般乱撞。记忆所及，除了一家叫"国际社会服务社"的非政府组织提供一些基本英文课程，政府没有为新移民提供任何协助。我们就读的学校，也从没试过为新移民学生提供什么特别辅导。我当时以为这一切都理所当然，现在才意识到，有多少新移民学童，在这样无助的处境中，失去多少机会和承受多大挫折。只要政府在他们最有需要的时候，给他们多一点扶持多一点关怀，他们的路就易行得多。

六

1987 年转校后，我的生活起了很大变化。最大的不同，是我终于可以读到一所有完整校舍的正规中学。另一个不同，是班上大部分同学都是本地出生的，我的乡音间或会成为同学的笑资。那谈不上是歧视，却时时提醒我和别人的差异。我很快便意识到，我和我的香港同学，其实活在两个世界。例如我从不看卡通片，也不喜欢漫画，更不热衷电子游戏。而这三样东西，却是香港男生的至爱。我一直去到大学，最熟络的朋友，都是新移民。其他朋友也有类似经历。我一直不明所以，近年才体会到，虽然我们很努力将自己改造成香港人，但很多深层的文化底色，是难以抹走的。直到现在，我依然觉得我的情感结构，感受生活和观照世界的方式，和我的童年生活分不开。

我在何文田官中那一届，大约有一成是新移民。这些同学和高雷的有些不同。他们早来几年，很多从小学读起，因此较易适应香港的生活，也有较强的自信心。他们有些喜欢看课外书，关心政治时事，思想颇为成熟。中四那年，我和几位同学成立了一个读书小组，定期讨论时事，并自资手写出版一本叫《求索》的刊物，取屈原的"路漫漫其修远兮，吾将上下而求索"之意。校长有点担心，派了一位老师在我们开会时前来辅导，刊物内容亦须老师过目。我当年写了一篇文章，批评很多香港人在回归前移民他国是不应该的，结果被劝导不要发表。

我在何官的生活，大抵是愉快的，尤其何官附近是九龙中央图书馆，那真是书的天堂，满足了我如饥似渴阅读课外书的欲望。我自小沉迷阅读，但我从没想过，公共图书馆可以有那么多书供我免费借阅。那几年，我读了无数文学作品。我将金庸、梁羽生、古龙读完，又将琼瑶、严沁、琦君、张晓风、司马中原等一大堆台湾作家读完，接着读沈从文、鲁迅、周作人，然后读柏杨、钱穆、刘宾雁、殷海光等。我也学会了"打书钉"。那时除了日校，我晚上也去长沙湾元洲街一所夜中学学英文。夜中学的同学，大部分是成年的新移民，我是全班最小。学校附近有家小书店，每星期我总有一晚，偷偷逃课去那里看小说，差不多到下课时候就坐车回家，家人从来不知。那时读课外书，没功利心，没其他目的，就是单纯的享受。阅读带给我最大的好处，是我从此不会觉得生活乏味沉闷。只要有书在手，趣味便生。这一点与我有最大共鸣的，一定是我后来的中大老师沈宣仁先生。

那时的何官，有很多敬业乐业的好老师，对学生循循善诱，学习环境很不错。香港的中学是填鸭式教育，考试强调死记硬背。尽管如此，我还是享受上学，也从学习中得到乐趣。我想这多少和何官是一所中文中学有关，课本和授课都用母语。没有语言的障碍，我们能够更直接地吸收知识，更自由地展开讨论，从而更好地培养我们的知性能力和学习兴趣。这是我的读书经验，也是我现在的教学经验。我相信，在其他条件相同下，用母语去教与学，对学生成长是最有利的。[1]

但在 80 年代的香港，做一个中文中学学生受到的歧视，远远大于做一个大陆新移民。那时全香港只有极少数挂正招牌的中文中学，其中相当部分是所谓的"左派中学"。中文中学不仅是少数，而且是低人一等的少数。中中学生只可以报考高等程度会考，亦只有中文大学愿意承认这个考试。换言之，无论我们成绩多好，除了中大，其他大学的大门都不为我们而开——仅仅因为我们用中文学习。这种制度性的歧视，大大限制了中中学生的出路，更深深挫折了我们的自尊。[2]

时隔多年，我仍然记得每次步出校门，见到邻校英文中学的同学，那份又羡又妒又自卑的心情。我真的觉得中中学生被社会遗弃了，而我有太多的不解。我不解为什么我们用中文学习，就要受到整个制度的歧视，连最基本的机会也不给我们；我更不解既然丘成桐、崔琦、徐立之这些顶尖学者都是中文中学培养出来的，为什么政府不相信用中文也可以读好书。当时的我并不知道，重

1　香港推行母语教学困难重重，有许多外在原因造成，例如大学和中学授课语言的断裂，欠缺足够的教学支持，英中和中中的标签效应，以及整个社会对英文的过度崇拜等。但这些原因，都不足以证明母语教育的理念本身有什么问题。
2　我手上没有具体数据，但当时相当大比例的中中学生都是新移民。

英轻中是殖民地统治的一贯政策。而我眼见的现实是，无数学生在这个制度中受到极为不公的对待，然后被牺牲，却从来没有人为他们发过声。

七

1988 年夏天，我和国内一位同学，从广州坐火车去北京旅行。我自小喜欢中国历史，加上受武侠小说影响，对中国名山大川早已向往。旅费是兼职赚回来的，不用父母操心。我们去天安门看了升旗礼，瞻仰了毛泽东的遗体，还登上了长城。玩完北京，我们再坐火车下江南。印象最深的，是我这个南方人第一次在火车上见到极目无际的华北大平原。我倚在窗口，敞开衣裳吹着风，看着夕阳在天边被地平线徐徐吞噬，"随身听"播着齐秦的《狼》，感觉天地苍茫，美不可言。

三个星期后，当我从杭州坐火车回到广州，对中国有了很不同的感受。除了游览名胜古迹，我更近距离观察了不同地方不同老百姓的生活，尤其是在长途的硬座火车旅程中，我听到许多闻所未闻的故事，了解国内人生活的艰辛。在旅途上，当别人问我从哪里来时，我总说广东，却不愿说香港。这有安全的考虑，但我心底的确希望像他们一样，都是中国人。不同省份的人走在一起，让我有四海之内皆兄弟的感觉。我喜欢那种感觉，但对别人对自己来说，香港却好像在四海之外。

1989 年是我移民史的分水岭。在那之前，我没想过要在香港落地生根，总想着终有一天会回去。那几年，我读了不少文学作品，例如刘宾雁的《第二种忠诚》、戴厚英的《人啊，人！》、苏晓康的《自由备忘录》等，对 1949 年后的历史多了一些认识，但对中国的未来依然充满信心。我仍记得，1988 年国内有一套纪录片叫《河殇》，中央电视台拍摄，探讨的便是中国应往何处去，引起海内外很大争论。教协办了一次播映会，一次过播完六集。我一个人去看了。当看完最后一集《蔚蓝色》，步出教协时，我内心激动，深信中国只要继续改革开放，一定可以告别传统，并与象征西方的蔚蓝色文明融合，振兴中华。1989 年后，我有种强烈的无家可归的失落。回去已无可能，也无能力再度移民，留在香港，遂成了没有选择的选择。要安顿下来，第一件事是要全心接受香港的价值观，好好做个香港人。

当时我并不十分清楚这种转变的后果。但中五会考过后，在对于报读大学什么学系一事上，我经历了一次难忘的试炼。我一直的志愿是中文系，因为这是我最喜欢，也读得最好的科目。我当时已试过投稿报纸的文艺版，也参加过一些征文比赛。我特别崇拜刘宾雁，希望将来也能做个报告文学家。可是家里及老师却主张我报读最热门的工商管理，理由自然是日后的工作考虑。如果我坚持，家里大抵也会尊重我的意愿。但我自己也犹豫了。我当时的成绩，是全校最好的几个之一，担心的不是录取与否的问题。

我的困扰，在于我当时已意识到，这是两种价值观，两种不同人生道路的抉择。如果我选读商科，即意味着我日后会到商界工作，以赚钱为人生最高目标，并放弃自己喜欢的文学和历史，当然更不会有时间写作。如果我本身很喜欢工商管理，很崇拜那些亿万富豪，问题倒不大，毕竟人生总要有所取舍。但由小至大的读书熏陶，教我并不怎么向往那种生活。金庸笔下的大侠，历史中的义士，五四时期的作家，才是我欣赏的人物。

我被这个问题深深折磨，以至寝食难安。我请教过不同老师，所有老师都说，理想当不得饭吃，人始终要回到现实。然后我又发现，过去几年校内成绩最好的同学，都进了商学院。他们告诉我，如果我选读了自己喜欢却不热门的学科，很可能会后悔，因为香港是个商业社会，毕业后没什么好选择，最终还是要在市场上和人竞争。他们好像很有道理，于是我这样说服自己：既然我以香港为家，便应努力做个成功的香港人，而成功的香港人，当然是像李嘉诚那样能赚很多钱的人。要赚很多钱，自然要熟悉商业社会的运作，并在剧烈的竞争中胜出，一步一步向上爬。而要有这种竞争力，理应从大学做起。我被自己说服，最后亦如愿入读中文大学商学院。

这次抉择，对我是一种挫折，也是一种解脱。我好像放弃了一些很珍惜的东西，作了某种屈服，但我也安慰自己，以后再不用为这些问题困扰，可以安心好好努力做个有成就的香港人。事情不是如此顺利。入了中大后，我很快就发觉自己根本不适合读商学院，每天上课都是负担。这和性情志趣有关，也和自己的大学生活有关。我进大学不久，就加入《中大学生报》，积极参与学生运动，关心校政也关心香港和中国的未来，游行示威成了常事。那种生活和商学院的氛围，自是格格不入。而我在一年级时选修了哲学系陈特先生的课，对我启发很大，开始思考一些困惑已久的人生哲学问题。结果在大学头两年，我又一次面对人生何去何从的挣扎，不断追问自己活着的目的究竟是为了什么。那种纠缠，极其累人，不足为外人道。最后，在大学三年级，我立志转系，读我喜欢的哲学。

转系那天，陈特先生面试我，问我会不会后悔，我说不会。但当时我也不知道在香港读哲学，到底有什么出路。

八

如果我的挣扎，只是个人问题，那并没什么特别。实情却非如此。在我认识的朋友中，考试成绩最好的一批，当年几乎都选择了商学院，理由也差不多。这种情况在今天的香港，有过之而无不及。容我武断点说，香港的大学生，甚少是为兴趣和梦想而读书的。大部分像我一样，在未开始寻梦之前，已被现实压弯了腰，少年老成，放弃实现理想和活出自我的机会，顺从于社会设下的框框，走着一条非常相似的路。如果我们同意英国哲学家密尔的观察，人类并不是机器模塑出来的一式一样的东西，而是各有个性的独立生命，并在快乐的来源、对痛苦的感受，以及不同能力对人们所起的作用上有着巨大差异，那么就很难不同意他的结论："除非在生活方式上有相应的多元性存在，他们便不能公平地得到属于他们的幸福，也不能在精神、道德及审美方面成长到他们的本性所能达到的境界。"[1]

到底是什么力量，令这个城市一代又一代优秀的年轻心灵，即使曾经有过挣扎，最后也不得不妥协，放弃发展自己的个性和追求属于自己的幸福？而这对一个城市来说，是健康的吗？

要在香港走一条不那么主流的路，同时又能肯定自己，极为艰难。香港表面上多元，但住得久了，就会发觉它的底层有个相当单一强势的价值观。过去几十年，香港逐步发展成为繁华先进的资本

---

1 J.S.Mill, *On Liberty* (New York: Macmillan, 1956) , p.83.

主义大都会，亦使整个社会接受了一套根深蒂固的意识形态：崇尚市场竞争，拥抱个人消费主义，以追求效率、发展和无止境的财富增长作为个人事业成功和社会进步的唯一标准。在市场中，决定一个人成败得失和社会地位的，是他的经济竞争力。因此，在一个高扬"小政府大市场"的社会，每个人由一出生开始，便被训练成为市场竞争者。竞争的内在逻辑，是优胜劣汰。市场中人与人之间最基本的关系，是对手的关系，是工具性的利益关系，而不是任何休戚与共，同舟共济的合作关系。每个人都是孤零零的个体。竞争中的失败者，没有尊严可言，更没资格说应得什么，有的最多只是胜利者给予的有限度的施舍同情。

香港是这样纯粹的一个经济城市，人人以此为傲。君不见，回归十年一片歌功颂德中，经济成就不就是它唯一的卖点？！要令这个神话延续，社会必须更有效地培养出更多更纯粹的经济人，并通过各种方式，强化这种价值观是理所当然不容置疑的真理。但判断一个城市是否合理公正的其他向度，却往往被忽略，甚至被压制了。

严格来说，香港仍说不上是个现代政治城市，因为现代政治的基石，是肯定每个人都是平等的公民，享有一系列不可侵犯的基本权利，而政治权力的正当性，必须得到人民的认可接受。很可惜，政治平等仍然离香港十分遥远。而在"小政府大市场"的指导原则下，贫者愈贫，富者愈富，以致数以十万计公民活于贫穷线之下的事实，也得不到社会正视。社会公义好像从来不是香港的议题。

香港也算不上是个文化城市，因为文化城市的基本理念，是肯定文化生活作为相对独立的领域，有其自身的运作逻辑和审美标准，文化活动有其自足的内在价值，而不仅仅是经济发展的工具。

但在过去两年种种有关历史保育和文化发展的讨论中，我们却看到，整个社会是如何的缺乏历史底蕴和文化想象。香港非常有效率也非常富裕，但我们却不知道，一种相应的属于这个城市，属于每个公民的丰富而多元的文化生活，该是何种模样。我们很懂得将所有事物折算为金钱，因此海景有价，树木有价，历史建筑有价，土地有价。但我们并没想过，那些无声无息地流失的，难以用金钱衡量的历史情感记忆，同样值得这个城市好好珍惜，因为那也是我们的生活。问题并不在于如何平衡取舍，而在于很多价值根本未曾出现在我们的视野之中，连取舍也谈不上。我们往往是工具理性的巨人，价值理性的侏儒。

以上所谈的三种城市性格，是有内在张力的。要使香港成为伟大的政治和文化城市，我们便须寻找其他价值资源，开拓视野，丰富我们对美好人生和公正社会的想象，而不是永远只从单向度的经济人的观点看待世间万事。就我所观察，这套市场至上的价值观，近年变本加厉，不断被强化神化，并以各种方式渗透复制到生活其他领域，牢牢支配社会发展。

明乎此，香港很多看来荒诞之事，才变得易于理解。以母语教育为例。我们应知道，母语教育对学生的心智成长、创造力、人格培养，以至对所属传统文化的认同等，有利而无害。但中文在香港的中学和大学，却一直被视为次等语言。为什么呢？据说母语教育会使学生英文水平下降。而英文水平下降，最大问题不在于学生无法有效学习知识或接触英语文化，而在于影响学生的谋生能力，从而影响香港的经济竞争力。对学生来说，语言是、也仅仅是谋生的工具；对社会来说，学生是、也仅仅是经济发展的工具。至于外语教学会否影响学生的心智成长，打击他们的自信心和求知欲，窒碍他们批判性思维能力的发展，以至限制他们成为积极关心社会的公民，却完全在议程之外。

又例如香港的民主发展。香港既得利益集团反对加快民主步伐的主要理由，据说这样做会导致福利社会，而福利社会有碍经济发展云云。亦因此故，面对愈来愈严重的贫富悬殊，大家普遍认为只要不破坏社会安定就没问题。至于那些处于弱势的公民，是否享有公平的平等机会，是否得到政府同样的关顾尊重，以至香港的财富分配制度是否合理，却从来不曾引起什么争论。

无疑，我们可以从不同角度描述香港的城市性格，以及呈现这种性格的香港人。但在我的生活经验中，体会最深感触最大的，却是这种资本主义意识形态对人的宰制。它的力量如此强大，影响如此深远，以至成为我们日用而不知的各个生活层面的价值规范，使得我们难有空间和资源，去想象这个城市和个人生活是否有其他更好的可能。要做一个成功的香港人，首先就要将自己打造成纯粹的经济人。就此而言，界定香港人身份的，并不系于一个人的语言文化，又或出生地，而在于你是否真心诚意接受这样一套价值观。

但就其本性而言，人并不只是纯粹的经济人。除了残酷竞争和市场价值，人还有其他需要。人还需要爱，需要家庭和友谊，需要共同的社群生活，需要别人的尊重和肯认，需要活得有意义，需要政治参与和文化滋润，还需要自由和公正。这些需要，是活得幸福很重要的条件，但却往往和单向度的经济人的理念不相容。道理很简单。如果我们在生活中，只视所有人为满足自己利益的工具，我们就无法享受到真正的友谊和爱，因为友谊和爱包含了承诺和牺牲；如果生活只是一场无止境的敌我竞争，我们将难以接受对其他公民有什么道德责任；如果我们视自身只为孤零零的个体，我们便难以感受社群生活的好；如果人与人之间处于极度不平等的境况，弱势者将无从肯定自身的价值尊严。

即使一个在香港出生的人，只要你不接受自己是纯粹的经济人，在生命的不同时刻——尤其面对抉择时——内心一样会烽烟四起，承受难以言状的痛苦，一样会对这个城市有某种生活在他乡的疏离。你爱这个城市，却又觉得它并不真正属于你，因为主宰这个城市的根本价值和你格格不入。个体如此卑微，既改变不了城市分毫，却又不得不在此活下去，遂有无力和撕裂。你最后往往别无选择，只有屈服，向这个城市屈服。

那么多年来，我目睹父母亲一辈，在没有任何选择下，被迫放下生命其他价值，将自己变成彻底的经济动物，努力抚养我们成人；我目睹很多同辈的新移民朋友，由于欠缺这个社会要求的竞争力，又不能从政府中得到适当支持，被迫过早进入劳动市场，成为社会的低层劳工；我目睹更多的，是那些有理想有能力对社会有关怀的朋友，大学毕业后虽然多番坚持，最后还是不得不弃守曾经坚持的信念。在繁荣安定纸醉金迷的背后，我无时无刻不感受到，一个个独立生命为这幅图像付出的代价。当然，更加悲哀的，是我们看不到这些代价，不愿意承认这些代价，甚至讴歌这些代价。

九

由此可见，新移民面对的许多问题，并非只限于新移民。新移民家庭特别多悲剧，也许只是因为他们处于社会最底层，处境艰难，遂无力承受种种压迫。而问题的根源，说到底，实在和香港人如何看待自身有关：

我们怎样看待彼此的关系？我们是活在同一社群，共同参与公平的社会合作，还是在市场中参与一场弱肉强食的零和游戏？在种种将人的社会身份划分切割，继而产生形形色色宰制的制度中，我们能否在差异背后，看到香港人同时是自由平等的公民，理应受到政府平等的尊重和关顾？

我们怎样看待这个属于我们的城市？我们希望它只是一个有效率却冷漠，繁荣却贫富悬殊，表面多元内里却贫乏单一的暂居地，抑或一个重视公义追求民主，鼓励多元容忍异见，人人享有平等机会的共同体？

最后，我们怎样看待自己？人是什么？什么构成人的尊严和幸福？什么价值值得我们捍卫和追求？

在思考香港的未来时，我们离不开这些问题。当然，改变总是困难的。不要说整个社会，即使在个人层面，也是吃力无比。但我并不过度悲观。在每年的烛光晚会里，在七一大游行里，在一波接着一波的社会运动里，在很多朋友于每天平凡细微的生活中努力不懈活出自我和坚持某些人文价值里，我看到力量。我相信，当公民社会愈趋成熟，累积的文化资源愈加丰厚，并对主流制度和价值有更多反思批判时，我们这个城市有可能变得更好。

当我以这种角度，这份心态去理解自身和关心香港的时候，我的新移民史遂告一段落。我是以一个香港公民的身份，关心这个属于我的城市。我身在其中，无论站得多么边缘。

我也不知从什么时候开始，将香港当作自己的家。那实在是极其缓慢的过程。转折点，或许是我后来离开香港，到英国留学了好一段时间。当伦敦成了异乡，香港便成为故乡了。大约是 2002 年的夏天，我从英国回来。我再次拖着行李在深水埗行走，看着熟悉的店铺，听着熟悉的乡音，终于觉得自己回家了。这一段路，我足足走了十七年。

十

林婕死去的时候，才十八岁。她在遗书中，说："我很累，这五年来我憎恨香港，讨厌香港这个地方，我还是缅怀过去十三年在乡间的岁月，那乡土的日子。"林婕选择离开的时候，已来香港五年，并由最初的乡村小学转读一所一级中学，品学兼优，全班考试名列前茅，家里也住进了公共房屋。我曾不止一次想过，如果林婕仍然在世，今天会是如何模样。

很多人无法理解，为什么林婕会如此憎恨天堂一样的香港，为什么会觉得做一个香港人那么累，以至如此决绝地一死以求解脱。这种不解的背后，也许正正隐藏了无数新移民说不出的辛酸故事。说不出，并不在于香港没有说的自由，而在于没有那样的平台，没有那样的聆听者，甚至更在于新移民难以有足够的力量和自信，好好地理解和接受自己，并好好地面对这个城市。

香港每天有 150 个大陆新移民，每年有 54750 人，十年便有 547500 人。他们是人，是香港的公民，也是香港的未来。

初稿：2007 年 7 月 2 日

定稿：2008 年 5 月 13 日

27. 行于所当行

——我的哲学之路[1]

　　《自由人的平等政治》是一本关于罗尔斯的政治哲学的专著，里面尽是理性分析的文字。文字底层，是我走过的哲学之路。在这篇文章，我依然以罗尔斯为主线，但换一种笔触，回顾一下我的读书历程，记记途中遇到的人和事，以及我对某些问题的思考，既为自己留点记录，对读者了解我的观点，或许也有帮助。

一

　　我第一次知道罗尔斯，是在广州北京路新华书店。那是1993年暑假，我和香港中文大学一群朋友到广州购书。我清楚记得，我的哲学系师兄，也是新亚书院的室友王英瑜将一本书塞给我，说这书值得看。我瞄了一眼，书名是《正义论》，作者是约翰·罗尔斯，译者是何怀宏、何包钢和廖申白，中国社会科学出版社1988年出版。书很厚，翻到目录，全是艰涩陌生的术语，但我还是买了。我当时即将升读三年级，且已决定从商学院转到哲学系，觉得要买点

1　此文乃为拙著《自由人的平等政治》（北京：生活·读书·新知三联书店，2010）一书所写的后记。初稿承蒙石元康、钱永祥、曾诚、邓伟生及陈日东诸先生指正，谨此致谢。

哲学原著充实一下书架。

同年9月，我选修了石元康先生的"自由主义与社群主义"。这是我第一次正式接触政治哲学。上课地点在润昌堂，全班四十多人。石先生人高大，衣朴素，操国语，有威严。第一天上课，石先生携了几本书来，第一本介绍的，是《正义论》英文版。[1]石先生说，罗尔斯是当代最重要的政治哲学家，也是自由主义传统集大成者。这一门课先介绍罗尔斯，然后再看80年代兴起的社群主义对他的回应，包括桑德尔、麦金太尔和泰勒等。[2]我后来知道，石先生是华人社会最早研究罗尔斯的人，并出版了一本关于罗尔斯的专著。[3]

这门课很精彩。石先生授课，系统深入清晰，打开一扇窗，让我得见当代政治哲学的迷人风景。我第一次明白为什么正义是社会首要德性，第一次知道什么是原初状态和无知之幕，也第一次感受到观念的力量。石先生欣赏罗尔斯，但他并不十分同情自由主义，因为他觉得自由主义无法安顿人的生命，也难以建立起真正的社群。他认为人类社会由古代进入现代，经历了一次范式转移，由目的论变为机械论，由价值理性转为工具理性，而这都和韦伯提及的"世界的解咒"有关，结果是价值多元主义的出现，而自由主义则是回应现代处境的一套思想体系。自由主义强调个人自主，重视

---

1 Rawls, *A Theory of Justice* (Cambridge, Mass: Harvard University Press, 1971; revised edition 1999).
2 除了《正义论》，当时我们要读的文章，均收在一本文集之中。Shlomo Avineri & Avner de-Shalit ed. *Communitarianism and Individualism* (New York: Oxford University Press, 1992)。
3 《洛尔斯》(台北：东大图书，1989)，其后由广西师范大学出版社以《罗尔斯》为书名重印 (2004)。

基本权利，究其原因，是因为在什么是美好人生这一问题上，它承认没有客观答案，因此只能容许个人选择。[1] 石先生又认为，当代自由主义强调中立性，主张政治原则的证成不可以诉诸任何理想人生观，归根究底，是接受了价值怀疑主义或主观主义。[2] 石先生这个对自由主义的诠释，对我影响很大，也令我不安。如果自由主义的背后是价值主观主义，那么它所坚持的政治原则的客观普遍性何在？这个问题从那时候开始，一直困扰我。

初识石先生，感觉他可敬却不可近，直到学期结束时才有点改变。那门课除了考试，还有一个口试，每个学生要单独见石先生十五分钟。我是最后一位，后面没人，因此和石先生聊了很久，主要是谈麦金太尔对传统的看法。我在这门课拿了个甲等，大大增强了读哲学的信心。打那以后，无论身在哪里，我和石先生的哲学对话从没间断，包括我在英国读书时的很多通信。石先生是我见过最纯粹的知性人，所有时间均专注于哲学思考，一坐下来便可以讨论问题。和学生一起，他从不掩饰自己的观点，同时鼓励我们畅所欲言据理力争。石先生教晓我一样很基本的东西：学术是求真求对，不是客套虚应和权威。

我的大学生活，重心在学生运动，大部分时间耽在办报纸，策划论坛，又或示威抗议上。我对亚里士多德所说的玄思式人生并不向往，留在哲学系的时间很少。记得 1995 年新亚拍毕业照时，高

---

1 石元康，《当代西方自由主义理论》（上海：上海三联书店，2000）。对于现代伦理的困境，亦可参考钱永祥《纵欲与虚无之上》（北京：生活·读书·新知三联书店，2002）。
2 石元康，《政治自由主义之中立性原则及其证成》，收在刘擎、关小春编，《自由主义与中国现代性的思考》（香港：中文大学出版社，2002），页 16—20。

我一届的梁文道对我说，你将来一定会去搞政治。这多少是我给当时同学的印象。八九后九七前的香港，异常躁动。我们即将告别殖民统治，却不知前面是怎样的时代。港督彭定康的政治改革，带来中英两国政府无尽争拗，另起炉灶之声不绝，香港人身在其中，却无从置喙，感觉无力。有资格移民的，忙着执拾包袱；有钱炒股炒楼的，则希望在落日前多捞几把。

大学后期，我在学校办了几次大规模论坛。其中一次，是请来香港三大政党党魁（民主党的李柱铭、自由党的李鹏飞和民建联的曾钰成）和名嘴黄毓民，题目是"政治人物应具的道德操守"。论坛在中大的百万大道烽火台举行，近千同学出席，发言踊跃，由黄昏辩到天黑，以至要点起火水灯，在人影幢幢中交锋。现在回想，这样的论题，竟引起那么激烈的讨论，多少说明当时的大学生对现实有许多不满，却又无法参与，唯有在道德层面对政治人物月旦一番。我们的校长高锟教授在1993年获中国政府委任为港事顾问时，也引来学生强烈抗议，并要求他到烽火台公开交代，因为我们担心这样的政治委任会影响中大的学术自由。当天的交代会，出席者众，群情激昂，提出许多尖锐问题，在社会引起很大回响。今年高校长获颁诺贝尔奖物理学奖，很多媒体跑来问我十多年前的旧事，因为我是学生报记者，和高校长接触较多，也写过不少批评他的文章。只是没有了当年那层不确定的时代的底色，实在不易解释当时校园的风起云涌。

当时中大的读书圈子，最潮的可能是福柯，海德格尔也流行，《存在与时间》是很多哲学系同学的圣经，对我却没有任何影响。我是新亚人，哲学系不少老师更是钱、唐、牟诸先生的弟子，但我对新儒家谈不上有什么热情。真正吸引我的，是伦理学和政治哲学，以及和人生哲学相关的学科，例如存在主义和宗教哲学。哲学系读书风气不错，有各种读书小组，由研究生带着读。通识课程方面，较有印象的，有许宝强的"20世纪资本主义"，罗永生的"意识形态"和卢杰雄的"当代西方思潮"。这些都是相当难啃的理论课，修读的人却不少。英文系的陈清侨开了一门叫"香港制造"的新课，首次让我认真思考香港人的身份认同问题。这几位老师，现在都在岭南大学。

杂志方面，金观涛和刘青峰先生已在中大中国文化研究所主编《二十一世纪》，里面有许多好文章。台湾的《当代》经常介绍西方新思潮，我更是囫囵吞枣地追读。文学方面，校园中最流行村上春树和米兰·昆德拉。我们一群朋友也试过开读书组，一起读当代文学，包括刘以鬯、西西、黄碧云、王安忆和莫言等。那时中大时髦电影筹款，学生团体轮流在邵逸夫堂播放非主流电影，票价十元，是很好的文化活动，也是"拍拖"好去处。我印象最深的，是基耶斯洛夫斯基的一系列电影，例如《两生花》《红》《蓝》和《白》等。

时隔多年，我仍然很怀念当时的大学生活。以我参与的学生报为例，编委会有二十多人，每个月出版一期，正常四开报纸大小，每期有四十至五十页，分为校园、社会、中国、绿色、文化和论坛等版面，不仅关心大学发展，也关心香港的警权过大，珠江三角洲的民工受到的不公平对待，全球环境危机等，视野颇为开阔。我们办报没有学分，没有酬劳，甚至要为此经常逃课，但却乐此不疲，通宵达旦开会辩论采访写作，尽情燃烧我们的青春。大学四年，我几乎每晚都是三点后，才拖着疲惫身躯，在昏黄灯光下爬上新亚，一脸歉意唤醒宿舍工友帮我开门。那时也有同学自发出版形形色色的地下小报，引发很多讨论。至于大字报，更经常贴满范克廉楼学生活动中心的入口，回应者众。当时的"范记"，汇聚了学生会、学生报、国是学会、文社、青年文学奖和绿色天地等组织，什么人都有，说是卧虎藏龙也不为过。我是编辑，常常要找人访问或约人写稿，因此认识不少特立独行思想成熟，有理想有个性的同学。中大建校四十周年时，我写了一篇文章，认为中大最重要的传统，是批判精神和社会关怀。[1] 我一直认为，从上世纪 70 年代到今天，范克廉楼是这种精神的摇篮，直接影响了香港学运和社运发展。

读到四年级时，我累积了很多问题，却不知如何解决，于是有去外国读书的念头。举几个问题为例。无论是在新亚书院或在哲学系，师长常勉励我们要继承和弘扬中国文化。但在中国努力走向现代化的过程中，我们要继承传统文化的什么东西？儒家和民主真的没有矛盾，并且如牟宗三先生所说，可以从前者"开出"后者吗？长期生活在学生组织，我多少沾染一点左翼色彩，不太喜欢资本主义。但积极不干预、小政府大市场以至私有产权至上等，却被视为香港的成功基石。社会中倘若有人稍稍主张政府应该正视贫富悬殊问题，增加社会福利，总会被人口诛笔伐。我可以站在什么位置回应这些观点？此外，我当时写了不少反思大学教育的文章，愈写却愈看到理想与现实的差距，愈写愈不知在职业化商品化的大势下，大学有什么出路。这些问题深深困扰着我。

1　见本书《中大人的气象》一文。

和父母及姐姐合照，家
在广东西部化州县农村
[1981 年]

1	3
2	4

1. 和表兄表姐合照，中间的是我，背景是化州县县城 [1982 年]

2. 母亲与我 [1983 年]

3. 一家四姐弟 [1983 年]

4. 离开故乡移民香港当天，和同班同学在课室拍照留念。第二排右三是我 [1985 年]

1. 和香港中学同学合照。由于读
   的是文科班，绝大部分是女生，
   全班只有四个男生 [1991 年]

2. 香港十大杰出学生颁奖典礼，
   那一届只有我（后排右一）是
   新移民学生

1. 大学四年级时摄于中文大学百万
   大道 [1995 年]

2. 毕业那年，我和陈日东于中文大
   学百万大道 [1995 年]

1. 在约克大学读书时于约克镇 [1996 年]

2. 和博士论文指导教授 John Charvet 及同学于伦敦 [2006 年]

3. 和伦敦政经学院博士班同学合照。 同学来自五湖四海，什么国家的都 有，但相处得很好 [2000 年]

1. 相片中戴帽的，是当代著名的政治
   哲学家柯亨 (G. A. Cohen) [牛津大
   学，2006 年]

2. 这是我最常去的一家伦敦二手学
   术书店，在大英博物馆附近。书
   店有两层，哲学书在地库，曾有
   无数黄昏，我一个人在地牢静静
   看书到打烊

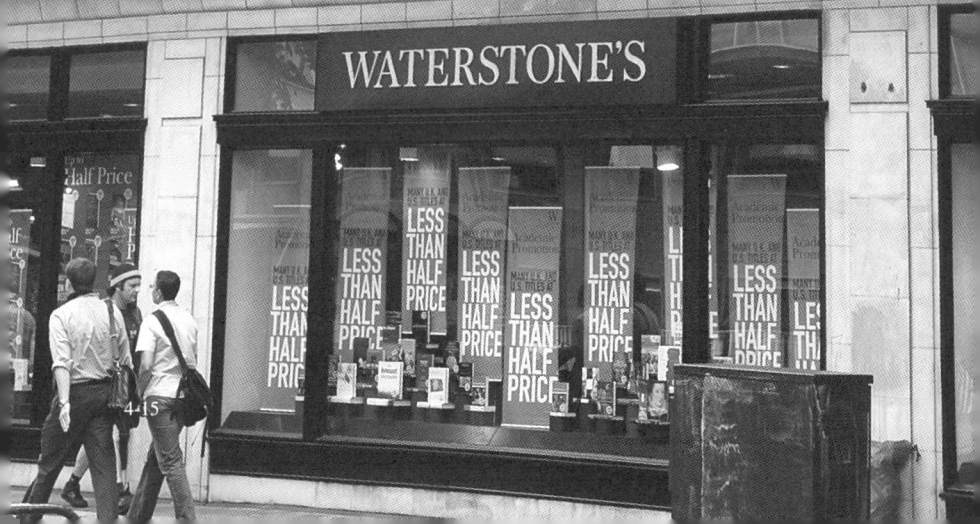

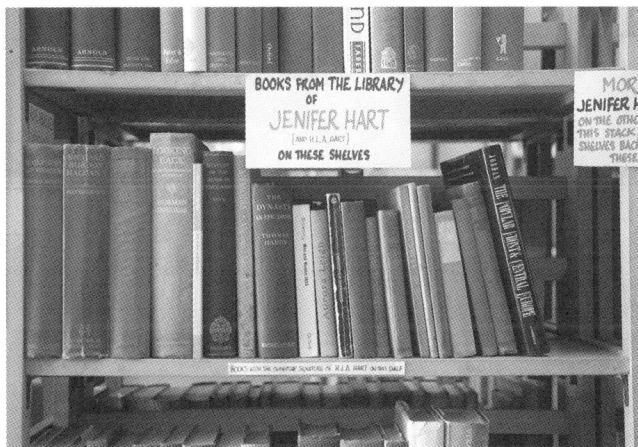

1 | 2

1. 这家书店在伦敦大学总部，号称欧洲最大的学术书店，我曾在这里兼职，天天与书海为伴

2. 牛津大学一家二手书店，安静地放售当代著名法律哲学家哈特夫妇生前藏书，隐隐透出岁月的苍凉 [2009 年]

1. 当代著名法律哲学家哈特夫妇之墓，牛津大学沃尔弗库特墓园

2. 当代著名思想史家伯林之墓，牛津大学沃尔弗库特墓园

3. 马克思之墓，伦敦高门（Highgate）墓园。墓身上方写着"全世界工人阶级团结起来"，下方写着"哲学家只是用不同方式解释世界，而问题在于改变世界"

4. 高锟校长和中大新生合照 [2003 年]

5. 和学生在学校的咖啡室无拘无束地讨论哲学，是我最享受的时光 [2011 年]

1	2	4
	3	5

1. 初到香港时，我就住在深水埗北河街这里。
   深水埗以前是全香港最贫穷，人口也最稠
   密的地区，有许多新移民和独居老人

2. 上课时讨论到"爱与正义"问题，学生偷
   拍了这张相片 [2009 年]

1995 年毕业前夕，余英时先生回来中大，参加钱穆先生百年诞辰纪念，我负责接待他。那天大清早，我陪余先生从新亚会友楼走去开会的祖尧堂。在新亚路上，他问起我对什么哲学家有兴趣，我说罗尔斯。他说罗尔斯刚出版了一本新书，对早期观点作了不少修正，值得好好读读。他说的是《政治自由主义》。[1] 我有点诧异，余先生对罗尔斯也感兴趣。更没料到的，是一年后，我在英国约克大学会以这本书作为硕士论文题目。

二

　　约克有两千年历史，是个美丽小镇，遗留下昔日的城墙、古堡和大教堂，吸引大量游客。约克大学在约克镇郊外不远，1963 年建校，是所新兴的研究型大学。大学绿草如茵，环境优美。我住的宿舍，推窗外望，总见马儿在吃草，松鼠在嬉戏。每天一大早，校园湖中的水鸭，会联群结队到宿舍窗前讨食。政治哲学在政治系是强项，有六位专任老师，还有一个研究"宽容"的中心。约克这一年，我算是开始接受较为严谨的哲学训练，既要读当代政治理论，也要研究政治思想史。硕士班的课都是研讨会形式，每次有人作报告，接着自由讨论，完了大伙儿便去酒吧喝酒。约克的生活，简单平静，是哲学思考的好地方。

　　我当时在学术上最关心的，是自由主义的中立性问题。这是极具争议性的问题，很多哲学家卷入论争，罗尔斯的政治自由主义更

1　John Rawls, *Political Liberalism*（New York: Columbia University Press, 1993; paperback edition 1996）.

是讨论焦点。[1] 以下我谈谈我的看法，因为这是我硕士论文的题目。中立性一般指在某个问题上没有立场，更不偏袒任何一方。自由主义的中立性原则，主要指政治原则的证成，不应诉诸任何整全性的宗教、哲学和道德观。这些观点包括基督教和伊斯兰教，亚里士多德和儒家的德性伦理学，也包括康德和密尔的道德哲学。这些学说的共通点，是有一套完整的伦理和意义体系，为个人生活和社会合作提供指引和规范。

不少论者认为，中立性是罗尔斯所代表的自由主义的重要特征。最明显的证据，是在《正义论》的原初状态中，立约者被一层"无知之幕"遮去他们所有的个人资料，包括人生观和世界观。这样做的目的，是保证最后得出来的正义原则，不会预设或偏好任何特定的人生观，并在不同教派中保持中立。罗尔斯为什么要这样做呢？因为他相信人是自由人，可以凭理性能力构建、修改和追求自己的人生计划。为了体现人的自由自主，所以才有这样的独特设计。中立性的背后，有着自由主义对人的特定理解。

有人马上会质疑，这样的设计，表面中立，骨子里却预设了康德式的自主伦理观，因此并非一视同仁对待所有生活方式。例如对某些宗教徒来说，个人自主根本不重要，最重要的是严格服从神的教导，并按神的旨意生活。所以，如果可以选择，他们一开始就不会进入原初状态。但这有什么问题？自由主义不可能没

---

1 除了罗尔斯，还包括 Brian Barry, Ronald Dworkin, Will Kymlicka, Charles Larmore, Alasdair MacIntyre, Thomas Nagel, Joseph Raz, Michael Sandel, George Sher, Charles Taylor, Jeremy Waldron 等。读者宜留意，"中立性"一词充满歧义，不同哲学家有不同诠释，我这里只谈罗尔斯的观点。不过，罗尔斯本人一直避免用这个词来描述他的理论。*Political Liberalism*, p.191。

有自己的底线和立场啊。罗尔斯后来说，问题可大了，因为我们活在一个多元社会，不同人有不同信仰，对于何谓美好的人生常常有合理的分歧，如果自由主义原则本身奠基于某种特定的整全性伦理观，将很难得到具有不同信仰的自由平等的公民的合理接受，从而满足不了自由主义的正当性要求。因此，自由主义必须将自己的道德基础变得更加单薄，以期在多元社会形成交叠共识。罗尔斯称此为政治自由主义。

政治自由主义有三个特点。一、正义原则的应用对象，是社会基本结构，即规范社会合作的政治法律及经济制度。二、正义原则必须将自身表述为一个自立的政治观点，独立于任何整全性的宗教和道德观，包括以康德和密尔为代表的自由主义传统；三、正义原则的内容，源于隐含在民主社会公共政治文化中的一些政治观念，其中最重要的，是"社会作为自由平等的公民共同参与的公平合作体系"此一理念。[1]罗尔斯认为，经过这样的改造，政治原则将做到真正的中立，从而令到公民从各自的人生观出发，基于不同理由也能接受政治自由主义，从而达到共识。

我对这个更为单薄的政治自由主义，甚有保留。我这里集中谈三点。

第一，政治自由主义并没改变罗尔斯最初提出来的正义原则，也没有改变自由人的平等政治这个根本理念，改变的是对这个理念的论证。为了避免争议，罗尔斯不再尝试论证一个形而上学的人性观，而是假定它早已存在于民主社会的政治文化当中，并得到广泛

1　*Political Liberalism*, pp.11-15.

认同，因而可以作为理论的出发点。这个假定实在过于乐观。如果民主社会真的如此多元，那么在政治领域，"人作为自由平等的理性存有"这个观念，必定同样充满争议。退一步，即使这个观念得到广泛认同，我们也需要知道，为什么它是道德上可取的。这是两个不同的问题。例如我们为什么应将发展人的自主的道德能力作为公民的最高序旨趣（highest-order interest）？当这个旨趣和人在非政治领域持有的信念冲突时，为什么前者有优先性？罗尔斯当然不能说，因为这是社会共识，所以是对的。他必须提出进一步的理由支持他的立场。我们很难相信，这些理由可以一直停留在政治领域，而不去到有关人性和人的根本利益的讨论。

此外，我们应留意，政治自由主义并不适用于非自由民主的社会，因为它们尚未发展出罗尔斯要求的政治文化。于是出现这样的两难：最迫切需要自由主义的国家，是那些最欠缺民主文化的国家，但在这些国家，交叠共识却绝无可能，自由主义于是只能保持沉默。自由主义若要开口，难免和其他敌对的政治伦理观针锋相对，并须全面论证为什么它对人和社会的理解，是最合理和最可取的。形象化点说，在意识形态的竞技场中，自由主义不是站在各方之外并保持中立的裁判，而是身在场中的参赛者。不少论者以为政治自由主义较为单薄，所以较容易和不同的传统文化兼容，却没有留意到，交叠共识必须以深厚的自由民主文化为前提。

第二，政治自由主义和传统自由主义的最大分别，是前者将自己局限于政治领域，后者却不如此自我设限。以密尔为例，他不仅将发展人的个体性视为"伤害原则"的道德基础，同时也作为实现个人幸福不可或缺的条件。对密尔来说，一个真正的自由主义者，无论在公在私，均应服膺自由主义的基本信念，培养自由心智，宽容异见，活出自我。政治自由主义却认为，正义原则的证成和人们对幸福生活的追求，属于两个彼此不相属的范畴，人们可以一方面在政治领域接受"自由平等的政治人"这个公民身份，同时在其他领域接受非自由主义的宗教和伦理观，并拥有其他身份。既然有不同身份，难免有冲突的可能。当冲突出现时，人们为何应该无条件地给予正义原则优先性？对罗尔斯来说，政治人的身份不是众多身份之一，而是在所有身份中占有最高的位置。正当优先于"好"，是他的理论的内在要求。[1] 要保证这点，政治身份便不能和人们的人生观恒常处于对立和分裂状态，因为后者是个人安身立命的基础，并构成人们行动的理由。因此，要证成政治价值的优先性，实有必要将政治人的观念置放在一个更宽广的伦理背景中，从而使得生命不同部分具有某种统一性。很可惜，政治自由主义走的不是这样一条整合之路。

第三，政治自由主义面对多元世界的方法，是从罗尔斯所称的公民社会的"背景文化"中撤退出来，不再就"如何活出美好人生"这类问题为公民提供指引。背景文化指的是人们在非政治领域形成的社会文化，包括人与人在家庭、教会、学校和其他团体中的交往，也包括为人们提供生命意义和行为指导的宗教、哲学和伦理观。罗尔斯认为，为了寻求共识，政治自由主义不应介入任何背景文化的争论，也不应对人们的生活选择下价值判断，甚至要和自由

1　详细讨论可参考拙著《自由人的平等政治》（北京：生活·读书·新知三联书店，2010），第6章。

主义传统本身保持距离。自由主义作为一种人生哲学，只是众多生活方式的其中一种，并不享有任何特权。

这样的文化中立，目的是希望包容更多非自由主义的教义和学说，并容许它们自由发展。罗尔斯没有考虑到的是，如果这些教义在社会中影响愈来愈大，并控制公共讨论的话语权时，有可能会反噬自由主义的基本原则，甚至会在某些社会议题上主张限制公民的基本权利。这绝非危言耸听。原教旨主义、种族主义和极端民族主义，常会出现这样的情况。罗尔斯或会回应说，只要这些教义继续尊重政治自由主义的基本原则，便不成问题。麻烦却在于，如果相信这些教义的人在他们的生活中，早已不认同自由主义是个值得追求的理想，他们便没有理由要尊重政治原则的优先性。他们的服从，可能只是权宜之计。但我们也发觉，在民主社会，不少宗教团体乐意接受自由主义的规范。为什么呢？那是因为这些团体早已完成"自由主义化"的过程，将自由主义的基本理念内化成信仰的一部分。这些理念包括道德平等、个人自主、基本权利和宽容等。经过这样的转化，他们不再觉得尊重他人的信仰自由，是不得已的政治道德妥协，而视之为现代社会生活的基本要求。同样道理，他们也可能接受幸福人生的必要条件，是个体必须有自由选择和认同自己的人生计划。但对政治自由主义来说，这样的内化工作不应该由国家来做。

我认为，一个真正的自由主义社会，必须培养出相信自由主义的公民。自由主义不应只是一种制度安排，同时也应是一种生活方式。只有这样，公民才会有充足理由接受正义原则的优先性，才会真心支持自由主义的社会改革，也才能令一个健康稳定的民主社会成为可能。基于此，我不认为用中立性原则来定义自由主义是妥当做法。自由主义有一套完整的政治道德观，坚持自由平等，重视社会正义，主张培养公民德性，并希望每个公民成为自由人。它不可能也不应该在不同价值观之间保持中立。在不违反正义原则的前提下，自由主义主张包容不同的生活方式，理由是尊重个人自主，而非担心缺乏共识，又或相信价值虚无主义。相较罗尔斯将自由主义愈变愈单薄，我倒认为应提倡一种"厚实"的自由主义，尽可能将自由主义理解为一套具普遍性和整体性的政治伦理观，不仅适用于政治领域，同时也适用于社会、经济、文化、教育乃至个人生活等领域。这样的自由主义，一方面可以在制度上有效回应现代社会的挑战，另一方面能够吸引更多人在生活中成为自由主义者。

三

1996 年完成论文后，已是初秋，我抱着忐忑的心情，从约克南下，去伦敦政经学院找我后来的老师硕维（John Charvet）教授。英国的博士制度，仍然是师徒制，一开始就要选定指导老师，并由老师带着做研究。所以，在正式申请学校前，最好和老师见见面，讨论一下研究计划，并看看双方意愿。约克大学的老师说，硕维在政经学院的名气不是最大，却是最好的师傅，推荐我去跟他。

政治系在 King's Chamber，一幢古老的三层红砖建筑，楼梯窄得只够一个人走。我爬上三楼，初会我的老师。硕维教授穿着西服，温文随和，说话慢条斯理，典型的英国绅士。我说，我想研究伯林和罗尔斯，主题是多元主义和自由主义。这个题目并不新鲜，因为行内谁都知道多元主义在他们思想中的位置。但我当时已很困惑于这样的问题：如果价值有不同来源，公民有多元信仰，如何可能证成一组合理的政治原则？这组原则为什么是自由主义，而不是别的理论？硕维同意我的研究方向，并说伯林是他60年代在牛津时的指导老师。他又告诉我，当时整个英国都没人在意政治哲学，牛津甚至没有政治哲学这一门课。直到《正义论》出来，情况才有所改变。

那天下午，我们谈得很愉快。临走，硕维说，他乐意指导我。退出老师的办公室，我松了口气，终于有心情在校园逛逛。我先去哲学系参观，见到波普尔（Karl R. Popper）的铜像放在走廊一角，一脸肃穆。然后去了经济系，却找不到哈耶克的影子。我见天色尚早，突然有去探访马克思的念头。马克思葬在伦敦北部的高门墓地，离市中心不太远，但我却坐错了车，待去到墓园，已是黄昏，四周静寂，只见形态各异的墓碑，在柔弱晚照中默然而立。马克思在墓园深处，墓碑上立着他的大头像，样子威严，眼神深邃。墓身上方写着"全世界工人团结起来"，下方写着"哲学家们只是用不同的方式解释世界，而问题在于改变世界"——这是《关于费尔巴哈的提纲》的最后一条，写于1845年。[1]

马克思的斜对面，低调地躺着另一位曾经叱咤一时的哲学家斯宾塞（1820—1903）。斯宾塞的墓很小，如果不留心，很难发现。

1　Karl Marx, *Selected Writings*, ed. David McLellan（New York: Oxford University Press, 1977），p.158. 中文版见《马克思恩格斯选集》，第一卷（北京：人民出版社，1972），页19。

斯宾塞是社会进化论者，当年读完达尔文的《物种起源》后，第一个提出"适者生存"的概念，对留学英国的严复影响甚深。[1] 严复后来将赫胥黎的《天演论》和斯宾塞的《群学肄言》译成中文，并主张"物竞天择，适者生存"，影响无数中国知识分子。[2] 百年后，浪花淘尽英雄，我这样一个中国青年，孑然一身立于两位哲人中间，回首来时那条丛林掩映的曲径，真有"逝者如斯夫，不舍昼夜"之叹。

马克思是我认识的第一位哲学家。早在80年代中移民香港前，已在国内初中政治课听过他的名字。我甚至记得，当年曾认真地问过老师，共产主义真的会来吗？老师说，一定的，这是历史发展的必然规律。我不知所以然，但老师既说得那么肯定，我遂深信不疑，开始数算2000年实现四个现代化后，离共产社会还有多远。当天站在马克思墓前，少年梦想早已远去，真正震撼我的，是看到墓碑上那句对哲学家的嘲讽。难道不是吗？如果哲学家只是在书斋里空谈理论，对改变世界毫无作用，那么我决心以政治哲学为志业，所为何事？这对踌躇满志的我，有如棒喝。

马克思的观点，表面看似乎是这样：哲学家只懂得提出抽象的理论解释世界，却对改变世界毫无帮助。真正重要的，是推翻资本主义，消灭阶级对立，解放全人类。改变的力量，来自全世界的工人无产阶级。如果这是个全称命题，并包括马克思在内，那显然没

1　对于这一点，可参考 Benjamin Schwartz, *In Search of Power and Wealth: Yen Fu and the West* (Cambridge, Mass: Harvard University Press, 1964)。

2　"适者生存"首次出现在斯宾塞的著作《生物学原理》(*Principles of Biology*, 1864) 中。《群学肄言》(*The Study of Sociology*) 中译本在1903年由商务印书馆出版，《天演论》(*Evolution and Ethics*) 则在1905年出版。

有道理，因为马克思一生大部分时间都在从事理论工作。如果理论没用，那我们不用读他的《资本论》了。马克思也没理由说自己不是哲学家，他的博士论文写的是希腊哲学，而他的历史唯物主义更在解释人类发展的内在规律。回到这句话的语境，马克思的观点应是：费尔巴哈和其他哲学家对哲学的理解出了问题。

问题出在哪里？这要回到费尔巴哈的哲学观。费尔巴哈在《基督教的本质》中提出一个革命性的观点：人不是按神的形象而被创造，而是反过来，上帝是按人的形象而被创造，然后将其安放在外在超越的位置加以膜拜。上帝不是客观真实的存有，而是有限的个体将人性中最理想和最纯粹的特质（知识、能力和善心等），投射为完美上帝的理念，但人自己却没有意识到这一事实。宗教异化由此而生，因为个体将本来属于人作为"类存在"的本质误当为上帝的本质，并受其支配。哲学的任务，是透过概念分析，揭示这种虚假状态，恢复人类本真的自我意识，成为自由自主的人。费尔巴哈明白表示："我们的任务，便正在于证明，属神的东西跟属人的东西的对立，是一种虚幻的对立，它不过是人的本质跟人的个体之间的对立。"[1] 由于宗教是所有虚假的源头，因此哲学对宗教的颠覆，是人类解放的必要条件。

马克思认同费尔巴哈的目标，却认为单凭哲学解释，根本不能建立一个自由平等的社群，因为导致异化的真正源头，并非人类缺乏哲学的明晰和清楚的自我意识，而是由资本主义的经济和社会结

---

1 Ludwig Feuerbach, *The Essence of Christianity*, trans. George Eliot (New York: Harper & Brothers, 1957), pp.13-14. 中译本，《基督教的本质》，荣震华译（北京：商务印书馆，1984），页44。

构造成。[1] 要克服异化，就必须改变产生虚假意识的社会制度。再者，费尔巴哈或许以为单凭纯粹的哲学思辨，能为社会批判找到独立基础，但下层建筑决定上层建筑，如果不先改变经济结构，人们的宗教观和哲学观根本难以超越时代的限制。

单凭哲学解释不足以改变世界，这点我没有异议。但改变世界可以不需要哲学吗？我想，马克思本人也不会接受这点。改变世界之前，我们需要先回答两个问题。一、必须清楚当下的世界为何不义，否则我们不知道为何要革命。二、必须了解革命后的世界为何理想，否则我们不知道革命是否值得。这两个都是规范性问题，需要政治哲学来回答。对于第一个问题，我相信马克思会说，资本主义之所以不义，是因为阶级对立导致严重剥削，私产制和过度分工导致工人异化，意识形态导致人们活得不真实，自利主义导致社群生活无从建立等。[2] 对于第二个问题，马克思会说，共产主义社会是个没有阶级没有剥削没有异化，人人能够实现类存在的理想世界。由此可见，改变世界之前，马克思同样需要一套政治道德理论，并以此解释和批判世界。

马克思（以及马克思主义者）如果不同意这个说法，可以有两种回应。第一，科学社会主义不需要谈道德，因为根据辩证法和历史唯物论，随着人类生产力的提高，既有的资本主义生产关系必然阻碍生产力进一步发展，并使得资产阶级和无产阶级矛盾加剧，最

1　以下讨论主要得益于 G. A.Cohen, *If You're an Egalitarian, How Come You're so Rich*？(Cambridge, Mass.: Harvard University Press, 2000)，pp.93-100。

2　马克思对资本主义的批判，以及对自由主义及社会分配的看法，可参考《论犹太人问题》《经济学与哲学手稿》《哥达纲领批判》等文章。

后导致革命，将人类带进社会主义的历史新阶段。[1] 既然历史有客观的发展规律，不以个人意志为转移，那么根本没必要纠缠于没完没了的道德争论。哲学家要做的，是帮助无产阶级客观认识这个规律，激起他们的阶级意识，加速革命完成。

一个世纪过去，社会主义的实验，翻天覆地，到了今天恐怕再没有人如此乐观地相信历史决定论。资本主义经历了不少危机，但离末路尚远，而且也没有人肯定，末路的最后必然是社会主义。即使是社会主义，也不见得那便是理想的历史终结。此外，第二次世界大战后福利国家的发展，大大缓和阶级矛盾，而工人阶级也没有明确的共同利益，促使他们联合起来颠覆既有制度。最后，社会主义作为一种理想社会的政治想象，无论在西方还是中国，吸引力已大减。在这种革命目标受到质疑、革命动力难以凝聚的处境中，马克思主义或者广义的左翼传统，如果要继续对资本主义的批判，并希望通过批判吸引更多同路人，那么批判的基础应该是道德和政治哲学，而非历史唯物论。

第二种回应，则认为即使我们想谈道德，也不可能摆脱资本主义意识形态的控制来谈。马克思认为，不是主观意识决定人的存在，而是社会存在决定人的意识。社会存在的基础有赖总体生产关系决定的经济结构，这个基础决定了法律、政治、宗教和道德这些上层建筑，并限定了人们看世界的方式。因此，资本主义社会中控制了生产工具的资本家，为了一己利益，总会千方百计将他们的价值观灌输给被统治者，并让他们相信资产阶级的利益就是他们自己

1　关于马克思的唯物史观，可看《〈政治经济学批判〉序言》。

的利益。在这种情况下，如果不先改变经济制度，任何真正的道德批判都不可能。

我不接受这种经济决定论。[1] 无可否认，人的思考必然受限于他所处的社会和历史条件，但人的反省意识和价值意识，却使人有能力对这些条件本身作出后设批判。面对当下的制度和观念，我们总可以问："这样的制度真的合理吗？我们非得用这些观念来理解自身和世界吗？我们有理由接受这样的社会分配吗？"原则上，理性反省没有疆界。这是人之所以为自由存有的基本意涵。如果否定这一点，我们无法解释，为什么青年马克思能够写出《论犹太人问题》和《1844 年经济学哲学手稿》这些批判资本主义的经典之作。我们也不能说，只有像马克思这样的先知，恰巧站在历史那一点，才使他能够超越虚假意识，洞察真相。如果真是那样，在全球资本主义兴旺发展的今天，左翼岂非更难找到社会批判的立足点？

所以，回到马克思那句话，我宁愿改为：哲学家们以不同的方式解释世界，问题是哪种解释才是合理的。不过，这里的"解释"，涵盖了理解、证成和批判。这是政治哲学责无旁贷的工作。政治哲学既要对现实世界和人类生存处境有正确认识，同时要证成合理的社会政治原则，并以此作为社会改革的方向。就此而言，理论和实践并非二分，更非对立，而是彼此互动。理论思考的过程，即在打破主流意识形态的支配，扩充我们对道德和政治生活的想象，并为社会批判提供基础。

---

1 我认为马克思也不可能接受这种决定论，否则他难以解释他本人如何能够超越身处的时代，对资本主义作出批判。

一旦将马克思视为政治哲学家，我们遂可以将他的观点和其他理论互作对照。让我们以社会财富分配为例，看看代表左翼的马克思和代表自由主义的罗尔斯的观点有何不同。在《哥达纲领批判》（1875）这篇经典文章中，马克思罕有地谈及日后共产社会的分配问题。在共产主义初级阶段，由于尚未完全摆脱资本主义的烙印，分配原则是按劳分配，即根据生产过程中付出的劳动力多寡决定个人所得，劳动成果应该全部归于劳动者。这体现了某种平等权利，因为它用了一个相同标准去衡量和分配所得。马克思却认为，这正是按劳分配的缺陷，因为它忽略了其他方面的道德考虑。例如人在体力和智力上的差异，必然导致劳动力不平等。生产力高的人，收入一定远较老弱伤残者高。此外，这个原则也没有考虑到每个人社会背景的差异。对结了婚或家有孩子的工人来说，即使付出和别人相同的劳力，拿到一样工资，实际上并不平等，因为他的家庭负担重得多。所以，按劳分配并不是合理的社会分配原则。

　　马克思声称，"为避免所有这些缺点，本来平等的权利必须改为不平等。"那么该如何改呢？我们期待他提出更合理的建议。谁知去到这里，马克思笔锋一转，声称这些缺点在共产社会初级阶段是不可避免的，因为分配原则永远不能超越社会的经济结构和文化发展。只有去到共产社会更高阶段，生产力的高度发展彻底解决资源匮乏问题，劳动不再只是维生的手段，而是生命的主要欲望后，我们才能够完全克服"谁有权应得多少"这类资本主义社会残存的问题，并最终实现"各尽所能，各取所需"。

　　对于马克思的答案，我们可以提出两个质疑。第一，马克思并没有告诉我们，在共产主义未实现之前，怎样的财富分配是合理公正的。他只以一个历史发展的许诺安慰活在当下的人，但这个许诺实在太遥远了。要知道，社会资源的分配，直接影响每个人的生命。我们能否实现自己的人生理想，能否享有幸福的家庭生活，能否得到别人的肯定和尊重，都和我们在制度中可以分得多少资源息息相关。因此，作为平等公民，我们有正当的权利，要求公正的社会分配。马克思或许会说，非不欲也，实不能也，因为历史条件限制了所有可能性。但为什么不能呢？今天很多资本主义福利社会，早已为公民提供各种社会福利，包括医疗、教育、房屋、失业和退休保障，以及对老弱病残者提供的特殊照料。当然，这些措施或许仍然不足，但不是远较简单的按劳分配来得合理吗？

第二，马克思所许诺的共产主义社会，其实并没有处理到分配问题，而是将分配问题出现的环境消解了。分配问题之所以会出现，主要是由于社会资源相对不足以及参与生产合作的人对自己应得多少份额有不同诉求。但去到共产社会，生产力的进步令物质丰盛到能够让每个人得到全面发展，而生产者又不再视劳动本身为不得已的负担，那么分配问题早已不再存在。钱永祥先生因此认为："在这个意义上，'各取所需'不再是分配原则，因为无限的资源加上'应得'概念的失去意义，已经没有'分配'这件事可言了。"[1] 历史发展到今天，即使是最乐观的马克思主义者，也得承认地球资源有限，如果人类继续以目前的模式消费，很快将要面对严重的环境和能源危机。既然资源无限的假设不切实际，社会正义问题便须认

1　钱永祥，《社会主义如何参考自由主义：读曹天予》，《思想》，第 10 期 (2008)，
　　页 262。作者也多谢钱先生就此问题的交流。

真面对。

罗尔斯和马克思有类似的问题意识，答案却很不一样。罗尔斯的问题是：在资源相对贫乏的情况下，如果自由平等的公民要进行公平的社会合作，应该根据什么原则来分配合作所得？罗尔斯的答案，是他有名的差异原则，即资源的不平等分配，必须对社会中的最弱势者最为有利。这些最弱势者，指经济竞争力较低的人，包括老弱伤残及低收入者。[1] 罗尔斯认为，经济不平等的根源，很大程度源于人的先天能力和后天环境的差异。如果我们接受道德平等，便不应该任由这些差异影响每个公民的正当所得。于是有了他那著名的无知之幕的设计，将这些任意的不平等因素遮去，确保每个合作者在对等位置上商讨出大家都能接受的原则，而差异原则正是他们的理性选择。罗尔斯心目中的公正社会，是一个人人平等且共同富裕的社会：公民享有基本的公民和政治权利，拥有公平的机会平等，而在实行市场经济的同时，政府须通过累进税、遗产税及其他措施，提供各种社会保障，并尽量避免生产工具和社会财富过度集中在少数人手中。罗尔斯称这个社会为财产拥有民主制（property-owning democracy）或自由主义式的社会主义政体（liberal socialist regime）。[2]

马克思说，我们应该改变世界，令世界变得更美好更公正。没有人会反对这点。但正义的标准是什么？社会资源应该如何分配，人与人之间应该存在怎样的道德关系，才满足正义的要求？这是所

1　Rawls, *A Theory of Justice*, p.302/266 rev.

2　Rawls, *A Theory of Justice*, revised edition, p.xv.

有政治社群必须认真对待的问题。如果正义是社会的首要德性，政治哲学则是政治社群的首要学问。我以上的讨论旨在指出，一旦历史没有必然，一旦我们恒久处在资源有限诉求不断的环境，一旦我们意欲好好活在一起，那么我们必须善用理性，善用人类累积的道德资源，共同构建和追求一个自由平等的公正社会。这既是国家对公民的责任，亦是政治正当性的基础。罗尔斯的正义理论，回应了马克思提出但其本人没有回答的问题。如果其他理论不满意罗尔斯的答案，他们必须提出实质的道德论证，并为心目中的正义社会图像作出辩护。

四

1997 年，我回到香港。这一年，香港从英国的殖民地，变为中国的特别行政区。6 月 30 日那夜，我作为香港某报的记者，穿梭在湾仔会议展览中心和中环立法会大楼之间，在人山人海中感受历史的巨变。那一夜，有人狂欢，有人愤怒，有人惶惑，有人伤感。而我，一个 80 年代从大陆移居香港的新移民，一个经历 1989 的青年，一个决心以香港为家的公民，心情更是混杂。[1] 那一夜，我在报馆工作到深夜，然后在滂沱大雨的 7 月 1 日清早，在电视上看着解放军的军车，一辆接着一辆，缓缓开入城中。那一刻，我终于意识到，香港变天了。眨眼间，回归又已逾十年，香港这个属于我们的城市，应该如何走下去？作为香港人，我们对它有怎样的期望？我们身在其中，可以做些什么令它变得好一点？这是我长期思考的问

1　详见本书第 26 章。

题。以下我将以一个香港人的身份，从政治哲学的观点，谈谈我的想法。[1]

在香港，最主流最强势的论述，是将香港当作一个纯粹的经济城市。如何在全球资本主义体系中，维持和巩固它的竞争力，更是整个社会的首要目标。目标既然已定，剩下的便是用什么方法达到这个目标。而所有和这个目标不兼容的理念制度和生活实践，都被边缘化或被消灭。这种城市想象的潜台词，是香港不是和不应该是一个政治城市，因为过于政治化不利香港的繁荣安定。因此，普选民主应该缓行，社会公义最好少谈，既有的游戏规则尽量维持。这种情况必须改变。改变的前提，是香港人必须有另一种城市想象，将香港理解为自由平等的政治城市。这种探索，对香港正在讨论的政制改革争论，相关且必要。原因很简单，如果我们仍然困于经济城市的想象，无法确立政治领域的独立性优先性，那么所有政治改革的诉求，都难以摆脱经济发展至上的限制。

作为发达的资本主义城市，香港社会每个环节，都服膺市场竞争逻辑，并将经济效率和工具理性发挥得淋漓尽致，成为彻底的商品化社会。对很多人来说，香港本身是个大市场，里面的人全是纯粹的经济人。政府的角色，就是维持市场有效运作，其他尽量少管。市场的逻辑，是优胜劣败，适者生存。经济人的目的，是个人利益极大化，人与人之间只有工具性的利害关系。在这样的环境，每个人从出生开始，就被训练得务实计算，学会增值竞争，更视财

1　我特别强调自己香港人的身份，因为我想表明，以下所有对香港的批评，同时也是自我批评；所有对香港未来的期许，同时也是自我期许。

富累积为幸福人生的必要甚至充分条件。不少人认为，这是香港成功的秘诀，并主张变本加厉，将下一代打造成更有竞争力的经济人，并将市场逻辑扩展到非经济的教育文化环境保育等领域。

问题却在于，香港人甘心将香港这片土地只当成赤裸裸的市场，并视自身为纯粹的经济人吗？近年愈来愈多人开始质疑这个模式，因为这样的生活并不美好。剧烈的竞争和异化的工作，巨大的贫富悬殊和严重的机会不平等，疏离的人际关系和贫乏的精神生活，还有过度的物欲主义和消费主义对人的支配，都令香港人活得苦不堪言。经济发展的终极目标，理应是改善人的生活，使每个人活得自由自主，有效实现自己的人生理想，并在社会关系中受到平等尊重。如果目前的制度使我们活得愈来愈差，我们没理由不努力谋求改变。另一方面，香港近年社会运动不断，公民意识逐步成熟，呼唤政治改革的声音日益壮大。香港人一旦脱离殖民地统治，意识到自己是这个城市的主人，他们自然不可能再接受政治权力操控在少数人手中，不可能容忍这个整体十分富裕的城市却有那么多人活在贫穷之中，更不可能忍受文化和精神生活长期受压于单向度的经济思维。

香港需要新的定位，并对这个城市有新的期许。我们正站在这样的历史门槛。问题不在于要不要跨过去，而在于如何跨过去，跨过去后往哪个方向走。要回答这个问题，关键在香港人如何建构对这个城市的想象。[1]

1　对于"社会想象"（social imaginary）此一概念，可参考 Charles Taylor, *Modern Social Imaginaries* (Durham and London: Duke University Press, 2004), pp.23-30。

沿用罗尔斯的思路，我认为，香港人应视香港为自由平等的公民走在一起进行公平合作的政治社群。这个社群，根据《基本法》规定，是中国的一部分，却享有高度的自治权力，包括行政、立法和独立的司法权。我们称它为特别行政区。特区是个政治概念，而不是个行政概念。"高度自治"意味着香港人理应有相当大的政治自主空间，构想规划和打造这个属于自己的城市的未来。

既然每个人都是自由平等的公民，并愿意在公平的条件下进行合作，我们便不应将特区当作市场，并用市场逻辑决定政治权力和社会文化资源的分配。例如我们不能说，谁的钱多谁便应拥有多一些政治权利，因为这违反政治平等；我们也不能说，谁是市场的胜出者就应占有一切，因为公平合作要求资源分配必须满足正义的要求。就此而言，特区政府有她独特的政治角色和道德使命。特区拥有制定法律、设立制度、分配资源和要求公民绝对服从的权力，因此它必须重视政治正当性问题，并让公民知道，基于什么道德理由，它可以拥有管治香港的权力。如果我们相信主权在民，那么政治权力的正当运用，必须满足两个条件。一、政府必须得到自由平等公民的充分认可。一人一票的民主选举，是体现这种认可的有效机制。二、政府必须重视社会正义，给予公民平等的尊重和关怀，确保社会资源得到合理分配，并充分保障公民的基本自由和权利。这是现代政治最基本的要求。中国总理温家宝也为政府施政定下这样的使命："尊重每一个人，维护每一个人的合法权益，在自由平等的条件下，为每一个人创造全面发展的机会。如果说发展经济、改善民生是政府的天职，那么推动社会公平正义就是政府的良心。"[1]以我的理解，这里的良心是指政府的道德责任。

有趣的是，特区政府常常强调它的管治理念是"小政府大市场"。就字面解，这是指政府尽可能将自己的权力和功能缩减到最小，然后将大部分社会及经济问题交由市场解决。这个说法，既不正确亦不可取。首先，香港早已不是放任自由主义哲学家诺齐克笔下的"小政府"。[2]例如香港有十二年的义务教育，近乎免费的公立医疗服务，相当部分人口住在政府兴建的公共房屋，还有政府提供的不同社会保障。这些福利是否足够，另当别论，但政府却绝对算不上什么也不管的"小政府"。[3]

其次，这种抑政府扬市场的思路，会严重窒碍香港的政治发展。我们知道，市场和政府根本不应处于对等位置。市场只是政治社群的一个环节，政府才是特区的最高管治者，负有不可推卸的追求公义和促进人民福祉的责任。在制度上，政府必定优先于市场。政府是市场规则的制订者和监管者，并通过征税及其他措施，决定个人在经济活动的合理所得。[4]市场从来不是自足独立的领域，并凌驾于政府之上。市场有它的重要价值，但市场导致的结果往往并不公正，而市场本身却不能自动纠正这些不公正。所以，如果放任

---

1 温家宝连任总理后首场记者招待会的讲话，转载自《南风窗》，2008 年第 7 期，页 29。
2 Nozick, *Anarchy, State and Utopia* (Blackwell, 1974)，p.ix.
3 以 2007—2008 年度为例，教育占政府总开支 22.8%，社会福利占 16%，医疗卫生占 14.7%。
4 或许有人以为凡是市场竞争的结果都是一个人所应得的，这其实是一误解。市场是基本制度的一部分，一个人最后所得多少，是由整个制度来决定的。

的市场竞争导致贫富悬殊，老弱无依，机会不平等，甚至金权和财阀政治，那么一个重视社会正义的政府，自然有必要对市场作出监管。我这里并非主张政府要凡事干预，而是指出在概念上和法理上，我们必须将政府和市场的角色和功能作出清楚区分。如果政府自甘作小，放弃很多理应由她承担的政治和道德责任，那是不必要的自我设限和自我矮化。

既然政治优先于市场，那么在公共生活中，政治人的身份自然优先于经济人。政治人的身份，我们称为公民。这个身份，赋予每个人平等的政治权利，并承担相应的政治义务。在日常生活中，我们会由于自愿或非自愿的原因，和他人建立不同关系，因而拥有不同身份，这些身份衍生出相应的权利和义务。例如我是某人的儿子，某所学校的毕业生，某家公司的雇员等。但作为政治社群的一员，不管所有别的差异，我们都是平等的公民，并应得到政府的平等对待。当这个身份和其他身份发生冲突时，公民身份有优先性。基于此，我们不容许宗教团体限制人们信教和脱教的自由，因为信仰自由是公民的基本权利；我们也不容许公司为了成本和经济效益，剥夺公民理应享有的劳工福利；我们甚至不容许政府本身损害宪法赋予公民的基本权利。

有人或会问，人世间充满不平等，为什么我们要如此在乎公民平等？这必然是因为公民之间具有某种道德关系。试想象，如果我们只是纯粹的经济人，社会则被当作市场的话，我们很难接受对弱者有什么道德义务，亦不会认为政府有责任为他们做些什么。公民身份体现了这样的道德关怀：作为政治共同体的成员，我们愿意平等相待，并分担彼此的命运。公民权的实质内容，需要通过公开讨论和正当程序，才能确定下来。我这里强调的，是政治社群的道德意涵。我们甚至可以说，任何政治社群都是道德社群，都预设了人与人之间某种非工具性的道德承担。如果我们依然视这个城市为殖民地的延续，又或一群经济人凑合在一起的利益竞逐之地，那是香港人的悲哀。我们有幸活在一起，理应善待自己，善待彼此。

香港要完成这种自我定位的转变，必要条件是港人培养出积极的公民意识。公民意识的培养，和教育密不可分。教育的场所，不必限于书本和学校，而可以扩展到社会运动和各种形式的公共讨论。但这里所指的教育，并非教条式的爱国主义和民族主义教育，要求个人放弃独立思考，无条件服从集体。恰恰相反，它肯定个体独立自主，鼓励人们参与公共事务，并承担起应有的公民责任。就此而言，公民教育和通识教育的目的，是培养学生的价值意识和批判意识。但在目前日趋职业化、技术化和市场化的大环境中，要实践这种理念，实在举步维艰。这又和前述的城市想象相关。我们知道，教育有两个基本目的：一、为社会培养人才；二、促进个人福祉。问题的关键是：我们想要怎样的社会？什么构成人的幸福生活？如果香港只是一个单向度的经济社会，那么所期待的人才，自然也是单向度的经济人：务实，讲求效率，重视工具理性，利己主义，以及维护社会建制等。在这种教育思维中，批判意识和价值意识根本没有位置。同样道理，一旦如此理解人，我们就很容易将幸福生活和经济地位的高低挂钩，却和公民身份的实践变得毫无关系。

回归已逾十年，香港尝尽非政治化的苦果。殖民主走了，工具理性再不管用，因为管治者必须要为香港定下新的政治目标，并为这些目标的正当性作公开辩护。管治者需要有自己的政治理念，并告诉我们这些理念为何值得追求。可惜的是，今天的管治阶层，仍然继续用单一的经济思维去理解香港，并有意识地压抑香港人政治意识的发展。问题是，香港人，尤其是年轻一代的香港人，愈来愈对保守、封闭、不公平的制度不满，渴望改变。这不是世代之争，不是利益之争，而是价值之争。在种种争论之中，我们开始体会到，整个社会的政治想象其实相当贫乏，甚至没有足够的政治概念和知识结构去理解当下的处境，遑论建构理想的政治图像。就此而言，香港并非过度政治化，而是政治上尚未成熟。我们早已完成经济现代化，政治现代化却刚起步。也许这种危机同时也是契机，促使我们从观念、制度和个人生活层面，好好反思所谓的"香港经验"，开拓新的想象空间。

出路在哪里？既得利益者会说，继续走非政治化的路吧。只要给香港人面包，维持香港的繁荣安定，人民自然会安静。但我们可以走另一条路，将香港变成民主、公正、自由、开放的城市，让每个人活得自主而有尊严，让生命不同领域各安其位，让下一代不再只做经济人，同时也做政治人、文化人，更做对这片土地有归属感且活得丰盛的平等公民。

五

1998 年，我离港赴英，回到伦敦政策经济学院（LSE）继续我的学术之路。伦敦四年，对我的思想发展有极大影响。在这一节，我先描述一下伦敦的学术环境，以及英美分析政治哲学的一些特点。

伦敦政经学院在伦敦市中心，国会、首相府、最高法院、英国广播公司、大英博物馆等徒步可达。它是一所以社会科学为主的研究型学府，研究生占整体学生逾半，全校更有六成学生来自其他国家。初抵学院，我便被它的学术氛围吸引。学校每天有很多公开讲座，讲者大多是学术界和政经界翘楚，吸引很多老师学生前去捧场。当时的校长是著名社会学家吉登斯（Anthony Giddens），每学期都会就某一学术主题作系列演讲，包括探讨第三条路、现代性和全球化等。吉登斯不仅学问了得，口才亦佳，每次站在台上，不用讲稿，便能生动活泼地将很多艰深的学术问题清楚阐述。伦敦是英国哲学界大本营，除了政经学院，还有大学学院、英皇学院、伯克学院、皇家哲学学会、亚里士多德学会、伦敦大学高等哲学研究所等，哲学讲座多得听不完。林林总总的演讲、研讨会、学术会议、读书会和新书发布会等，常年不断，参与者众。由于研究生课不多，除了读书和写文章，我大部分时间都在听讲座。

支撑伦敦学术氛围的另一只脚是书店。凡是喜欢书而又到过伦敦的人，都会同意这里是爱书人的天堂。除了 Foyles、Waterstone's、Blackwell's、Borders 这些大型书店，还有数十家二手学术书店，散布在查令十字街、大英博物馆和伦敦大学附近的大街小巷。这些书店各有特色，有的以文学为主，有的专卖左翼或女性主义，有的则是出版社仓底货的集散地。我生活中最大的乐趣，是每星期骑着自行车，逐家书店闲逛，徜徉于书海，流连而忘返。后来我干脆"下海"，跑去伦敦大学总部那家号称欧洲最大学术书店的 Waterstone's 做兼职，图的不是每小时六英镑的工资，而是那张员工七折购书卡。这家书店楼高五层，建筑古雅，有书十五万册，俨然是个图书馆的规模。更难得的是内设二手书部，书种多流通快，常有意外收获。我每星期工作两天，工资一到手，眨眼又已全数奉献给书店。我认识几位堪称书痴的哲学同学，大家一见面，例必交流最新的读书购书心得，真是其乐无穷。现在回想，那几年疯狂淘书的日子，最大的收获，倒不是书架上添了多少藏书，而是扩阔了知识面，加深了对书的触觉，并培养出自己的阅读品位。我现在回到伦敦，一脚步入这些书店，人自自然然安静下来，哪里也不想再去。[1]

伦敦政经学院的政治哲学，一向集中在政治系，而非哲学系。哲学系由波普尔创立，以科学哲学、逻辑及方法学为中心。我在读的时候，政治系有七位政治哲学老师，政哲博士生有二十多人。[2] 我们每学期有两个研讨会，一个由同学轮流报告论文，另一个则请外面的哲学家来演讲，老师一起参与。讨论完后，大伙儿会去酒吧喝酒，改为谈论轻松一点的题目，例如时政和哲学家的趣闻逸事等。酒吧灯光昏暗，人声嘈杂，大家挤在一起，三杯下肚，很快就熟络。我们一班同学的友谊，都是在酒吧熏出来的。

除此之外，我的老师硕维还专门在他家举办读书会，称为Home Seminar，每两星期一次，每次三小时。我们通常带几瓶酒去，老师则提供芝士和饼干。酒酣耳热之际，也是辩论激烈兴起之时。讨论范围很广泛，因为大家的研究范围不同，从卢梭、康德、马克思到罗尔斯都有。有时意犹未尽，几位同学还会到酒吧抽一根烟，边喝边聊。我的住所离老师家不远，每次完后，我总是带着醉意，伴着一堆问题，摇摇晃晃骑着车回家。

硕维早年以研究卢梭闻名，后来兴趣转向当代政治哲学，并

1　写到这部分时，笔者正身在伦敦。
2　这些老师包括 John Charvet, Janet Coleman, Cecile Fabre, John Gray, David Held, Paul Kelly, Anne Philips。

在 90 年代出版了《伦理社群的理念》一书，尝试进一步修正和完善罗尔斯的契约论，并证成自由主义的平等原则。[1] 我的哲学问题意识，很多受他影响。硕维对我关怀备至，只要我写了什么东西，总会在两星期内改完，然后约我在学院旁边的 Amici 咖啡馆讨论。老师有自己的哲学立场，但他总是鼓励我发展自己的想法。就像和石元康先生一样，在硕维面前，我总是畅所欲言，据理力争。我一直以为这是学术圈的常态，后来见识多了，才知道这是我的幸运。老师几年前退休，学系为他办了个惜别聚会。那时我已回到香港，据同学转述，他在致辞中提及，最遗憾的是我不能在场。

还有两个哲学家，对我影响甚深。第一位是德沃金（Ronald Dworkin）。德沃金当时刚从牛津的法学讲座教授退下来，分别在纽约大学和伦敦大学主持两个法律和政治哲学研讨会。研讨会的形式很特别，要讨论的文章在两星期前寄给我们，受邀的哲学家不用作报告，而是由另一位主持华夫（Jonathan Wolff）先将文章作一撮要，接着交由德沃金评论，然后到作者回应，最后听众加入讨论。研讨会长达三小时，吸引很多哲学家和研究生，每次将会室挤得满满，迟来的只能席地而坐。

研讨会有种很特别的气氛，不易形容，勉强要说，是人一到现场，就感受到一种严阵以待的学术张力。德沃金思想的锐利和口才之便给，在行内早已出名，而他的评论甚少客套之言，总是单刀直入，对文章抽丝剥茧，提出到肉批评。被批评的人，自然

1　John Charvet, *The Idea of an Ethical Community* (Ithaca: Cornell University Press, 1995).

得打起十二分精神，寸步不让，谨慎应对。至于台下听众，很多来者不善，恨不得在这样高手云集的场合露一露脸，提出一鸣惊人之论。所以，一到讨论环节，举手发言的人总是应接不暇。记忆中，受邀出席的哲学家包括拉兹、史简伦、谢佛勒和威廉斯等当世一流哲学家。[1]

　　第二位是最近去世的牛津大学的社会政治理论讲座教授柯亨。他那时在牛津开了一门课，专门讨论罗尔斯，用的材料是他新近才出版的《拯救正义与平等》的手稿。[2] 我每星期一大早从伦敦维多利亚站坐两小时汽车到牛津旁听。课在全灵学院旧图书馆上，学生不多，二十人左右。第一天上课，我坐在柯亨旁边，见到他的桌上放了一本《正义论》，是初版牛津本，书面残破不堪。[3] 他小心翼翼将书打开，我赫然见到六百页的书全散了，书不成书，每一页均密密麻麻写着笔记。那一刻，我简直有点呆了，从此知道书要这样读。我当时想，连柯亨这个当代分析马克思主义学派的哲学大家，也要以这样的态度研读《正义论》，我如何可以不用功？！柯亨的学问和为人，对我影响甚深。他当时在手稿中，完全否定稳定性问题在罗尔斯理论中的重要性，而这却是我的论文的核心论证，因此我必须回应他的观点。这是一场极难也极难忘的知性搏斗，而我在过程中学到很多。[4]

1　Joseph Raz, T. M. Scanlon, Samuel Scheffler, Bernard Williams.

2　G. A. Cohen, *Rescuing Justice and Equality*（Cambridge, Mass.: Harvard University Press, 2008）.

3　《正义论》分别由哈佛和牛津在美国和英国出版，书的大小不同，页码却一样。后来再有修订版，共两个版本。

4　对于这个问题的讨论，可参考拙著《自由人的平等政治》第5章、第6章。

最后，我想谈谈我所感受到的英美政治哲学的治学风格。不过，读者宜留意，这既然是我的感受，自然受限于我的经验，难免有所偏颇。当代英美政治哲学的主流，基本上属于分析政治哲学。这并不是指这个传统中的哲学家均接受相同的政治立场，而是指他们对于政治哲学的目的和方法，有颇为接近的一些看法。[1]这里我集中谈五点。

一、分析政治哲学十分重视概念的明晰和论证的严谨。它认为，哲学的基本工作，是用清楚明白的语言，准确区分和界定政治生活中不同的政治概念，然后在此基础上提出理由证成政治原则，而证成过程必须尽可能以严谨的逻辑推理方式进行，并让读者看到背后的论证结构。换言之，分析政治哲学反对故弄玄虚，反对含混晦涩，反对不必要地使用难解的术语，以及反对在未有充分论证下视某些经典和思想为绝对权威。

二、既然道德证成是分析政治哲学的基本任务，那么其性质必然是规范性的。它既不自限于哲学概念的语意分析，亦不像社会科学般只关心实证问题，也不将焦点放在思想史中对不同经典的诠释，而是探究价值伦理的应然问题，追问什么是政治权力的正当性基础，社会资源应该如何分配，个人应该享有什么权利和承担什么义务等。政治哲学关心的是"我们应该如何活在一起"这个根本的

---

1 我这里的讨论受益于 David Miller & Richard Dagger, "Utilitarianism and beyond: Contemporary Analytic Political Theory," in *Twentieth Century Political Thought*, ed. Terence Ball & Richard Bellamy (Cambridge: Cambridge University Press, 2003), pp.446-449。亦可参考 Philip Pettit, "Analytical Philosophy" in *A Companion to Contemporary Political Philosophy* ed. Robert E. Goodin & Philip Pettit (Oxford: Blackwell, 1993), pp.7-38。

道德问题。[1] 这是柏拉图和亚里士多德以降政治哲学的核心问题。而提出问题本身，即意味着我们相信人可以凭着自己的理性和道德能力，对种种政治道德问题作出合理回答。分析政治哲学不会接受"强权即正当"的政治现实主义，也不会接受政治根本无是非对错的道德虚无主义。

三、道德证成是个提出理由的过程。无论我们赞成或反对某种政治原则，均需要有充分的理由支持。分析政治哲学普遍认为，这些理由的性质必须是俗世的，和具体实在的个人的利益相关的，而不应诉诸宗教或某种超越的神秘权威。这些理由可以是人的基本需要、欲望的满足、个人自主和尊严、人的理性和道德能力的实现，以至社群生活的价值等。这些理由的共通点，是原则上能够被生活在经验世界中的理性主体感知、理解和接受。

这不表示理性主体不可以有宗教信仰，更不表示这些信仰不应成为个人行动的基础，而是分析哲学有个很深的理论假定：规范人类伦理和政治生活的基本原则，若要得到充分证成，那么诉诸的理由，必须要在最低程度上满足交互主体性的论证要求。宗教理由很难做到这点，因为它的理论效力总是内在于该宗教的意义体系，但现代社会不同人有不同信仰，宗教理由很难成为理性主体普遍接受的公共理由。就此而言，政教分离不仅是制度上的安排，也是道德证成上的要求：政治原则的基础，不能诉诸任何宗教，也不能诉诸某种神秘超越的自然秩序，而是必须回到人间，回到人自身，回到

1　对于伦理和政治的规范性质，以及与其他实证科学的分别，西季维克作过恰当的讨论。Henry Sidgwick, *The Methods of Ethics* (Indianapolis, Hackett, 1981), 7th edition, pp.1-2。

我们共同生活的历史文化传统。

　　四、至于政治哲学的方法学，分析哲学家在他们的著作中，一般不多作讨论，甚至完全不触及。[1] 但在相当宽泛的意义上，他们基本上接受了罗尔斯提出的"反思均衡法"。[2] 这个方法的特点，是先假定人们在日常生活中，会形成一些根深蒂固的道德信念。这些信念经得起我们的理性检视，且有广泛深厚的社会基础，从而构成道德证成中"暂时的定点"，例如我们普遍认为宗教不宽容、奴隶制和种族歧视是不公正的。但对于这些道德判断背后的理据，以及当不同判断之间出现冲突时如何取舍，却非我们的道德直觉足以应付，因此我们有必要提出不同的道德和政治理论，并和这些暂时的定点进行来回反思对照。一套理论愈能够有效解释我们的道德信念，愈能够在众多判断之间排出合理次序，从而在信念和原则之间达成某种均衡，那么它的证成效力便愈大。[3]

　　反思的均衡作为一种方法，有不少操作上的困难，例如如何找出这些定点，不同人对定点有不同判断时如何取舍，定点和原则之间出现不一致时应该修改哪一方等，都不是容易解决的问题。但反思的均衡不仅是一种方法，同时反映了某种独特的哲学观。它最大的特点，是认为政治哲学思考，应始于生活，却不应终于生活。所谓始于生活，

1　这是相当有趣的现象，值得进一步探究。最近有本书对此作了专门探讨。David Leopold & Marc Stears, *Political Theory: Methods and Approaches* (Oxford: Oxford University Press, 2008)。

2　我说"宽泛"，是因为罗尔斯的反思均衡法和他的契约论是分不开的，其他哲学家却往往只接受前者，却不一定同时接受后者。例如 Will Kymlicka, *Contemporary Political Philosophy* (New York: Oxford University Press, 2002), second edition, p.6。

3　Rawls, *A Theory of Justice*, pp.19-20/17-18 rev.

是指所有政治理论证成工作，均须从我们当下的道德经验和人类真实的生存境况出发。道德真理，不存在于某个独立于经验的理型界或本体界。政治哲学的任务，不是要抽离经验世界，找到一个超越的绝对的立足点，然后在人间建立一个美丽新世界。[1] 我们打出生起，已经活在社群之中，过着某种伦理生活，并对世界应该如何有着种种判断。这些"直觉式"的道德信念，实实在在指引着我们的生活，并影响我们看自我和世界的方式。罗尔斯称这些信念为暂时的定点，意味着它们在道德证成中，绝非可有可无，而是不可或缺的参照系。但理论思考却不应终于生活，因为这些定点只是"暂时"的，并非不可修正的绝对真理。人的理性能力和道德意识，使得我们成为自主的反思者，可以对生活中既有的信念和欲望，进行后设反省。经不起实践理性检视的信念，会被修正，甚至被扬弃。这个反思过程，原则上没有止境，因为人类的生存境况会随着历史发展而出现新的问题，这些问题会挑战既有的道德信念，促使我们继续思考和探索政治生活的其他可能性。就此而言，哲学没有终结可言。

五、最后，分析政治哲学具有某种公共哲学的特点。所谓公共哲学，有几个面向。首先，它思考的对象，是和公共事务相关的议题；其次，它是在公共领域向所有公民发言，提出的是公共理由，而不是特别为统治者或某个阶层服务。原则上，每个公民均可自由接触这些观点，并就它们的合理性提出意见。再其次，书写哲学的人，并不理解自身为高高在上的精英，而是政治社群的一员，并以平等身份向其他公民发言。他们相信，通过明晰的思考和小心的

1　不少人以为罗尔斯的契约论采纳了这种观点，其实是一种误解。

论证，以及在公共空间的理性对话，可以减少分歧，增进共识，共同改善政治生活的质素。最后，哲学家理解自身具有某种不可推卸的公共责任，这些责任包括以真诚态度书写，对公共事务有基本关怀，对人类苦难有切实感受，对不义之事有基本立场。政治哲学是一门实践性的学问，这份责任内在于学问的追求之中。[1]

我认为，以上五点是当代分析政治哲学的一些显著特点。当然，作为概括性的描述，这些特点不是严谨的定义，也不一定为分析哲学所独有。但将这五点放在一起，再和其他哲学传统对照，我们还是可以看到它的独特性。《正义论》出版后，不少论者形容其为当代政治哲学的分水岭，因为它打破了此前英美"政治哲学已死"的局面，并复兴了规范政治哲学的传统。这样的评价大抵持平，因为上述讨论的五方面，都在《正义论》中得到充分体现。其后从事政治哲学的人，虽然很多都不同意罗尔斯的哲学立场，基本上还是在他设下的范式中进行理论思考。这个传统发展到今天，仍然充满活力，探索领域也早已从传统的议题，延伸到全球正义和跨代正义、动物权益和少数民族文化权利、绿色政治和基因改造等。这个传统能否在中国生根，并产生一定影响力，是个值得关注的问题。[2]

---

1 有人或会说，这些责任不仅适用于政治哲学家，也适用于所有知识分子。我对此并无异议，尽管我认为由于道德和政治哲学的规范性质，更容易和这些责任联系起来。
2 读者须留意，这个传统有它的优点，也有它的局限。例如它过于重视概念分析，却对政治生活中的历史和社会面向不够重视，在科际整合方面（尤其和社会科学）也有很大的发展空间。我这里无意说因为分析政治哲学是主流，所以是最好的。事实上，一个健康而有活力的学术社群，应该存在不同的哲学传统，也应有良性的对话交流。

六

很多年前，我读到伯林的《两种自由的概念》。在文章开首，伯林告诉我们，千万不要轻视观念的力量。回首现代历史，意识形态改变和摧毁了无数人的生命。我们活在观念之中，并受观念支配。这个世界，有好的观念，也有疯狂邪恶的观念。观念的力量，来自观念本身，因此观念只能被观念击倒，而不能被武力征服。哲学家的任务，是要善用一己所学，严格检视观念的合理性，努力捍卫人的自由和尊严。[1]伯林这番话，对我影响深远，并在无数黯淡的日子，支撑我对哲学的追求。

这篇文章写到一半时，我重返欧洲，在巴黎的咖啡馆，在火车，在伦敦大学的宿舍，断断续续在回忆和哲思之间纠缠徘徊。期间，我重访约克大学和伦敦政经学院，拜会昔日的老师。我也再一次徜徉伦敦书店，在书堆中寻寻觅觅，欲窥旧时身影。某个下雨天，我和我两个正在牛津念书的学生，去了 Wolvercote 墓园。伯林长眠于此。伯林的墓素朴简洁，碑上刻着 "ISAIAH BERLIN, 1907—1997"。墓园静寂，天空澄澈。我在墓前伫立良久，回首来时路，不禁想起苏轼的"常行于所当行，常止于所不可不止"句。行于所当行，是我当下的心境。

是为后记！

初稿：2009 年 7 月

定稿：2009 年 12 月

1　Berlin, *Four Essays on Liberty*（Oxford: Oxford University Press, 1969），pp.118-119.

代后记　可有可无的灰尘

陈日东

一

直至今天，我还会取笑保松，说他是新亚精神硕果仅存的继承人。

大学毕业前，书院最后一次双周会，保松站在台上，不无动情，向在座老师同学谈感受，说他如何受钱穆先生的精神感召，关心社会和国家起来。在这种场合谈家国，有心聆听者不会多——始终是太平盛世，前程要紧，天子门生只盼尽早掘得第一桶金。那年头，连大学高层也不会认真看待书院传统，一个后生小子居然语重心长，谈起创校先贤遗训来，如此场面，不免教人有种错配的荒谬感。

保松就是这样一个人，不会看风头，只管由衷地与人分享感受，直率地表达他的观点。你大可不同意他，但只要和他认真交流过，就知道他要努力坚持和争取的事，都不是为了个人利益。保松的赤子之心，择善固执的品性，保持至今，没因当了大学教授而变质。遇到和他理念有重大冲突的事，纵使面对位高权重之辈，也照样跟对方商榷到底。性格直率容易吃亏，保松不是不知道，我亦常劝他说话要留有余地。但对他来说，知识分子的责任就是说真话讲道理，即使有时明知白说，也要将他所相信的说出来，让别人知道

253

他的真正想法。

我没有保松的执着，我只是路过世界，和他偶然相遇。在思想和性格上，我们有很大差异。我选择哲学，是要在宗教以外，寻求存活下去的理由。对于学院派理论，我不感兴趣。我只想依循自己内心的问题意识，探索真实世界的人和事，感知生命——包括探讨生命本身——到底有多可笑。保松的人生是另一回事。上世纪80年代移居香港，经过一番努力，成功考进大学的商学院。摆在保松眼前的，本是一条教人艳羡的康庄道，但遇上陈特老师，受其启蒙，多番挣扎，最终做了一个旁人眼中颇傻的决定——弃商从文，走进哲学那片无边无际的境地。没有老师的指导，保松很可能没法真正认识自己，生命也很可能在错误的轨迹上运行。是故保松对老师一直有感恩之情。

2002年，保松回母校香港中文大学任教，初为人师，压力沉重，常常通宵备课。但当他得悉陈特老师的病情后，仍主动提出每周与老师见一次面，寓学习于哲学对谈。我习惯思考生死，保松遂邀我参与。他们的对话，挑起我许多离经叛道的念头，但我怕驾驭不来，一旦加入讨论，反会破坏他们师生间充满化学作用的交流，于是抱着平日看影评而不看电影的旁观者心态，端详老师的精神面貌，领悟其视死如归的平常心。我记得最初是老师引导我认识存在主义，着我读沙特的《墙》——一篇探讨荒谬与死亡的小说。情景霎时变换，保松和我坐在他办公室的沙发，见他捧着暖水壶，怡然走到我们面前。原来他刚和人在互联网下围棋。老师当天甚有兴致，甫坐下，即进入昔日上课的状态，娓娓不倦地抒发他的洞见，时而微笑，时而颔首。呈现在我们眼前的，是个气度雍容的智者，半点也不像受尽病魔折磨，即将走到人生尽头。这些画面，至今仍清晰地留在我的脑海。

过了不足两个月，老师离世，保松非常难过。在老师安息礼拜前一个夜晚，我俩在中大崇基校园散步，说起旧事，保松悲从中来。我的心境倒是平静如常。老师过世前，不是说过他最终领悟庄子"方生方死"的深意，化解了对死亡的恐惧和困惑吗？既然老师能看破生死，我们为何放不开？我好像很不近人情，但只要看透造物主的游戏规则，作为其玩物，根本不值得为生离死别而伤悲！

哲学生于忧患，而保松遭遇的不如意事偏偏有限，所以我总觉得，他是理论派，对世事对世情欠缺精辟而深刻的洞察。我曾多次质疑他看人生看得太简单，有点像中学教师——我曾这样揶揄他——总是在学生面前一味强调生命有多美好。痛苦，对保松来说，是完整人生不可或缺的一环，而非贯穿生命的底色。但黑夜过后，黎明就会到来吗？快乐既短暂又脆弱，我们真有理由相信痛苦只是一时的生理或心理现象，适当处理，就可慢慢消解？纵是命运的宠儿，生活能从心所欲，但美好的东西终要过去，得到愈多，失去也将愈多。我们固然可以活在当下，无奈当下即云烟，是大脑接收感官讯息后整合出来的幻象，无可挽留。

对我来说，人生就是如此荒谬无聊，没有任何意义可言。我们最终也化为乌有，与地球最后的命运无异，实在一开始就没必要出生，经受重重不能预知却必然要面对的灾劫苦难。以往谈及这些，虽然不知如何否定，保松却总是不能接受我的想法。思索多年后，他终于写出《独一无二的松子》，从短暂而渺小的生命中，洞察到个体的无可取代性，为人的存在意义找到立足点。

我相信，这个突破和保松多年的教学生涯分不开。自回到中大第一天起，他就将全副精力放在教学上，培养出许多优秀学生。恐怕只有保松的学生才知道，他是如何全天候地教导他们：长年通宵达旦在网上讨论问题，逐一批改堆积如山的论文，亲自带小组导修课，定期举行经典夜读和电影欣赏，经常和学生喝下午茶吃宵夜饮啤酒畅谈哲学人生，在家举行读书会和思想沙龙，甚至每学期和学生一起去郊外爬山。这些工作对保松的个人前程，没有任何好处——因为在现在的制度中，这些都是"分外事"，更不要说他要为此牺牲多少个人做研究写论文的时间。这些年来，我劝保松最多的，就是要多休息，但他一直乐此不疲，只因他视教育为事业，而非只是一份工作。他珍惜和学生的相处，盼望透过言传身教，能够帮助学生成为真正的自由人，活出他们的美好人生。另一方面，年轻人朝气勃勃，不拘一格，勇于提出各种各样的挑战，思想之间的碰撞，亦有助拓展保松思考的深度和广度。教学相长，在他身上，得到活生生的体现。

二

1997 年，在英国完成硕士课程后，保松回到香港，从事新闻及研究助理的工作。当时他还未定下人生去向，但我已预言他会走上学术之路。对于国家对于人民，他有一份淳朴而深厚的感情，渴望国人活在一个精神和物质同样富足的社会。做一个学者，可以让他更有条件实现以知识改变世界的理想。他对我的预测不置可否。论资质，他并非特别出众。修读博士期间，他也曾怀疑自己做学问的能力，当代政治哲学家罗尔斯更成为他的精神支柱，开口闭口也是这位哲学巨擘。我们曾为此在书信往来时展开激辩。我不同意他过度抬举罗尔斯，仿佛所有社会正义问题，都可从《正义论》中找到圆满答案，我甚至开玩笑地说他做了罗尔斯的庙祝。

这关口最后如何突破，我也不太肯定。我只知他从英国返港后，日夜备课，研读种种哲学典籍，然后再将其中精粹，用浅白易明的语言传授给学生。长年累月的磨炼，促成保松超越自己的局限。以生命影响生命的教学过程，亦加深了保松对教育的体会：知识的受益者，不应只限于象牙塔成员。政治哲学作为一门重视实践的学问，有责任在现实世界，消弭大众的犬儒心态，并用理性的声音，唤醒鲁迅笔下困在铁屋中的人，向他们呈现美好世界的图像，使其有足够智慧和勇气，冲破思想桎梏。这样做，不独为了人类，最终更为了每个地球公民——地球上所有生物。要实践这远大理想，近乎不可能，但就我多年观察，保松就是有这种虽千万人吾往矣的志气。本书收录的作品，正正体现深藏于他灵魂内的人文关怀——他的动力来源。悲天悯人的情，在他笔下，巧妙结合千锤百炼的理。所以他的文字，特别动人，特别教人温暖，而不像一般学术文章那样冰冷抽离。

保松的文字我是学不来的，纵然我也有写作。写作，于我，是为了自我放逐，是一场注定没有好结果的冒险。哲学，本来最需要处理生死问题。若我们当下一死了之，世间所有问题都无关重要，故加缪才把自杀这回事提升至无可比拟的高度。我们没因虚无而立刻寻死，只好设法打发可有可无的每一天。但作为大学建制的一部分，今天的哲学探索，往往集中在穷经究典，对现实世界和人生种种迫切问题，反而不多理会。我不愿将时间心力耗在此等事上，宁愿独自上路，在正统哲学之外，探求合适的语言和方法，寻找潘多拉的足迹。据说潘多拉有个盒子，内里收藏了对世界的诅咒。只要找到潘多拉，用我的文字打开其盒子，释放出邪恶的念头，颠覆习以为常的是非黑白，捣乱这个可恶到可笑的世界，不管里面是否像希腊神话描述那样同时保存了希望，也是一件好玩的事。这游戏，虽不能赋予我的存在意义，但最低限度可减少死前的无聊。

没有写作天分，缺乏文学修养，当然不敢奢想写出伟大作品。我只是选择玩文字的游戏，多年来作过不同尝试。但正如下棋，要么不玩，要么全力以赴，斤斤计较输赢，方能领略个中乐趣。只是如此一来，人遂有执着，遂有失落的可能。所以，每当我把心血结晶交给保松，让他戳出错处挑出毛病时，我不能说我不难受。我会尝试辩护，但在他一针见血的批评下，总是站不住脚。记得有一次，我跟从他的建议修改一个故事的开头，来来回回重写近二百次，依然过不了关，落得惨淡收场。这篇后记亦然。由下笔开始，断断续续写了逾半载，大小改动无数，才勉强赶及截稿前完成。在写作路上，失败是我的名字。每次下笔，我都竭尽所能；失败起来，也就特别彻底。由于失败得太多，连心境也起变化，面对再大的挫折，都变得没有什么感觉。他人不明底细，见我原地踏步多年，处之淡然，竟误把我的麻木当超脱，实在是再美丽不过的误会。

三

说也奇怪，当年我和保松一同念哲学系，但大家开始熟稔，并非始于课堂。大学时代，保松全情投入学生报工作，念兹在兹的是校园事务和社会大事。不眠不休采访写稿开会办论坛，是他大学生活的写照。相较之下，我实在很放浪，经常逃课，四处溜达，最喜欢在范克廉楼泡。那儿是中文大学学生组织——例如学生会、学生报、国是学会等——的集中地，聚集一大批特立独行之人。我没有参加这些组织，但喜欢加入他们那些会吓跑一般同学的严肃讨论。我不是真正关心这些政治和社会议题，我只视之为思辨的游戏。由于我光说不做，拒绝承担责任，组织中人逐渐失去和我攀谈的兴趣，只有保松愿意在百忙中，继续和我探究社会与人生。

1993年，中文大学开放日，一群学生冲上开幕典礼讲台，拉横额，喊口号，反对校方浪费公帑，借开放日替自己涂脂抹粉。保松没参与其中，而是紧守学生报记者的岗位，待典礼完成，第一时间上前访问高锟校长。示威同学不少是学生组织的人，跟保松相熟，更有他相当敬重的前辈。由于意见分歧，事前事后，他和示威同学有过多番争论，产生了隔阂。保松耿耿于怀，后来在外国深造，得知那前辈投书学生报批评他，更难过不已，写信向我大吐苦水。我回复，在信纸中央写了大大一个"服"字。一个旧战友翻旧账，处处针对自己，他还如此惋惜如此闷闷不乐，可见他重情念旧。在讽刺他过分执着的同时，心里倒有几分欣赏。

我们的社会，在经济学家的鼓吹下，奉行市场至上的思想，迷信有竞争便有进步。殊不知竞争有良性和恶性之分，在香港，无疑是以后者为主。要适者生存，非投入大量时间心力不可，连身边人都疏于照顾，哪有闲暇维系朋友间的感情？而要走进对方世界，产生思想碰撞，在互相砥砺下突破自己的极限，就更加困难。我和保松的交往是个异数。他在学术界有一定分量，而我由始至终也是无名小卒。但这些年来，我们一如既往，以平起平坐的心态看待对方。看事情若有分歧，照旧各不相让，据理力争到底。身份地位的差异，对我们的交情没有丝毫影响。

曾几何时，我相信掌握人生道理不难，难就难在实践；保松不以为然，认为明白事理亦非易事。虽然我们所受的方法学训练各有不同，但经过多年切磋较量，各有长进，彼此早已摸透对方各类哲学见解背后的逻辑思路，建立微妙的共通点，思考的频道和距离拉近不少，可收窄的分歧亦逐步收窄。他不再给我贴上"肤浅"的标签，我那顶"中学教师"的帽子亦再没套在他头上。写这篇文章，正好让我深入思索我们的异同是如何辩证地统一起来。一个虚无主义者，一个热爱生命的人，到底需要什么才能调和两人间的张力，促成良性互动，培养出心灵的默契和共鸣？这真是个有趣的问题。

四

早几年，中文大学校方借国际化之名，打算推行核心课程英语化政策，摒弃汉语作育的教学传统。逾千中大师生校友为此联署一封题为《哭中大》的公开信，谴责校方的举措。这件事自校园民主墙扩散至互联网，再占据报章的论坛版，触发一场香港绝无仅有的中文运动。

新亚前人的文化理想，再次触动保松的思绪。中文大学，秉承弘扬中国文化的新亚精神，在殖民地时代一直坚持以中文为主要教学语言。主权回归后，校方反而要放弃这个理想，将中文大学的立校之本连根拔起。眼看前人辛苦奠下的基业将毁于一旦，保松感受至深，不仅在校方咨询会上慷慨直言，更将酝酿多时的想法写成《双语政策与中大理想》，探讨中文作为学术语言的文化和教育意义。

他对中大的爱，在这场风波中表露无遗。我对中大这座山城，同样有一份深厚感情。我舍不得这里的花草树木，日月星辰——虽然我明白什么都不由你不放下。或许不知不觉间受了保松感染吧，我开始出一份力，用校友身份，保护她的真善美。

国际化事件后，中大有保护校园树木及传统建筑的运动，有老校友出版著作批评校方破坏书院制，有反对拆毁中大地标烽火台的抗议。校园风波，此起彼落，都是冲着校方种种发展大计而来。我逐渐弄清楚发生怎么一回事：中大，如果要取代香港大学，当香港这片学术殖民地的龙头，招收更多崇洋的国内学生，就必须加强英语化，放弃使用中文来承传创造传播知识，遑论承担起汉语作育的使命。而要增强竞争力，硬件配套当然不能过时，于是大兴土木广建高楼，牺牲校园的自然及人文风景就在所难免。一旦名气增加，大学的国际形象提升，政府资助和私人捐款自会滚滚而来。只要有钱，便可重金礼聘名牌教授，增强科研设备和研究队伍的实力，从而吸引更多高才生，产生滚雪球效应，推高大学的世界排名。

捍卫中大理想之士，无法接受校方以这种急功近利的心态办学，将师生当作一堆可以量化的数字，代入一条条高度简化的方程式，用来计算成本效益。而真善美，则不再是大学努力追求的目标。保松身在学院，目睹种种教学商品化异象，心有不忍，常常不识时务，发表批评文章。我因为机缘巧合，结识不少在大学界工作的朋友，从他们口中，得悉香港其他大学争名逐利的境况，较中大有过之而无不及——香港科技大学尤其严重。我于是开始留意高等教育的新闻和评论，希望可以更加了解校方背后的思考方式和理论根据所在。

我实在觉得很好笑。世间的生死爱欲，成败得失，都不过是大脑的生物化学反应和活动，无须看得太认真。没料到香港那些大学的官僚跟我不谋而合，看世事看得一样儿戏。在很多人眼中，办教育是严肃事业，他们却只看到一个"利"字。只要筹到足够经费，让本身院校持续地良好运作和发展下去，巩固自己权位，满足学术圈的虚荣心，便什么教学理念都不顾——假若曾经有过的话。

由于香港院校的经费主要来自政府，由大学教育资助委员会（简称教资会）负责审批，大学的高层都乖乖听其命，人家说往东走，他们便很少向西转。十多年前，教资会引入市场竞争机制，凡事讲求效益，推动商校合作，并制定一揽子检定质量的量化指标算式，以此评审院校表现。大学自此不再着重开风气之先，而是追赶社会潮流，配合香港经济发展步伐，将资源花在扩充学术市场的版图、影响力和知名度上。由于教资会将大学教授的前途与其研究而非教学表现挂钩，研究又以英美学术权威的评审结果为准，大学教师的首要任务，若非替所属部门做产品技术开发然后在市场图利，就是用英语生产论文，争取在西方知名学术期刊发表。又由于教资会无条件拥抱西方的学术评审标准，而英美学术圈大多以西方角度和本位诠释世界，研究合乎其国家战略利益的课题——在九七回归后，香港问题不再吃香——教资会的做法遂等于宣布本土研究不入流。本港学者为了赢得那些期刊编辑的青睐，只好舍近图远，一不会用最熟悉的母语撰写研究成果，二是宁愿迎合西方口味，也不愿探讨本土问题，不管后者对香港社会有多大贡献。

这便产生一个滑稽得连大学官僚也心照不宣的现象：香港八大院校每年花费过百亿，中大、港大和科大位居全球大学排名榜前列，但我们社会的综合实力——譬如政治的自我完善能力、经济的竞争力、科学的创造力、艺术和多元文化的生命力等——却日渐萎缩。香港学界人才辈出，就是少见有识之士能够指出整个社会出了什么毛病。香港的发展走进死胡同，我们居然连问题何在也弄不清楚，这和大学堕落为一盘唯利是图的生意，以至院校之间各自为政，经常恶性竞争，丧失高瞻远瞩的能力有不可分割的关系。

这些问题，保松比较少碰，我却颇感兴趣。我尝试代入问题的源头——教资会那些官僚的思维，模拟他们考虑问题的方法，再抽丝剥茧，逐渐理出一套价值观的轮廓来。那种锱铢必较的取向，预设了凡事皆可量化，凡效益皆要极大化的原则，正好和商界中人，以至主流经济学的指导思想一脉相承。我于是挖下去，读了很多不同类型的文章，跟很多背景迥异的人交流，还走遍香港的大街小巷，观察整座城市及个别区域的风貌，了解经济发展主导一切——特别对平民百姓——所带来的实质变化和影响。我用我的文字分析和总结种种现象，思考焦点开始从教资会转移至自由市场经济学说。

这套学说公认是金融海啸的祸首，偏偏其影响力，在香港这个号称经济最自由的城市，堪称无远弗届。于高等教育界，它大力推动商品化和市场化，各大院校都以满足顾客的需要为先，受学生和商界欢迎的科目便扩充，反之收缩，可不会考虑看风使帆对社会长远的均衡发展造成哪些损害；于公共房屋领域，它以促进整体经济效益为名，把本来属于政府的资产在股市私有化，租金随即飙升，小租户支撑不住纷纷结业，大型连锁店乘机进驻，售卖更昂贵的货品，加重居民负担；于商业世界，它奉自由经济之名，竭力阻止政府施行任何形式的规管，结果让财雄势大的商贾为所欲为，榨取民脂民膏。每一次，市场的所作所为，都得到一群经济学者及其信徒的肯定。香港的历史和成就，在他们的诠释之下，都是无形之手发挥效用的铁证——像雷曼迷你债券肇祸的这类个案，显然是市场太自由之过，他们就避而不谈。人在社会之中，便是为了经济增长而干活，有工做，才有力消费，经济才会继续增长。经济学发展至今，已不止是一门普通的社会科学。它根本宰制着我们生活的每个环节，塑造我们如何看自己，看世界：人是自私的，人的欲望无穷无尽，企业的存在只为股东赚取最大的经济回报等等。这些都是右翼自由主义的想法，而这正是保松所提倡的左翼自由主义努力要抗衡的。想不到我们当初走一条那么不同的路，但几番转折，我们还是再次相遇——在哲学世界之内。

五

保松在《走进生命的学问》中说："我们不是在世界之外，而是在世界之中。我们改变，世界就会跟着改变。我们快乐，世界就少一份苦；我们做了对的事，世界就少一份恶；我们帮了一个人，世界就少一份不幸。"我知道，他今天能够用平和坚定的语气，向学生吐露这番心底话，中间走过多么不易的一段崎岖路。

在大学执教初期，做痛苦的苏格拉底抑或快乐的猪——这个问题经常困扰保松。他启发学生，教导学生种种价值，明白争取社会公义的重要，并要努力做个正直公正的人。但学生一旦离开校园，面对的往往是另一个世界，一个弱肉强食唯利是图尔虞我诈的世界。学生遂面对巨大挣扎。愈认真愈执着的学生，可能愈痛苦挫折愈大。那么，做老师的，应否要为学生所受的苦负责？假若当初学生没上他的政治哲学课，不受意义和价值问题困扰，安心跟着主流走，会不会活得更舒服？"人生识字忧患始"，保松常常不得不停下来，再三追问这些问题。活得好和活得公正，到底是互不相干彼此对立，还是密不可分互相成全？读完上面提及的那篇文章，我知道，保松在为人师表八年后，终于解开了这个结。

保松的学生常常对他说，他是最乐观的人，总相信观念的力量，总相信只要大家愿意从身边做起，事情就有改变的可能，即使是那看起来牢不可破的制度。我想推动保松如此投身教育，也正因为他相信，今天播下的种子，他朝总有机会发芽长大，慢慢在社会形成力量，慢慢令世界变好。或许连保松自己也没意识到这种转变，跟陈特老师临终前的教诲，有着微妙的关联。老师看破生死，洞悉万事万物是一整体，无所谓你无所谓我，而是彼此成全。这其实是在演绎天人合一。

《走进生命的学问》的题旨——我们在世界之中——正正继承了中国哲学的精髓。保松在此基础上更进一步，明确指出"教育最高的目标，是使人学会了解自己善待自己，学会看到他人的苦难，学会爱"。他提倡以爱来消融自由主义中的个体与个体间的隔阂张力，扩充自我和自利两个核心概念的内涵。天人之所以能合一，正在于人不囿于一己的界限。我们是独一无二的松子，但每颗松子又同属于大宇宙不可分割的部分——我中有你，你中有我，互为因果，人与人之间利益关系不必然是零和游戏。借着爱，人得以保存小我的主体性而免于孤独无依，彰显大我又不至于扼杀个体的独立存在。中西两股思想的要旨，在此辩证地融合。

保松突破此一界限，依我之见，他的学生是一股不显眼但不可或缺的助力。我旁听过他的课，也经常参加他的犁典读书组。和一般人心目中的大学教授不同，保松在学生面前，不管是在课堂或平日交往，从来没有架子。他不会高高在上，仿佛手握真理，用"我比你优越得多"的心态传授知识。只要你肯用心学，他总会按照你的程度倾囊相授。如果你的问题他回答不了，他会坦白承认，很多时还会主动把自己正在困惑的问题提出来，向学生求教。他其实暗暗渴望感染学生，使他们有困惑的共鸣。在哲学世界，问题较答案来得重要。他不是要替学生解决一切疑难——谁也没有这本事。他只是期望学生在知性交流中，学会发问，孕育对世界的爱心和好奇心，活出属于自己的人生——我想这也是他对本书读者的寄望。

保松对学生，无疑有一种爱，一种亦师亦友的爱。他眼中的学生，是一个个独特的人，他不要将知识像数据般输入学生的脑袋，而要和他们分享生命中最美好的东西。师生之间不存在高墙，相反，大家就像活在一个知性共同体当中，彼此分享互相启发。所以，依我之见，天人合一的精神，早就渗透在他的教学事业当中。他要借用中国哲学的理论资源，将之融会贯通，补自由主义的不足，自然比较容易。

六

保松的自由主义思想，早已走出罗尔斯的影子，置政治哲学于动态的语境，在纯学术和现实世界之间穿梭往还。除了主持多个电邮讨论组，探索政治、哲学与人生，他带头办的犁典读书组，近年更加入沙龙部分，邀请中港台三地学人聚首一堂，交流心得。这些哲学活动，延自他的教学研究，背后更有一种引领哲学走进现实世界的尝试。

在这些交流平台，除了学术讨论，还有来自各行各业的人分享他们的生活体验，理论和现实经常发生碰撞。我从中更确切地了解到香港社会究竟出了什么问题。有些人希望追求理想，但面包太昂贵，单单为挣钱填饱肚子，已耗尽所有时间精力。有些人就连自己的理想是什么亦无法知道，因为整个社会太缺乏想象力，太缺乏让人发挥自我的机会。香港这城市表面风光，其实正在走下坡，整个社会的政治、经济及文化资源都给大地产商榨干了——在这方面，《地产霸权》[1]一书已有很好描述。

在高地价政策下生活多年，大多数香港人口中的理想，只剩得一个，就是尽早加入业主行列，背一身债，为地产商打工。这意味他们大半生都以工作为生活重心，辛苦买回来的住房，主要供睡觉之用，好让他们翌日有足够精神上班，继续挣钱偿还分期付款。我曾经问保松，在这样一个人们眼中只有楼市和股市的社会，像他那样坚持公义和理想的到底有几人？那些和他理念相若，又或受他感召的人，纵能抗衡社会洪流，但世上千千万万在浊世浮沉的人又如何？哲学之于现实世界，到底算什么呢？

保松一直没好好回答我的质疑，只是继续按照他心中的信念行事。我从他的言行中，慢慢领略一个道理。独善其身，为理想而奋斗，就有如小乘佛学那样寻求自我的超脱，这不仅仅是个人和命运之战，它还有一重微妙的社会含义：只要小我不甘于盲目顺从主流，

1　潘慧娴，《地产霸权》(北京：中国人民大学出版社，2011)。

有这种想法的人慢慢凝聚起来，终有一天，汇聚成足够突破临界点的力量，便有可能推动大环境改变，使庸俗犬儒的社会逐步趋向真善美。

在这里，有个问题必须处理。教资会的例子说明一件事：大学界的官僚，算是香港最有知识的一群人，但如果连他们都无法不受主流社会的指导思想摆布，放弃教育工作者应有的原则，那在其他岗位工作的人就更不用说。事实上，放任市场的经济思想主导香港多年，倘若我们不能够有效抵抗其影响，小我的坚持和奋斗根本无法带来大我的改变。

所以我不止一次向保松指出，抽空地谈自由主义，只会徒具虚形，很容易遭人骑劫。自由的最大敌人，可以是自由本身。生活在香港正是如此，表面上很自由，特别是经济自由，连年受美国传统基金会吹嘘，香港人还可笑地引以为傲。但和事实相反，这种经济自由所创造的繁荣，只有少数人分享到成果，主要原因正是它任由大资本家巧取豪夺，无所不用其极地搜刮钱财。到头来，经济自由助长了垄断，市场竞争有名无实。香港的经验充分证明，自由市场并没有发挥弗里德曼（Milton Friedman）所强调的自我完善功能，反而合理化一切商业性掠夺行为：大小企业只管替股东赚钱，毋视公益，罔顾社会责任；工人备受剥削，经过多年争取，也只有最低工资可以上马，还要受尽挟经济学理论自重的商界和传媒攻击，大大削弱保障基层权益的成效；房地产政策以至各项基建和重建计划，亦在法例许可之下，假自由经济之名向小市民小商户开刀，将其财富转移至大商家的口袋……

香港的贫富悬殊，位列发达地区之冠，事出有因，奉弗里德曼为宗师的经济学者，却不认为是个问题。贫富差距，在他们眼中，只反映市场发挥了正常功能，按人的本事和所付出的努力，给予应得的酬报。任何形式的财富再分配，都会打击人们追求成功的意欲，使经济失去增长动力，损害社会整体利益。问题是，现在只有少数人分享到经济增长好处，整体得益却已大大受损。不扭转这个局面，一股脑儿追求增长，追求发展，究竟为了什么？我们还有何理由相信涓滴效应，相信把整个饼做大了便人人得益？况且，经济能无止境地增长吗？世界自然基金会的调查显示，人类对自然资源的需求已超出地球生态承载力的50%。这正正是人类盲目追求经济发展的恶果。

市场原教旨主义者对这些问题都漠不关心——诺贝尔经济学奖得主斯蒂格利茨（Joseph E. Stiglitz）曾指出，市场那只无形之手常常真的看不见，因为它根本不存在。弗里德曼的信徒对这种有力的质疑，亦置若罔闻，未尝认真回应。可悲的是，主流经济学在香港太根深蒂固，所以，在处理高地价政策这个香港的祸根时，租金或其他形式的管制总无法成为解决问题的选择，大伙儿仍然相信无形之手的力量，只晓得叫政府增加土地和房屋的供应。但谁不知这二者的控制权直接和间接都握在大地产商手中，用经济学教科书开的药方，莫说治本，连治标也不成，只会让地产霸权继续肆虐下去。难怪李嘉诚的儿子李泽钜，在回应社会要加强规管的声音时，也是拿自由经济来做护身符。

其实，我只是一个过客，世界再丑恶，也不应该放在心上。但我又不得不承认，流落地球期间，受过大自然眷顾，亦受过其他人恩惠，对世间的人和物尚有一点点感情，不是说放下便放下——一刀切放下亦非真正完全地放下。我想在能力范围内做一点事,回馈那些和我有共同命运的人。生存,本来就难熬,快乐是那么稀罕而脆弱,痛苦却那么霸道而持久。活着,能够称得上有意义之事,只有尽量减少无谓的苦痛,至一命呜呼。所以伊壁鸠鲁教人清心寡欲。

但这个世代,经济学当道,鼓吹的是消费享乐,纵欲反成为发达社会的特色。奈何地球资源有限,人不争,便无法满足一己贪欲。有斗争,自然有伤害。而不论胜败,人的内心遭物欲蒙蔽,也就逃不出悲苦的轮回。倘若怀抱慈悲心,怀有爱,当无法容忍世间有这么多不必要的欲望和斗争。追求一己之超脱,已不足够。大乘佛法讲普度众生,亦不能停留在单单倡导去无明的地步,还要积极介入社会,针对主流经济学和消费主义对人性狭隘的理解,作出批判,化解它们对个人和社会所造成的精神污染,成全大我,减少生态资源被严重透支,阻止地球高速迈向灭亡。

这个我是力有不逮的了,但我从保松的理论中看见曙光。他追求自由人的平等政治,包括最终让人从欲望的囚笼中释放出来,获得发自内心的自由。自由不是建基于虚妄,不是用来满足无谓的贪婪,做大商家要我们做的事,还以为是自己的选择——主流传媒给大资本家收买,向观众灌输消费有益的思想,不断诱发其购买欲望——人的生活和心灵不应该被物欲所支配。保松一直以来所付出的种种努力,正是要启动学生,以至读者的反省意识和批判能力,寻求最合乎自己资质本性的生活方式,期望可以活得畅快淋漓,不枉此生。

我对保松有信心。他一定可以在提升自己之余,帮助身边的人走进生命,活出自由。这是一种心灵的自由,可沉淀生活的体验,提高小我的生活素质和品位,再转化成让大我升华的文化力量,酝酿社会健全的发展——但求经济增长的硬发展之路必须告终，香港要过渡至经济上更平等，艺术文化更蓬勃更有生机的城市。这样香港才配称作自由的城市，才配得上做中国的榜样。

后记的后记

我早就预计这篇后记会很长，但没想到这样长。或许我的潜意识知道，机会只此一次，要说的便要尽量说。文章里的分析，看似有很多愤世嫉俗的批评，不应该出自一个虚无主义者之口。我其实心里很明白这种张力，只是我的写作能力有限，没法调和得更好。但不打紧，反正这本书早晚会在宇宙中消失，写得好不好，到头来也没分别。生命终究没有先天的意义，一切皆是想当然的游戏——包括我这句话。我还有执着，还有要求，只因贪玩——没难度的游戏太容易玩腻了。一刀切否定世事万物的存在价值，很轻易，这种廉价的虚无主义，往往伴随生活的不如意而生，借着否定全世界，减低失落感，让自己好过一点。骨子里，它还是相信有绝对真理，只是一时间找不到，才逃避现实起来。有一天，上帝显灵，他们会义无反顾地追随，做最虔诚的教徒。我没这种天分，就算上帝站在跟前，我也当他是常人。我只能做一个无所谓执着或不执着的人，充满矛盾地投向虚空，融入虚无——不是相对于有的无，而是谈不上有无，最终连虚无本身也消解的空。

在朋友眼中，我是一个古道热肠的人，和虚无缥缈拉不上关系。我平日的一些言论，更容易使人产生错觉，以为我热爱世界，热爱生命。其实，我只是碰巧听过罗尔斯这类哲人的想法，感觉投缘，用来思考和批判社会建制的不公义而已。我究竟有多认同这些正义理论，实在无可肯定，亦毋须肯定。正如用喜剧的方式演悲剧，我就用非一般的热诚来体现无比的冷酷。我根本不关心人，不关心社会，对你这个朋友，自然也不关心，我只是懂得让别人觉得我关心他而已。我们都是可有可无的灰尘。我关心，只表明我不会执着于否定，关心与否由我取舍。正与反，在本质上无异，我们这一生受千万人拥戴，抑或受千万人唾弃，放在宇宙历史的长河，一样微小得可怜。同样微小，同样是过眼烟云的，还包括宇宙历史本身——微小当然是权宜的说法，说到底，并没有微小和不微小之分。

机缘这回事，实在奇怪得可怕。在我们过去和将来有千千万万年，世上又有数十亿林林总总的人，当中一粒微尘，立足在光明的大陆，另一粒置身于黑暗的幽谷，他们居然可以相遇，还惺惺相惜，相交至今。

纵使我以下的话无聊至极，但于你而言或有点意义，我也就不妨说出来，当是一个纪念：从你的角度出发，要令世界重回正轨，还有无数难关要闯，你得继续提升你的水平，冲破极限。自由主义并不足以解决人类趋向自取灭亡的困局。它容许跨国企业手握欲望的指挥棒，使人类陷入博弈两难的境地，放弃关心整体和长远的福祉，只求眼前的私欲得到最大满足，甚至连剥削同类，残害其他生灵也不当是一回事。是故人必须学懂谦卑，限制其自私自利的一面，他们只是地球其中一个成员，要与其他生物和谐共处，保持地球的生态平衡，地球上的公民才有望活得好，活得公正——公正，不只对人类这种灵长类动物而言。

因此，我们要跳出单单以人类福祉为依归的思考逻辑，将公正的概念扩充应用至其他物种上，由小乘至大乘，由小我至大我，追求动态的均衡，体现自由和爱的真谛，建构一套崇尚绿色和简约生活，开放而非封闭性系统的理论，我姑且称之为地球公民主义。我明白，高谈放论容易，实际开发一套新学说却非常困难，我没这个能力，也没有时间，要靠你了。我相信你最终可以超越自己，但走得多远，要看你的造化。

好了，是住笔的时候，请原谅我不学无术，居然大言不惭。不会有下次的，我的生命力流失不止，我承诺要写的书，恐怕已无力完成。有一天，小可静够懂事了，你便念这篇文给她听。你自己就好好爱惜身体，不要过分操劳。保重。

初稿：2011 年 4 月 20 日
定稿：2011 年 5 月 28 日
香港中文大学范克廉楼